모험가가 되고 싶다며
도시로
떠났던 딸이
S랭크가 되었다
MY DAUGHTER GREW UP TO "RANK S" ADVENTURER.
5
모지 카키야
MOJIKAKIYA
toi8
ILLUSTRATION

등장인물 PERSONS

벨그리프

젊은 시절에 꿈이 부서졌던 은퇴 모험가. 장애를 입고 고향에 돌아왔지만, 마음 한구석에 미처 다 버리지 못한 모험가의 꿈이 남아 있고, 성장하는 딸에게 자극도 받아 아직껏 꾸준히 단련한다. 딸이 붙여준 『적귀』 칭호 때문에 마음고생 중.

안젤린

아기 때 숲에 버려졌고 벨그리프가 딸로 거두어 혼자서 길렀다. 아빠를 몹시 좋아한다. S랭크 모험가. 『흑발의 여검사』라는 칭호를 갖고 있다.

밀리엄

마법을 특기로 쓰는 안젤린의 파티 멤버. AAA랭크 모험가.

아넷사

안젤린 파티의 중재역이자 궁수. 밀리엄과 같은 고아원 출신의 AAA랭크 모험가.

카심

자포자기가 되어 막살던 중 안젤린과 만남으로써 모험가 동료였던 벨그리프와 재회를 이룬다.

샤를로테

보르도 사건 후 쫓기는 처지가 되었다가 지금은 안젤린 파티에 보호받고 있는 소녀. 본래의 아이다운 면모를 되찾는 중.

벡

샤를로테를 외면하지 못한 채 호위자가 아니게 된 이후에도 함께 행동하고 있다. 태도는 불퉁불퉁해도 본성은 다정한 소년.

줄거리 STORY

톨네라를 찾아왔던 엘프들, 그리고 마왕의 힘을 간직하고 있는 아이와 생활하던 벨그리프. 그는 다리를 잃어버렸던 이후 홀연히 떠나왔던 당시의 동료들과 과거를 청산할 필요가 있다는 생각이 새삼 들어 올펜으로 향한다.

그 무렵, 귀향을 기대하던 안젤린에게 올펜의 길드를 수신처로 편지가 한 통 도착했다. 그것은 서훈을 위해 안젤린을 에스트갈로 보내라는 명령이 적힌 대귀족 에스트갈 대공의 연락이었다.
주위 사람들에게 폐를 끼치고 싶지 않아서 여로에 올라 도착했던 곳에서 안젤린은 「천개 파괴자」라고 불리는 전직 S랭크 모험가 카심과 만난다. 자포자기가 되어 아무렇게나 살던 카심은 뜻밖의 사실을 알게 되는데.

"너, 너, 너 대체, 방금 뭐라고 말했냐?! 벨?! 벨그리프라고 말했냐? 네가?!"

친구의 딸 안젤린과 함께 올펜에 복귀한 카심은 마침 톨네라에서 올라와 있던 옛 동료 벨그리프와 재회를 이룬다.

MY DAUGHTER GREW UP TO "RANK S" ADVENTURER.

MY DAUGHTER GREW UP TO "RANK S" ADVENTURER.
WORLD MAP
엘프령
로디나
오래된 숲
헤이젤
보르도
시드
엘브렌
가루다
올펜
공국 수도 에스트갈

톨네라
북부 관문 · 헤이릴
북부 교역 루트
에린
틸디스
동부 교역 루트
동부 관문 · 요벰
베날레스
아스테리노스

CONTENTS

제 5 장

제 5 장

MY DAUGHTER
GREW UP TO
"RANK S"
ADVENTURER.

58 기억은 색은 세피아색이다. 살짝 농이

기억은 세피아 색이라고 한다. 살짝 농이 섞여 있지만, 색채가 딱히 선명하지는 않다는 말이다. 불어제치는 바람과 덩달아 흔들리는 잎사귀 부딪치는 소리가 어쩐지 남의 일 같아서, 얇은 막 한 장을 사이에 둔 것처럼 느껴졌다. 다만 하늘 꼭대기와 가까운 태양의 빛이 나뭇잎 사이에서 새어 드는지라 그것이 몹시 눈 부셨다. 아이는 눈을 찡그린 채 자꾸 깜빡거렸다.

역광이 되는 맞은편에 누군가가 있었다. 여자 같았다. 창백한 얼굴, 그러나 사랑스러운 이를 바라보는 표정을 짓고 있었다.

그녀는 힘들어하는 것 같았다. 쉬익쉬익, 새된 숨소리가 들렸다.

고급이었을 의복은 오래 입었던 까닭인지 군데군데 얼룩이 눈에 띄고 낡아서 구겨졌다.

"미안해……. 제발……."

여인은 기도하는 듯 중얼거리곤 마른 약초를 엮어서 만든 덮개를 아이의 위에 올려놓았다.

살랑, 바람이 아이의 머리카락을 흔들었다. 여인은 살며시 이마에 입맞춤한 뒤 서글피 미소 짓는다. 작별을 못내 아쉬워하며.

—왜 그래?

아이는 말하고 싶었다. 그러나 입이 잘 움직여지지 않았다. 목 안쪽에서 목소리가 되지 못하는 소리만 자꾸 새어 나왔다.

여인은 심호흡하고 주위를 둘러봤다.

"들키기 전에……."

중얼거리곤 가슴께에 손을 가져다 댄다. 그러나 안타깝게 시선을 떨어뜨렸다.

"괜찮아……. 분명, 누군가가……. 좋은 사람이 네게 와줄 거야."

여인의 형체가 아지랑이처럼 일렁거리는가 싶었을 때는 이미 사라지고 없었다. 바람이 한층 더 거하게 불어닥치자 살짝 단풍이 든 나무들이 사락사락 울렸다.

얼마나 시간이 흘렀을까. 햇볕은 따뜻한데도 바람은 싸늘하다.

외톨이로 남겨진 것이 몹시도 서글프게 느껴져서 아이는 얼굴을 찡그린 채 북받쳐 끓어오르는 슬픔을 고스란히 울음소리로 터뜨렸다.

부스럭부스럭 수풀 헤치는 소리가 났다. 낙엽과 마른풀을 밟아가면서 누군가가 다가왔다.

"이런, 세상에……."

따뜻한 손이 아이를 안아 들었다. 무척 안심된다. 아이의 검은 눈동자에 적발과 당혹감 묻은 얼굴이 비쳤다.

○

겨울 추위가 제법 매서운 올펜은 나날이 눈이 내려서 온통 하얗게 뒤덮였다. 하루에도 몇 번씩 청소부들이 왔다 갔다 눈을 치워야 했고, 그럼에도 미처 손을 못 쓰는 곳에는 모험가 길드에 의뢰가 들어오기에 하위 랭크의 모험가와 일당을 벌고 싶은 어린아이들이 삽을 챙겨서 바삐 돌아다녔다.

빈민가 한쪽에 공터가 된 구역이 있다. 예전에는 아마 건물이 있었다던데 노후화나 어떠한 이유 때문에 무너졌고 잔해를 치운 이후는 아무것도 짓지 않았다.

평소에는 부랑자나 거리의 아이들이 집합소 비슷하게 쓰는 공터였지만, 오늘은 많은 사람들이 줄을 이루어 섰다. 교회가 앞장서서 빈민가 사람들에게 무료 식사를 제공해서였다.

눈이 흩날리는 와중에 큰 냄비로 스튜를 끓여서 딱딱하게 구워다가 얇게 썬 빵을 곁들여준다. 평소 폐가나 노상에서 추위에 떨어야 했던 사람들은 오래간만의 따뜻한 식사에 입을 다셨다.

“자, 새치기하지 마요! 아직도 많이 남았다고요!”

로제타가 하얀 입김을 뱉어 내면서 말했다. 수녀복 위에 앞치마를 걸친 수녀들이 스튜를 퍼 담고, 온기를 쬐기 위해서 피워 둔 불을 사람들이 둘러싸고 있다. 여기저기에서 하얀 입김이 피어오르고, 코와 뺨을 발갛게 붉힌 아이들이 후후 소리를 내며 스튜를 입 가득히 넣었다.

사람들 틈을 누비면서 벨그리프가 장작 다발을 안고 걸어왔다.

"로제타 씨, 장작을 어디에 두면 될까요?"

"아, 벨그리프 씨! 감사합니다! 으음, 이쪽에 놓아주세요!"

로제타가 가리킨 곳에 벨그리프는 와르르 장작을 내려놓았다. 큰 냄비 아래쪽 불은 숯불이 되어 있다. 비록 이글거리는 불길은 없지만 열은 충분할 듯싶다.

벨그리프는 장작을 몇 개 얹어서 지폈다. 표면의 자잘한 거스러미가 불타서 딱딱 소리를 냈다.

눌어붙지 않게 샤를로테가 냄비를 휘젓고 있다. 헐렁헐렁한 모자를 눈썹이 가려질 만큼 푹 눌러쓴 모습이 마치 얼굴을 감추는 것처럼 보인다. 머리카락도 바짝 묶어서 모자 안쪽으로 숨겨 놓았다.

빈민가에서 솔로몬 교 관련 연설을 하고 부적까지 강매했던 지난 행동이 줄곧 마음을 괴롭혔기에 샤를로테는 어떠한 형태든 간에 사람들을 속인 죗값을 치르고 싶다 생각했다.

처음에는 돈을 돌려주려고 했지만, 부적을 산 사람을 파악할 수 없는 데다가 상대가 어린 소녀이기에 괜스레 고자세로 나오는 자가 많아서 거듭 난항을 겪었다. 따라서 안 쓰고 간수해 둔 돈을 교회에 기부하고, 그 돈을 자금 삼아서 마련한 식사 행사를 도움으로써 다소나마 속죄를 하고 싶다는 마음이었다.

그렇다 해도 알비노의 용모는 눈에 띈다. 은발과 또 다른 새하얀 머리카락은 몹시 특징적이다. 괜히 시빗거리를 내준들 아무 의미도 없는지라 이렇듯 변장 비슷한 차림새가 됐다.

루크레시아를 떠나온 이후 샤를로테는 뷔에나 교에 혐오감을 갖게 되었지만, 로제타를 비롯하여 수녀들 및 고아원 아이들과 교류를 나눈 덕분에 그런 감정은 몰라보게 엷어졌다. 본래는 경건한 신도였던 데다가, 루크레시아의 고위층이 정치의 도구로 이용하는 뷔에나 교는 어쨌든 간에 주민들의 소박한 신앙까지 부정해서는 안 된다고 생각이 미친 듯싶었다.

이런 인연으로 벨그리프는 몇 번인가 교회 고아원을 방문하여 이것저것 잡무를 거들거나 아이들과 놀아줬다. 오늘은 무료 식사 제공을 도와주고 있다. 이러한 행사를 싫어하지 않을뿐더러 추위 속에서 활동하는 것은 일상인지라 특기 분야다. 여성만 잔뜩이고 남자 일손이 부족한 교회 고아원에서는 무척 기뻐했다.

시간이 흘러 해가 기울어진 뒤 스튜가 완전히 바닥나자 냄비에다가 눈을 넣어서 녹여다가 가볍게 씻고, 이제 불씨를 꼭꼭 꺼뜨리는 단계였다.

"벡, 그쪽을 들어주거라."

벡은 묵묵히 냄비 한쪽의 손잡이를 들었다. 다른 한쪽은 벨그리프가 붙잡아서 이영차, 들어 올렸다.

두꺼운 철로 된 대형 냄비는 묵직하다. 벡은 살짝 비틀거리다가 오기가 뻗쳤는지 두 다리를 꽉 밟아 디뎌서 버텨 냈다. 그 모습을 보고 벨그리프는 슬쩍 웃었다.

"……뭐야."

"아니, 애쓰는구나 싶어서. 아무튼 몸을 좀 단련하는 게 좋겠구나."

"쳇……."

벡이 혀를 찼다. 꽉, 냄비를 고쳐 든다.

"이 녀석, 그런 자세로 들면 옷에 검댕이 묻잖니."

"시끄러워, 망할 노인네. 얼른 가자고."

툭툭 쏘아붙이고 벡은 비틀비틀 걸음을 뗐다. 벨그리프는 쿡쿡 웃으면서 다리를 움직였다.

얼마간의 동거 생활 중 이렇듯 두 사람의 사이에는 기묘한 신뢰감이 생겨났다. 벡은 태도가 여전히 퉁명스럽다 뿐 행동이 아주 반항적이지는 않게 되었고, 호칭도 아저씨에서 망할 노인네로 바뀌었다. 언뜻 악화된 듯 생각되겠지만, 어떤 종류의 서먹서먹함이 없어졌다는 뜻이기도 했다.

한편 벨그리프도 마치 반항기의 아들이 생긴 기분이라서 묘하게 즐거웠다. 안젤린은 이러니저러니 해도 딸이다. 아버지로서는 어쩔 수 없이 정성스럽게 대하고 싶은 기분이 든다. 그런데 벡이 상대라면 살짝 거칠게, 놀림조로 받아쳐도 용납될 것 같은 안도감이 든다. 남자들 사이가 아니면 알 수 없는 감각도 있는 법이다.

어리광을 부리고 받아주는 것이 아닌, 싸우면서도 이러쿵저러쿵 함께 행동할 수 있는 관계가 벨그리프는 재미있게 느껴졌다.

그런 생각을 떠올리며 벡을 돌아봤더니 벡은 눈살을 찌푸린 채 고개를 휙 돌렸다. 그러다가 발을 헛디디고 언짢아하며 혀를 찼다.

교회 고아원의 부엌에 냄비를 들여놓고, 다시 냄비를 깨끗하게 닦은 뒤 이것저것 뒷정리했다. 겨울은 일몰이 빠르다. 아직 하늘

은 밝았지만, 기울어졌던 태양이 높은 건물에 가려져서 교회의 안뜰은 이미 햇빛이 안 비치고 있다.

다른 수녀들은 여기저기에 흩어져서 저녁 예배 준비 따위를 하는 듯싶다. 마당 쪽에서는 아이들이 눈으로 노는 소리가 들려온다. 로제타가 꽃차를 끓이면서 흐뭇하게 웃었다.

"후후, 감사합니다, 벨그리프 씨. 도와주신 덕분에 무척 수월했어요!"

"아뇨, 아닙니다. 이쯤이야 아무것도 아니죠. 샤르가 먼저 한 제안이기도 하고 말입니다."

모자를 벗고 머리카락을 푼 샤를로테는 주물주물 손을 마주 비볐다. 부엌일과 찬바람 때문에 뺨과 코, 손가락이 제법 빨개졌다.

"저기…… 조금이나마 속죄가 되긴 했을까?"

"물론이지. 샤르의 진심은 분명 주신께서도 헤아려주실 거야."

"응……. 고마워, 로제타, 도와줘서. 아버님도, 벡도."

벨그리프는 빙긋 웃고는 샤를로테를 톡톡 쓰다듬어줬다. 벡은 단지 묵묵히 눈을 내리깔았다.

꽃차를 마시고 한숨 돌린다. 따뜻한 차가 몸에 기분 좋게 스며들었다.

안젤린 파티는 의뢰를 받아서 출타 중이다. 고위 랭크 모험가라고 매일 놀면서 지낼 순 없는 노릇이었다. 그 대신 한 번의 의뢰로 하위 랭크 모험가와는 글자 그대로 격이 다른 보수를 받는다만.

꽃차를 후후, 식히면서 샤를로테가 중얼거렸다.

"언니랑 다들 어쩌고 있을까?"

"멀리 떠난 게 아니잖니. 카심도 같이 갔겠다, 상황에 따라서는 슬슬 돌아올 때가 되었지 싶구나."

어제 출발했고 근처 던전을 탐사한다고 들었다. 자기 밥값을 벌기 위해서라며 모험가로 복귀한 카심도 동행했다. 뜻밖의 전력 증강에 라이오넬은 무척 반가워했다.

꽃차를 빈 잔에 다시 따라주면서 로제타가 말했다.

"그러고 보니 벨그리프 씨는 모험가로 복귀할 뜻은 없으세요?"

벨그리프는 잠시 생각하다가 입을 열었다.

"그럴 계획은 없군요. 어차피 봄이 오면 톨네라에 돌아갈 예정이기도 하니까요. 복귀해 봤자 별 활동을 못할 겁니다."

카심이 올펜에 온 이후에도 물론 퍼시벌과 사티의 족적을 줄곧 조사해왔다. 그러나 지금 시점까지는 유력한 정보를 확보하지 못했다.

못내 미련이 남는 기분도 들지만, 톨네라 역시 벨그리프에게는 소중한 장소였다. 개인의 문제에 정신 팔려서 기약도 없이 그라함이며 미토를 방치해 둘 수는 없는 노릇이다.

이렇듯 혼자 매듭지을 만큼은 자신도 나이를 먹었구나 싶어서 벨그리프는 쓴웃음을 지었다.

"그렇구나, 가버리시는구나……. 쓸쓸해지겠네요."

로제타는 나직하게 말하곤 꽃차를 홀짝거렸다. 샤를로테가 옆에서 빤히 쳐다보다가 끼어들었다.

"로제타는 아버님을 좋아해? 결혼하고 싶어?"

"으읍! 콜록, 콜록! 무, 무슨 소리냣!"

로제타는 사레들러서 얼굴을 빨갛게 붉혔다. 벨그리프는 기가 막혀서 이마에 손을 가져갔다.

"샤르, 너까지 그런 소리를 하는 거니?"

"그게, 언니가……. 아버님은 로제타를 안 좋아해?"

"그야 좋아하지. 다만 로제타 씨는 아직 젊으니까. 나 같은 아저씨가 상대면 너무 아깝단다."

벨그리프는 태연하게 받아쳤다. 전혀 동요하지 않는다.

좋아한다는 말뜻은 저런 게 아닌데, 샤를로테는 불만스럽게 뺨을 볼록거렸고 로제타는 안도해서 슬며시 웃었다.

실제 고아원의 수녀들 사이에서 벨그리프는 평판이 좋다. 다만 실상은 유명인을 일방적으로 보고 꺅꺅 떠들 뿐, 깊은 사이가 되고 싶다거나 사람됨을 더욱 자세히 알고 싶다거나 진지한 감정과는 거리가 있었다.

로제타는 안젤린의 책모를 겪은 바 있어서 처음 잠깐은 벨그리프를 조금 의식했었지만, 벨그리프 본인에게 사적 감정이 전혀 없음을 알게 된 까닭인지 지금은 별 감흥이 없는 듯싶다. 물론 좋은 사람이라는 생각은 갖고 있겠지만, 그럼에도 벨그리프와 주고받는 감정은 오빠나 아버지를 대할 때와 비슷하다 뿐이지 역시 연모와는 다르다고 정리할 수 있겠다.

벨그리프의 부성에 감화되었구나. 샤를로테는 살짝 한숨을 쉬

었다.

벡이 쿡쿡 웃었다.

"아예 관심이 없군. 파담 확정이다."

"으으……. 역시 사티 씨구나……."

샤를로테는 시무룩해져서 입을 삐죽였다. 벨그리프는 난처하게 웃었다.

"그런 게 아니라고 말해줬잖니……."

딸랑딸랑, 저녁을 알리는 종이 울렸다. 로제타는 깜짝 놀라서 일어섰다.

"죄송해요, 예배에 참석해야겠어요."

"벌써 저녁때군요. 저희도 슬슬 가보겠습니다."

"벨그리프 씨, 오늘은 정말 감사했어요. 또 부담 없이 놀러 와주세요. 샤르도, 벡도."

"예, 물론이죠. 그때는 안제도 함께 데려오겠습니다."

네 사람은 일어서서 식기를 정리한 뒤 로제타는 예배당으로, 벨그리프는 샤를로테와 벡을 데리고 귀로에 올랐다.

○

달각달각, 소리를 내며 짐마차가 가도를 나아간다. 눈 위에 바퀴 자국이 남아서 거기에만 검은 흙이 드러났다.

대여한 이두마차였다. 아넷사가 고삐를 잡고 있고, 안젤린과 밀

리엄과 카심이 짐칸에 탔다. 세 사람의 옆쪽에는 변이종 아룡(亞竜)의 가죽이며 발톱과 송곳니, 비늘 따위가 실려 있었다.

안젤린은 멀리 나타난 올펜을 쳐다보면서 안달복달했다.

"아네……. 더 빨리."

"억지 부리지 마. 네 명이나 탄 데다가 소재도 가득 실었잖아."

안젤린은 꿍하게 입을 삐죽였다. 빨리 벨그리프가 있는 곳으로 돌아가고 싶은 마음이었다. 기분이 안 좋아져서 짐칸 테두리에 등을 기대고, 그러다가 갑자기 히죽이며 중얼거렸다.

"……저녁밥, 뭘까."

집에서 기다려주고 있을 아버지를 상상하면 기뻐서 저절로 웃음이 나오는가 보다.

밀리엄이 아룡의 거대한 송곳니를 손바닥으로 만지작대면서 말했다.

"변이종이래서 어떨까 궁금했는데 별로 대단한 상대도 아니었지."

"그러게 말야. 하지만 하위 랭크들에게는 좀 버거울 거야. A에서 AA는 되어야겠지."

"흥. 우리의 적은 아니야……. 카심 아저씨도 있었고. 응."

"헤헤헷, 난 딱히 아무것도 안 했지만 말이다. 너희들, 꽤 강하더라."

카심은 히죽히죽 웃음 짓고는 중절모자를 고쳐서 썼다.

올펜 근교는 마력이 잘 모이는 지역인지 수많은 던전이 있고, 고위 랭크에 속하는 곳도 몇 군데 있다.

던전 탐색은 소재 수집의 기본이 되는 의뢰이며, 또한 던전 내 마수를 토벌하는 임무는 그곳에서 마수가 흘러넘치는 사태를 방지하기 위한 목적도 있었다. 모험가는 아무리 많아도 다 필요가 있고, 그것이 이 도시가 모험가로 번영하는 이유로도 작용했다.

이번에 안젤린 파티가 받은 의뢰는 하위 랭크의 던전에 나타난 변이종 마수의 토벌이었다.

모험가 길드는 기나긴 역사 속에서 모험가들이 싸운 기록 및 증언을 근거로 각 마수의 특성과 약점 따위를 목록으로 작성하여 보관하고 있다. 그럼으로써 마수의 위험성 등을 랭크로 구분하여 의뢰 난이도의 기준으로 쓰고 있지만, 돌연변이 비슷하게 나타나는 마수도 있다. 그런 부류는 위험성을 판단할 수 없기에 우선 확실하게 실력이 있는 모험가에게 토벌을 맡겨서 위험도의 판단을 의뢰하는 경우가 많았다.

이번 의뢰가 저런 부류였다. 자료가 없는 상대라서 더더욱 강한 경계가 필요하기에 하위 랭크의 인원들에게는 조금 난이도가 높았다. 물론 고위 랭크 모험가인 안젤린 파티의 입장에서는 전혀 대단한 상대가 아니었다만.

"그래도 벨의 딸내미와 함께 던전에 진입했다는 게 나는 감격이었어."

"나도 아빠 친구랑 같이 싸웠다는 게 기뻐……. 응."

"헤헤, 괜찮네~ 이런 거. 벨이랑 옛날 동료들과 파티를 짰던 시절의 즐거움이 떠오르거들랑."

"있지, 있잖아, 카심 아저씨. 벨 아저씨는 파티에서 어떤 역할을 맡았던 거야? 「패왕검」이란 사람도 있었다며? 같이 전위를 맡았다거나?"

밀리엄이 말을 꺼내자 카심은 턱수염을 비비 꼬면서 생각했다.

"그러게. 확실히 전위는 기본적으로 퍼시가 맡았지. 거기에 벨이나 사티가 적당히 끼어드는 느낌이었구나. 그래도 빈도는 사티가 더 많았을 거야, 아마. 난 완전히 후위였지만, 벨이 옆쪽에 있어주는 경우도 많았지."

"검사인데?"

"그래, 그게 벨의 재미있는 부분이야. 그 녀석은 관찰력이 진짜 대단했거든? 의뢰를 수행할 땐 항상 주위를 경계해주고, 불의의 사태에도 맨 처음 반응하는 건 항상 벨이었어. 마수의 숫자가 많을 때 지시를 내려주는 역할도 벨이 맡았지. 퍼시와 사티가 으랏차차 전방으로 밀고 나갈 때 재빨리 뒤쪽을 지켜주러 와준 녀석도 벨이었어. 요컨대 파티 전체의 참모나 보좌 비슷한 역할이었던 거야."

"아하. 그러고 보니 저번에 보르도 소동 때도 벨 아저씨가 이변을 알아차리고 저택으로 돌아간 덕에 헬베티카 씨가 무사했던 거잖아."

"그랬었지……. 그게 말이야, 꽤 고도의 판단이야. 어지간히 침착한 사람이 아니면 무리거든."

아넷사의 말에 카심은 고개를 끄덕거렸다.

"동감. 눈에 확 띄지는 않아도 랭크가 올라갈수록 중요성이 빼저

리게 느껴지더라. 솔직히 말하자면 초보자나 하위 랭크 중에는 저런 역할의 중요성을 이해하지 못하는 녀석들이 많아. 하위 랭크일 땐 누가 조율을 안 해줘도 대충 처리할 수 있는 부분도 많으니까."

분명히 맞는 말이다, 안젤린은 고개를 끄덕거렸다. 하위 랭크 마수의 토벌 및 소재 수집 따위는 제대로 된 전략을 세우지 않아도 기세만 갖고 어떻게든 처리되는 경우가 제법 많았던 것 같다.

그러나 고위 랭크가 된 이후에는 단독 활동의 한계를 조금씩 느껴야 했다. 길드의 주선으로 아넷사와 밀리엄과 파티를 짠 다음에는 동료의 고마움을 실감할 수 있었다. 검사와 같은 전위에게는 배후를 지키고 원호해주는 상대가 필요하고, 마법사나 시수와 같은 후위에게는 전면의 적을 막아주는 상대가 필요하니까.

"그래도 랭크가 올라가면 기세만 갖고 어떻게 버틸 수가 없으니까……. 맞지?"

"맞아, 맞아. 그래서 벨은 고위 랭크의 녀석들이 할 만한 역할을 하위 랭크였을 때부터 열심히 맡아봤던 거야. 그러니까 그걸 이해할 수 없는 녀석들한테는 꽤 홀대를 받아서 여기저기 파티를 옮겨 다녔다나 봐. 그 녀석의 자기 평가가 낮은 이유는 그런 거 때문이 아닐까 싶어……."

"그렇구나……. 후후, 그래도 역시 아빠는 대단해."

"색적, 후방 경계, 전황 파악이구나. 확실히 파티에 한 명은 꼭 필요하지."

그렇게 말한 아넷사의 어깨를 카심은 웃으면서 두드려줬다.

"그렇지? 뭐, 지금 네 역할이 딱 비슷하잖냐, 아네."

"그, 그런가요? 헤헤……."

동경하는 벨그리프와 같은 역할이라는 말을 듣게 된 아넷사는 기뻐하며 뺨을 붉혔다. 지금 파티의 인원 중에서는 보통 아넷사가 전황을 부감하면서 살펴보는 경우가 많다.

안젤린은 달갑지 않다는 듯이 뺨을 볼록거렸다.

"……나도 다음부터는 뒤쪽에서 관찰할 거야."

"아니, 아니지. 네가 쏙 빠져버리면 누가 앞에 나서란 건데……."

"그치만 아네만 자꾸 치사한걸……. 나도 아빠랑 똑같은 게 좋아."

"헤헤헷, 너는 벨이랑 성격이 꽤 다르잖냐, 안제."

안젤린은 뚱하게 입을 삐죽이고는 웃음 짓는 카심을 쿡쿡 찔렀다.

"어떻게 다르다는 건데……."

"글쎄다……. 일단 벨은 붙임성이 좋아. 대단히 좋아. 말씨도 온화하고 항상 한 걸음 물러나서 침착하게 상황을 주시하지. 나를 포함해서 벨 말고 세 사람은 꽤 고집이 세서 말이야, 싸움도 자주 일어났지만 언제나 벨이 가운데에서 달래줬어. 벨의 말에는 우리도 다들 얌전해졌었지."

카심은 장난스럽게 안젤린을 보고는 히죽 웃었다.

"그런데 안제, 너는 무뚝뚝하고, 붙임성도 안 좋고, 고집쟁이고, 전혀 다르잖냐?"

"끄응……."

안젤린은 분하다는 듯이 입술을 깨물었다. 카심은 만족스럽게

웃음 짓고는 안젤린을 쿡쿡 찔렀다.

"어쨌거나 어디가 다르든 간에 착한 아이라는 건 분명하니까 충분하지, 뭐!"

밀리엄이 쿡쿡 웃었다.

"뭔가 벨 아저씨는 옛날에도 벌써 아버지였던 것 같아~."

"그러게 말야. 안제를 지켜보면 벨은 정말로 좋은 아빠라는 생각이 들더라."

갑자기 안젤린은 기분이 좋아져서 카심의 어깨동무를 했다.

"그렇지? 카심 아저씨는 잘 아는구나……."

"흐흥. 너희도 기회가 있다면 한 번쯤 벨이랑 던전에 들어가봐라. 안심감이 아주 다르단 말씀이야."

카심의 말에 안젤린은 어릴 적 벨그리프와 숲을 걸었던 기억이 떠올랐다. 벨그리프가 뒤에 있어주기만 해도 분명히 무척 안심했던 기억이 난다.

다만 카심이 말한 안심감은 옛날의 그런 경험과는 조금 다르지 않을까. 안젤린은 생각을 고쳐먹었다.

어린 시절에 느꼈던 감정은 아버지가 곁에 함께 있어준다는 안심감이었다. 순수하게 모험가로서 의지할 수 있는 벨그리프는 아직껏 알지 못했다. 일단 뛰어난 검사란 점도 안심하기에 충분한 이유가 되겠지만, 카심의 이야기로 짐작하자면 아마 그건 검 실력에서 기인하는 것이 아닌 듯싶다.

안젤린은 짐칸 테두리에 팔꿈치를 짚고 턱을 받쳤다.

"아빠, 복귀할 생각은 없는 걸까……."

"봄에는 톨네라로 돌아간다니까 복귀는 안 하시겠지~?"

"그래도, 카심 아저씨도 같이 톨네라에 간다면서도 복귀했는데……."

"에이, 아니지. 카심 아저씨는 원래 S랭크였던 경력이 있고, 실적이 이미 충분하잖아. 아무리 벨 아저씨가 대단한 분이어도 눈에 보이는 공적이 없으면 하위 랭크부터 시작이거든. 그러면 복귀를 하든 안 하든 똑같은 거야."

"……아니, 내가 말하면 문제없어……. 올펜 길드는 나를 거역하지 못해."

"나까지 말을 거들어주면 확실하지. 복귀조 영감님들도 아마 추천해줄 거야. 벨의 이름은 올펜 모험가들 사이에서 꽤 유명하잖아? 아무도 불만을 못 늘어놓을걸."

"와~ 직권 남용. 이런 거 진짜로 좋아!"

세 사람이 깔깔 웃는 와중에 아넷사만 식은땀을 흘렸다.

"잠깐, 진심이야?!"

"나는 진심이야……. 잘 처리하면 우리 멤버에 아빠도 더해지니까……."

"멋져라~. 「흑발의 여검사」와 「천개 파괴자」. 게다가 「적귀」까지 더해서 최강 파티가 탄생한다~."

밀리엄이 넉살을 떨며 말하고 웃었다. 카심이 같이 웃음 짓고는 어깨를 으쓱거렸다.

"뭐, 벨은 성격상 절대 복귀를 안 하겠지만."

"……어째서? 아빠도 제안받으면 기뻐할 것 같은데."

"그야 기쁘기야 할 테지. 그래도 벨은 성실하잖냐. 스스로 뭔가 실적을 쌓은 게 아닌데 다른 사람들의 추천을 받아 중간을 훽 건너뛰는 짓은 싫어할 거야. 하위 랭크부터 성실하게 밟아 올라가는 사람을 바보 취급하는 행동이라고 이래저래 말이 많아지지 않을까?"

"끙……."

분명 벨그리프가 저리 말하리라 쉽게 상상할 수 있었다. 저런 부분에서 벨그리프는 대단히 완고하다. 설령 안젤린이 아무리 졸라 대도 고개를 위아래로 끄덕이지 않을 것이다. 오히려 꾸중을 듣게 될 수도 있겠다.

"……올펜에서 다시 하위 랭크부터 차근차근 해 나갈 생각도 아마 없겠지?"

"아마도. 벨은 톨네라가 자기 삶터라고 생각하는 거 아냐?"

저번에 귀향했을 때 침상에서 비슷한 말을 들었던 기억이 떠올랐다.

자기 평가가 낮은 벨그리프에게 자신을 되돌아볼 계기가 생겼으면 싶지만, 언제나 고향을 사랑하고 자기 분수를 지키려고 하는 소박한 인품이 안젤린에게도 무척 흐뭇하게 느껴진다는 것은 분명했다.

무릎을 끌어안고 탄식했다. 유감스러운 심정과 한편으론 벨그리프를 자랑스럽게 느끼는 마음이 가슴속에서 빙글빙글 돌아다녔다.

"……그래도 고지식하게 성실한 부분도 아빠의 좋은 부분이야."

"아무렴! 나도, 우리도 얼마나 덕을 봤었는데."

"응……. 퍼시 씨랑 사티 씨, 어떻게 지내고 있을까?"

"지금이야 암것도 알 수가 없지 않겠냐. 뭐, 천천히 찾아봐야지. 일단 난 벨이랑 만난 것만도 마음이 푹 놓여서 말야. 지금은 뭘 하든 다 즐겁더라."

그렇게 말한 카심은 껄껄 웃었다.

어느 틈인가 해가 완전히 저물어졌고, 마차는 올펜의 시가지에 진입했다. 길드에 돌아가서 소재를 평가 담당자에게 넘겨주고 의뢰비를 수령한다. 아넷사와 밀리엄과 헤어져서 카심과 함께 귀로에 올랐다.

거리는 일을 마치고 돌아가는 사람 및 야경을 도는 병사들이 오가고 있고, 이곳저곳 건물이며 노점에서 좋은 냄새가 흘러나온다. 하루의 끝을 맞이한 안심감과 피로 따위가 한데 섞여서 어쩐지 마음 놓이는 분위기가 근방에 가득 차 있었다.

집과 가까워짐에 따라 아직은 이르다고 생각하는데도 안젤린의 얼굴에는 미소가 떠올랐고, 가슴은 두근두근 고동을 쳤고, 바깥쪽 나무 계단을 올라갈 때는 종종걸음으로 바뀌었다.

문 빈틈에서 램프의 불빛이 줄기처럼 새어 나오고 있다.

문고리에 손을 얹어서 비틀었다.

"다녀왔습니다!"

59 본래 혼자서 생활했던 안젤린의 방에

본래 혼자서 생활했던 안젤린의 방에 다섯 명이나 끼어서 잠들려면 쉽지가 않다. 비록 세간이야 적다지만, 방 자체가 썩 넓지가 않은 탓이다. 탁자 주위에 앉는 정도라면 별 문제없지만 바닥에 누우려고 들면 적절한 면적이 필요하다.

지금으로서는 큰 침대에서 벨그리프와 안젤린, 그리고 샤를로테가 잠들고, 벨그리프가 사 온 간이 침상에는 벡이, 소파에는 카심이 누워 있었다.

1주일 남짓은 이런 공동생활이 이어졌지만, 아무래도 점점 더 비좁다는 느낌이 든다. 침대가 크다지만 셋이서 잠들기에는 역시나 좁다.

게다가 벨그리프도 샤를로테는 어쨌든 간에 언제까지나 이렇듯 안젤린과 함께 잠들기에는 조금 위화감이 느껴졌다. 몇 살이 되었든 간에 안젤린이 딸이라는 사실은 변함없다만, 그렇다고 언제까지나 어린아이를 대하듯 상대하는 것도 이상하다.

아침 식사용 보리죽에 치즈를 잘라 뿌리면서 벨그리프가 말했다.

"톨네라에서 눈이 녹으려면 시간이 더 걸릴 테니까……. 차라리 단기간이라도 방을 하나 더 빌리자꾸나. 아빠는 그곳으로 옮겨서……."

"그러면 나도 갈 거야."

"나도 갈래!"

"나도 가야지."

"……뭐냐, 너희들."

번쩍번쩍 손을 치켜든 세 사람을 보고 벡이 어이없어하며 소리를 냈다. 벨그리프는 쓴웃음 지었다.

"좁아서 옮기자는 말인데 다들 따라서 이사 다니면 의미가 없지 않겠니. 게다가 방이 두 개면 남녀로 갈라야지."

"어째서! 부모 자식이 우선이잖아, 아빠!"

"맞아, 아버님!"

"엥, 그럼 나 혼자 쫓겨나는 거야?"

"카심 아저씨는 어른이니까 참아……."

"맞아, 카심 아저씨!"

"섭섭한 말 꺼내지 마라……."

카심은 슬퍼하는 것처럼 몸을 흔들거렸다. 벨그리프가 어이없어하며 웃었다.

"카심……. 애초에 넌 딱히 함께 살 필요가 없지 않나?"

"벨, 박정한 녀석! 쓸쓸하단 말이야, 알아주라!"

카심은 탁자를 찰싹찰싹 두드렸다. 그러다가 문득 생각이 난 표정으로 입을 열었다.

"그래, 널찍한 방을 하나 빌려서 다 같이 옮기자. 그럼 다 해결되잖아?"

“좋은 생각이야, 카심 아저씨. 어때? 아빠.”

“아니, 이 방은 어쩌려고? 집세만 나가잖니.”

“그냥 비워 놓아도 상관없어……. 돈 걱정은 전혀 할 필요 없어, 아빠.”

“그러자, 벨. 나랑 안제가 한 번만 의뢰를 받아도 돈이 오히려 남는다고.”

S랭크 모험가는 거침없구나, 벨그리프는 쓴웃음만 지었다.

돈이 거의 필요하지 않은 톨네라와 달리 올펜에서는 무엇을 하려든 간에 돈을 써야 한다.

벨그리프도 집에 놓아둔 만큼 돈을 가지고 나왔지만, 그럼에도 꽤 많이 줄었다. 저번에 안젤린이 셀렌을 구출해준 보답이라면서 사샤가 갖고 왔었던 금화도 좋은 기회이지 싶어서 챙겨 왔다만, 엄연히 안젤린의 소유라는 생각에 손을 대지는 않았다. 그 돈도 카심과 재회를 축하하는 연회 때 안젤린이 곧바로 써버렸다만.

이런 상황에서는 새 방을 빌린다 쳐도 딸아이와 카심의 도움이 분명 필요하겠다. 그러면 역시 두 사람의 의견을 묻고 존중하는 것이 옳겠지.

괜한 돈 낭비를 하는 듯싶어 꺼림칙한 측면도 있긴 있지만, 아직껏 눈이 녹기에는 이른 시기다. 마냥 이렇듯 작은 방에 끼어서 생활할 수도 없는 노릇이었다. 벨그리프는 탄식하고 머리를 긁적였다.

“그럼 그렇게 할까. 괜찮은 방이 있으면 좋겠구나.”

"응! 기대돼!"

"있잖아, 언니. 어떤 방이 좋을까? 아니면 집을 한 채 빌려버릴까?"

"그것도 괜찮겠네. 그래도 너무 넓으면 청소가 힘들어. 카심 아저씨는 바라는 거 있어?"

"나야 아무 데서나 대충 잠이 잘 오니까 신경 쓰는 건 없는데."

"……그럼 길바닥에 누워서 자면 되지 않나."

"얘가, 벡!"

샤를로테가 뺨을 볼록거리며 질책해도 벡은 홱 고개를 돌렸다. 카심은 히죽 웃고는 탁자 너머로 손을 뻗어서 벡의 머리를 붙잡았다.

"헤헤헷, 제법 입심이 좋군. 난 말야, 이렇게 불퉁거리는 아이도 싫지 않단다. 착하다, 착해."

"손 치워라……. 이, 이봐. 뭐야, 손 치워!"

"어구, 어이구, 어떠냐?"

카심은 히죽히죽 웃으면서 벡의 머리를 꾸깃꾸깃 쓸어 만졌다. 무엇인가 마법의 힘이 손바닥에서 방출되는 듯 벡은 눈동자가 마구 뒤흔들리고 있다. 벨그리프는 기가 막혀서 카심의 팔에 손을 얹었다.

"이보게, 카심. 어른답게 굴어야지."

"이쯤이야 장난이라니까."

카심은 손을 들어서 팔랑팔랑 흔들었다. 벡이 거하게 숨을 내쉰다. 머리가 어찔어찔해서 현기증이 나는가 보다. 안젤린이 쿡쿡 웃었다.

"벡 군, 불퉁거려 봤자 소용없다네."

"시끄러워. 제길, 터무니없는 아저씨군……."

"네가 못된 소리를 해서 혼나는 거야. 입은 재앙의 근원이거든, 벡."

벡은 작게 혀를 차고는 컵에 든 물을 들이켰다. 벨그리프는 탄식했다.

"별일도 아닌데 싸우지들 말거라, 거참……."

"뭐, 어쨌든 집을 찾으러 갑세. 후닥닥 먹어 치우자고."

그렇게 말한 뒤 카심은 보리죽에 수저를 쑥 집어넣었다.

○

오늘도 회색 구름이 드리워지고 눈이 내려서 곳곳을 하얗게 물들이고 있다. 오가는 사람들도 입에서 하얀 입김을 뱉어 내기에 마치 저것들이 모여서 구름을 만들어 내는 것 같기도 하다.

올펜의 석조 건물들이 늘어서 있는 풍경은 가만 보기만 해도 어쩐지 서늘한 느낌이 든다는 것이 벨그리프의 생각이다. 건설을 막 마쳤을 무렵에는 색깔을 칠해 놓았을 돌벽이 이제는 색이 완전히 벗겨져 있는 광경을 보면 묘하게도 쓸쓸한 느낌을 받았다.

벌써 이곳에 와서 한 달이 훌쩍 지나갔다. 20년 전 걸어 다녔던 거리는 새삼 돌아다녀보니까 기억 속 풍경보다 더욱 허름한 것 같았다. 시간이 많이 지났기 때문에 당연하겠지만, 기억이란 녀석은 시간의 경과에 따라 아름다워지는 것 같다는 생각도 든다. 실제

광경보다 기억 속 풍경이 더 아름답게 느껴지고는 하지 않던가.

불과 2년 남짓의 생활을 25년 지난 현재에도 선명하게 떠올릴 수 있다는 데 벨그리프는 놀랐다. 그 나날들은 비록 안락하지는 못했지만, 위태롭고 불안했기에 오히려 다른 곳에는 없는 찬란한 빛이 함께했었을 것이다.

이런 생각을 떠올릴 때마다 제법 나이를 먹었구나 실감하며 벨그리프는 쓴웃음을 지었다. 카심과 재회를 이룬 이후부터 비슷한 느낌을 더욱 강하게 받는 듯도 하다. 여하튼 대화를 나눌 때마다 옛 풍경이 절로 환기되는 터라 별수가 없다. 톨네라에서 느꼈던 과거에 대한 안타까움은 더욱 윤곽이 뚜렷해졌다.

그럼에도 역시 지금 살아가는 시간을 더욱 소중하게 여겨야 하지 않을까.

조금 삭막하게 표현하자면 자신의 과거 청산이야 개인적인 미련에 불과하다. 같은 목적을 가지고 있는 카심은 어쨌든 간에 지나치게 많은 사람을 끌어들이는 것은 바라는 바가 아니었다.

"……그라함과 미토는 잘 지내고 있나."

그 말수가 적은 두 사람이 난로 앞쪽에 앉아 변함없이 생뚱맞은 대화나 반복하는 광경을 상상한 뒤 벨그리프는 무심코 미소를 머금었다. 꼬박꼬박 식사는 챙겨 먹을까 염려가 된다. 저장해 둔 식량이 상하지는 않았을까, 가르쳐준 실잣기는 잘 해내고 있을까, 콩 선별은 진척이 좀 되었을까 등등 상념이 일단 스치자 이것저것 자꾸 마음에 걸린다.

결국 올펜에서 생활한 시간보다도 톨네라에서 생활한 시간이 훨씬 더 길다. 과거의 청산은 중요하지만, 지금 자신에게는 톨네라 역시 그와 비슷할 만큼 중요한 곳이었다.

벌써 향수에 잠기려는가. 벨그리프는 쓴웃음을 지었다. 안젤린을 놀릴 수가 없겠다.

건물의 처마 아래에서 눈을 피하며 기다리던 때 안젤린이 떨떠름한 표정을 짓고 앞쪽 건물에서 나왔다.

"……여기도 빈방이 없어."

"으음, 역시 조그만 방이어도 괜찮으니까 두 곳으로 나눠서……."

"안 돼. 싫어, 절대로 안 돼. 가족은 사이좋게 한 지붕에서 살아야지."

안젤린은 더없이 단호하게 벨그리프의 요구를 물리쳤다. 벨그리프는 탄식했다.

아침 식사를 마친 이후에 집을 나와서 이곳저곳 부동산을 돌아다녔다.

올펜의 생활상은 격차가 심하다. 일등지에 사는 귀족들부터 가장 밑바닥의 빈민가까지 다양하다. 다만 주민들 대부분은 중산 계층이며 상인 및 장인, 그에 더하여 모험가였다. 저들을 수요로 지은 가옥은 많다.

따라서 적당한 방 하나쯤이야 금방 구할 수 있을 것이라 별걱정은 안 했다만, 의외로 아직껏 찾아내지 못했다. 어디에 가도 괜찮은 빈방은 남아 있지를 않다.

카심이 머리 뒤쪽으로 깍지를 끼며 말했다.

"금방 찾아지는 게 아니구나. 올펜이 넓은 곳이라지만, 사람도 엄청 많아선가."

"딱히 오늘 꼭 찾아서 계약까지 할 필요는 없다만……."

"……나는 지금 방에서 쭉 지내도 괜찮거든? 아빠."

안젤린이 엉뚱한 말을 꺼낸다. 벨그리프는 기가 막혀서 턱수염을 쓸어 만졌다. 톨네라의 본가는 큰 방만 하나이니까 어쩔 수 없었지만, 올펜에서도 똑같이 생활할 수는 없다.

"안제……. 너도 한창때 여자아이인데 개인적인 공간을 좀 갖고 싶다든가 그런 마음이 있지는 않니?"

"없어. 숨기고 싶은 꺼림칙한 게 아무것도 없는걸."

즉답이다. 벨그리프는 적절한 말을 찾지 못하고 어깨를 떨어뜨렸다. 착한 아이인지 별난 투정인지 영 알 수가 없다. 순수하게 자신을 잘 따라주는 모습이 기쁘기야 하지만, 벌써 열여덟 살이나 된 아가씨가 이런 모양이라면 슬슬 불안감도 들지 않겠는가.

혼자서 자는 연습은 어떻게 된 것인가 싶어 벨그리프는 한숨이 새어 나왔다. 카심이 재미있다는 표정을 짓고 있었다.

"벨, 이래저래 힘들겠구나, 너는."

"알아준다면 조금 더 내 편을 들어주게나……."

"헤헤, 벨과 안제의 틈에 끼어드는 눈치 없는 짓을 내가 어떻게 하겠어."

눈 알갱이가 커다랗게, 나풀나풀 떨어지다가 바람을 타고 처마

로 날아들어서 의복 및 망토에 달라붙었다. 톨네라 정도는 아니라 한들 이 주변도 겨울은 춥다.

카심이 샤를로테와 벡의 머리를 톡톡 두드렸다.

“뭐, 오늘은 이만하면 되지 않았나? 나는 이 녀석들 훈련 좀 시켜줘야겠어.”

“그래, 벌써 시간이……. 음, 뭐, 방은 차근차근 찾도록 하지.”

벨그리프는 지친 얼굴로 웃었다.

지난 며칠간 카심은 벡과 샤를로테에게 마법 스승이 되어주었다. 벨그리프의 입장에서는 벡은 어쨌든 간에 샤를로테는 조금 더 놀면서 지내는 시간을 만들어주고 싶었다만, 샤를로테 본인이 마법을 배우고 싶다 말을 꺼냈다.

소녀는 몸에 지니고 있는 마력의 양은 비록 많았지만, 마법을 구사하는 방법은 잘 알지 못했다.

솔로몬의 무녀로서 한창 유세를 다닌 시절에는 건네받은 반지의 힘에 의존했었다. 일정한 마력과 최저한의 영창만 가능하면 아무 문제가 없었다. 그 물건을 잃은 이후에는 마법은 쓰지 않았다.

무섭도록 혹독한 마리아와 비교해서 카심은 장난기가 많다 뿐이지 싹싹하다. 덕분에 샤를로테도 몸소 마법을 배우고 싶은 마음이 들었을 테지. 카심도 역시 귀찮다는 생각은 딱히 없는 듯, 의욕적으로 두 사람에게 이것저것 가르쳐주고 있다. 대마도사인 만큼 기량이야 분명 확실하겠지만, 교습까지 가능할 줄이야. 과거에 낯가림을 하고 장난치기 좋아했던 소년을 알고 있는 벨그리프의

입장에서는 참으로 의외라는 것이 솔직한 감상이었다.

노점에서 적당히 점심 식사를 때운 다음에 카심에게 두 아이를 맡기고 벨그리프는 안젤린과 둘이 길드로 향했다.

거리를 나란히 걸어가는 도중 안젤린이 희색을 띠고 벨그리프의 팔뚝에 안겨 들었다. 벨그리프는 살짝 웃었다.

"기뻐 보이는구나, 안제."

"응! 에헤헤……. 이렇게 아빠랑 올펜을 걷는다는 게 꿈만 같아!"

그렇게 말한 뒤 안젤린은 팔을 더욱 꽉 끌어안았다.

에스트갈에서 돌아와 벨그리프와 함께 생활을 시작한 이후 안젤린은 쭉 사소한 계기가 있을 때마다 끓어넘치는 기쁨을 힘껏 표현했다. 톨네라에서 벨그리프의 일상 속으로 돌아가는 것과 다르게 자신의 일상 속에서 벨그리프가 함께해준다는 것이 주체할 수 없이 흐뭇한 눈치였다. 의뢰를 받아 던전으로 떠날 때까지는 매일같이 벨그리프를 잡아끌어다가 올펜의 시가지 곳곳을 걸어 다니면서 괜찮은 가게 및 평소에 마음에 들어 한 장소를 안내해줬다. 벨그리프도 희미하게 기억에 남아 있는 올펜의 거리를 딸과 함께 걷는 시간은 물론 기뻤다.

거의 한 시간을 걸어서 길드에 도착했다. 이미 점심때가 지나서 건물 안쪽은 사람들 숫자는 제법 줄어들었지만, 그럼에도 아직껏 벅적벅적했다.

모험가 길드가 바쁜 시간대는 대부분 아침부터 점심 사이이다. 기본적으로 점심을 지난 이후에 접수되는 의뢰는 급한 부류가 아

닌 한 다음 날에나 배정된다. 즉 처음 게시되는 시간이 아침이다.

그 때문에 길드는 아침마다 더욱 벌이가 좋은 일거리를 찾는 쟁탈전이 벌어지고, 마음이 급한 의뢰주 역시 조금이라도 삯이 싸면서 또한 실력이 있는 모험가에게 의뢰를 맡기고 싶어 하는지라 아주 떠들썩해진다.

그런 사람들이 적당히 빠지는 때가 점심 무렵이고, 이후에는 자기 형편에 맞춰 의뢰를 받아도 생활하는 데 지장이 없는 고위 랭크 모험가나 베테랑 중견들의 방문이 많아진다. 오후 시간이면 의뢰의 분류 및 반입되는 소재의 평가나 의뢰 완료 수속 등등이 주된 업무다.

접수처에 가봤더니 마르그리트가 있었다. 도구 주머니에서 마수의 발톱이며 송곳니, 뼈 따위를 꺼내 카운터 위에 늘어놓는다.

의족이 돌바닥을 두드리는 소리로 알아차렸는지 마르그리트는 고개 돌려서 빙그레 웃었다.

"왔구나, 벨. 안제도."

"그래, 마리. 볼일은 끝났고?"

"응, 대충. 좀만 더 하면 D랭크라더라. 그나저나, 받는 의뢰가 다 시시해서 아쉽다니까."

마르그리트는 그렇게 말하고는 장난스럽게 웃었다. 안젤린이 쿡쿡 웃는다.

"그럼 또 대련이나 할래……?"

"오! 괜찮네! 오늘은 꼭 혼쭐을 내주겠어!"

"흐흥, 마리 따위한테 질쏘냐……."

"어쭈, 요놈의 자식! 그 여유를 무너뜨려주마!"

마르그리트는 희희낙락하며 안젤린의 어깨를 쿡쿡 찔렀다.

같은 나이에 검사, 게다가 실력도 거의 호각이라는 이유 덕분인지 안젤린과 마르그리트는 일종의 호적수와 비슷한 관계로 친해졌다.

그러나 지금 시점에서는 안젤린이 우위를 점하고 있다. 검의 기량은 대략 호각이지만, 역시 경험의 차이가 작용하지 않았을까 싶다. 그래도 몇 번인가 대결을 거듭할수록 마르그리트의 움직임 역시 점점 세련되어지는 듯 여겨졌다.

거리낌 없이 놀리는 말로 서로를 자극하는 두 사람을 보며 벨그리프는 미소 지었다. 이런 상대가 곁에 있으면 성장에도 박차가 가해진다. 게다가 무척 좋은 친구가 될 수 있겠다.

그건 그렇고 이런 천재가 두 사람이나 있다는 것이 희한하다는 생각이 들어 벨그리프는 머리를 긁적였다.

안젤린이 고개 돌렸다.

"마리랑 쌈박질하고 올게……. 아빠는?"

"아빠는 또 조사를 해야겠구나. 끝나면 돌아오렴."

"뭐냐, 와서 안 보고? 오늘은 내가 이길 텐데?"

"하하, 무용담을 기대하고 있으마. 힘내라, 마리."

안젤린이 뺨을 볼록거렸다.

"나도 힘내라고 말해줘……!"

“그래, 안제도 힘내거라. 절대 안 다치게 조심하고.”

“응!”

여성 접수원이 흐뭇하게 이쪽을 보고 있었다.

두 사람을 배웅하고 벨그리프는 고위 랭크 전용의 접수처 방향으로 갔다.

카운터 너머에 에드거가 앉아서 서류를 훌훌 넘기고 있었다. 벨그리프가 가까이 가자 얼굴을 들어 올리고 웃는다. 한쪽 손으로 막 흘러내리는 반다나를 고쳐서 썼다.

“왔군, 벨 씨. 오늘도 조사인가?”

“그래. 매번 방해해서 미안하네, 에드 씨.”

“에이, 무슨 소리야. 오히려 자료 정리도 되니까 도와주는 거지.”

에드거는 카운터의 쪽문을 열어서 벨그리프를 맞이해줬다.

“우리도 틈날 때 조사하곤 있는데 좀처럼 좋은 정보가 없어서 말야…….”

“아닐세, 뭐, 나 개인의 문제 아닌가. 굳이 신경을 쓰진 말게나.”

“그런가? 아무튼 뭐, 당신의 힘이 되어주고 싶은 건 빈말이 아니야. 무슨 일 있거든 부담 없이 말해달라고?”

“고맙네, 든든하군.”

벨그리프는 머리 숙였다.

길드 직원들은 올펜의 위기를 구원해준 안젤린에게 은혜를 느끼고 있고, 더 나아가 아버지이자 안젤린이 올펜에 남아 버티게 해준 요인으로 작용한 벨그리프에게도 호의적으로 대해줬다. 다만

안젤린이 퍼뜨린 「적귀」의 소문도 있어 벨그리프가 살짝 다가가기 어려운 존재로 인식되는 터라 어딘가 민망하다는 기분도 든다.

그러나 에드거 등은 저렇게 묘한 거리감이나 조심하는 내색이 전혀 없었다. 현역 AAA랭크 모험가인 이 남자도 벨그리프의 실력에 흥미를 갖고 있었기에 몇 차례 대련을 했다. 라이오넬의 옛 파티에서는 주로 중위를 담당했고, 공격 및 수비의 진퇴에 능숙한 에드거와의 대련은 벨그리프에게도 큰 자극이 됐다.

그렇게 지내는 동안 마음을 툭 터놓게 됐고, 나이 비슷한 친구 사이로 스스럼없이 지내고 있다. 벨그리프는 무척 고마운 심정이었다. 어쩐지 그라함의 마음이 이해가 되는 기분이기도 하다.

“그러고 보니 오늘은 유리 씨가 안 보이는군?”

“그래, 오늘은 휴일이거든. 가끔은 일을 쉬어줘야지.”

“그런가……. 올 때마다 계시기에 언제 쉬려나 궁금했다네.”

“하하하, 그러게 말이야. 가만히 앉아만 있는 듯 보이지만 의외로 지치거든, 이런 업무는. 벨 씨는 매일매일 용케 하는군.”

“뭐, 내 경우는 일이 아니니까……. 어디, 시작해볼까.”

벨그리프가 걸음을 떼려고 할 때 에드거가 막 떠올랐다는 듯이 입을 열었다.

“아, 맞다. 벨 씨, 조만간 밤에 시간 좀 낼 수 있겠나?”

“밤에?”

“으음. 그게 말이야, 리노 녀석이 무척 피곤한 상태라서 잠깐 격려차 술자리라도 가져볼 생각이거든. 그런데 그 녀석이랑 둘이 마

신들 무슨 재미겠어. 괜찮다면 벨 씨도 어떤가? 카심 씨도."

"흠……. 그나저나 괜찮은 건가? 나 같은 사람이 끼어들어도?"

"그야 친구는 부르는 게 당연하잖아? 괜히 사양할 필요 없다니까."

"하하, 그런가. 좋아, 고마운 마음으로 참석해야겠군. 안제와 다른 아이들까지 불러도 괜찮겠나?"

"오, 물론이고말고. 맛있는 동방 요릿집을 알아 놨다네."

그때 의뢰를 마친 행색의 모험가가 카운터 너머로 다가와 섰다. 에드거가 일어서서 응대한다. 곁눈질로 벨그리프를 보고 꾸벅거렸다. 벨그리프는 어깨를 으쓱이곤 안쪽의 자료실로 들어갔다.

고위 랭크의 의뢰이니까 자료 숫자도 하위 랭크만큼 많지는 않다. 그렇다 해도 혼자서 조사하기에는 과하게 많은 분량이다. 과거의 자료 따위는 정리가 안 된 것도 많았다. 벨그리프가 일일이 살펴보는 김에 깔끔하게 재배열해서 정리하는 만큼 길드에도 제법 도움이 되긴 하겠다.

표시한 곳부터 다시 훑어가면서 퍼시벌이 관련되었을 법한 의뢰를 찾는다. 그럴듯한 서류를 발견하면 상세 내용을 확인하면서 행적을 더듬어보고자 시도한다. 그러나 지금 시점에서는 유력한 정보가 없다.

역시나 동방으로 영영 떠나버린 채 돌아오지 않았나. 그렇다면 올펜의 정보만 뒤적인들 행적을 포착하기는 어렵겠다.

솔직히 말하자면 쓸데없는 짓을 하고 있다는 심정도 떨칠 수 없었다.

그럼에도 올펜에 머무르고 있는 이상은 무엇이든 해야 진정이 됐다. 퍼시벌과 사티를 위한 행동이라는 생각도 들었다. 자기 자신에 대한 변명이라고 마음 어딘가에서 체념을 하고 있더라도.

어쩐지 이번에는 카심의 심정이 이해되는 기분이었기에 벨그리프는 쓴웃음 짓고 서류를 정리한 뒤 다른 자료를 손에 들었다.

"저기……."

목소리가 들려서 벨그리프는 놀라 그쪽을 돌아봤다. 젊은 접수원 아가씨가 우물쭈물하며 서 있었다. 손에 든 쟁반에 꽃차 컵이 있다.

"저기요……. 고생 많으십니다! 차를, 좀 끓여 왔는데요……."

"이런, 고맙습니다. 잘 마실게요."

벨그리프는 웃음 짓고는 인사했다. 젊은 접수원 아가씨가 뺨을 붉히면서 꽃차를 내려놓더니 또각또각 빠른 걸음으로 떠나갔다. 의아해서 벨그리프가 고개를 갸웃거리던 때에 자료실과 접수처를 구분 짓는 칸막이 너머에서 여성들의 꺅꺅 떠드는 목소리가 들렸다.

"어때? 어땠어?"

"긴장되더라……. 그래도 역시 멋진 분이야……."

"젊은 남자한텐 없는 매력이 있잖니. 안젤린 씨가 푹 빠지는 이유도 이해가 되네."

"다음에는 내가 차 갖다 드릴래!"

에드거의 어이없어하는 목소리가 들렸다.

"……난 차도 안 주는 거야?"

"앗, 에드거 씨, 죄송해요. 금방 가져올게요."

"너희들 진짜……. 뭐, 괜찮아."

아가씨들의 목소리가 점점 멀어진다.

"……무슨 일이려나."

묘하게 간지러운 기분을 얼버무리고자 벨그리프는 꽃차를 홀짝였다.

○

마르그리트가 거하게 숨을 내쉬었다. 벽면에 놓인 긴 의자에 안젤린과 나란히 앉아 있다.

"제길, 무승부라니……. 좀만 더 버텨주지, 끙."

손에 든 목검을 들여다보며 마르그리트가 말했다. 칼날 부분이 부서졌다.

안젤린도 비슷한 처지가 된 목검을 들고 있었다. 상태를 확인하고자 오른손으로 왼손으로 바꿔 들면서 흠흠, 고개를 끄덕거렸다.

"주입받는 마력을 못 견디는 거야……."

"다른 이유가 없지. 칫, 김빠지게. 다음에는 진짜 칼싸움으로 붙을까?"

"음……. 절대 안 다치게 조심하라고 아빠가 말했는데……."

"흐흠, 즉 진검은 불안하다는 말이군?"

놀림조로 말하는 마르그리트에게 안젤린은 뚱하게 입을 삐죽거

렸다.

“웃기시네……. 목검이든 진검이든 아직 마리한테는 안 지거든. 어쨌든 나랑 무승부를 만들었다는 게 되게 대단한 거야.”

“헹, 아주 잘나셨다니까. 금방 네가 뒤처져서 날 쫓아오게 될 거다.”

마르그리트는 깔깔 웃었다. 안젤린은 흥, 코웃음 치곤 마르그리트를 쿡쿡 찔러 댔다.

훈련장에 온 뒤 연습용 목검을 빌려서 곧장 대련을 시작했었다만, 불과 몇 분도 지나기 전에 두 사람의 목검이 부서져버렸다. 특별히 많이 부딪친 게 아니니까 안젤린의 말대로 주입되는 마력을 목검이 견뎌 내지 못했던 까닭이겠다.

결국 일정 수준 이상의 실력을 보유하고 있는 인물에게는 상응하는 무기가 필요해지는 듯싶다. 안젤린 역시 모험가 생활을 시작했던 이후 몇 번인가 검을 새로 맞췄다.

그렇지만 벨그리프와 대련하던 중 목검이 부서진 적은 한 번도 없었는데, 새삼 안젤린은 고개를 갸웃거렸다.

아빠는 엄청 강한데도 어떻게 멀쩡했던 걸까. 고민해봐도 그럴듯한 이유가 딱히 안 떠올랐다.

마르그리트가 의아해하며 안젤린의 얼굴을 들여다본다.

“뭔 생각을 골 아프게 하냐?”

“아빠랑 대련했을 때는 이렇게 검이 부서지지 않았어…….”

“그야 그렇겠지. 벨은 검 실력이 아주 대단한 건 아니니까.”

“바보. 아빠가 나보다 더 강하단 말야.”

"네가 대충 힘 빼고 싸운 게 아니라?"

안젤린은 바보를 보는 눈빛으로 마르그리트를 쳐다봤다.

"아빠의 실력을 몰라보는구나, 역시 마리는 마리……."

"요것 봐라, 지금 뭐랬냐. 검을 겨뤄서 난 벨한테 한 번도 안 졌단 말이다."

실제 톨네라에서 지내던 때도 마르그리트는 벨그리프와 거듭 대련을 했다. 처음 몇 합은 긴박한 싸움이 벌어지지만, 최종 국면에 가면 언제나 마르그리트가 승리했다. 여러 번 오싹거리는 상황을 겪었음은 인정하지만, 그렇다고 궁지에 몰린 적은 없었다.

이런 경험이 있기 때문에 마르그리트가 생각하는 벨그리프의 실력은 약하지는 않을 뿐 자신에게는 못 미치는 수준이다. 물론 이것은 검술로 한정 지었을 때의 평가이지 모험가 본연의 기량이라면 마르그리트도 존경하고 있다만.

안젤린은 목검의 자루를 공중에 던졌다가 다시 잡아챘다.

"아빠가 봐준 줄도 모르고……."

"그게 말이나 되냐. 에이, 관둬라, 관둬! 너랑 이런 주제로 얘기해 봤자 끝이 안 나지!"

마르그리트가 절레절레 머리를 가로젓는다.

"안제, 너 말이다. 벨 이야기만 나오면 갑자기 벽창호가 되는 거 알아?"

"누가 벽창호야……. 진짜로 아빠는 강해. 마리도 같이 싸웠던 적 있다면서? 그럼 겪어봤을 텐데."

"으음……. 뭐, 맞는 말이긴 한데."

마르그리트는 고개를 끄덕였다. 검을 겨뤄서 질 것 같지는 않을 뿐 모험가의 전체적인 역량은 벨그리프가 아득하게 높다고 인정한다. 검만 사용하는 형태의 대련이 아니고 지형이나 여러 도구를 이용하는 등 수단을 제한하지 않는다면, 벨그리프에게 패배할 가능성도 충분히 있다. 마르그리트도 분명 인정하는 사실이었다.

"그나저나 벨 녀석, 톨네라에 틀어박혀서 살던 주제에 왜 저렇게 실력이 좋은 거냐."

"그게 아빠의 대단한 부분이란다. 분명 정신력이야."

"……일리가 있군."

명상 수행 및 그에 뒤따르는 마력 제어의 단련에서는 마르그리트도 벨그리프에게 훨씬 뒤처졌음을 느끼고 있다.

"그런가. 그래서 벨은 목검도 안 부서뜨리는구나."

"……무슨 소리야?"

마르그리트는 부러진 목검 자루를 손가락으로 빙글빙글 돌렸다.

"마력이란 걸 엘프의 옛말로는 『기(氣)』라고 부르는데 말이야."

"무슨 뜻이야……?"

"으음……. 큰숙부의 말을 빌리자면 한 가지 힘의 지향성? 방향성? 뭐라 뭐라 하던데."

"……잘 모르겠는데."

"어, 으음, 거 뭐냐. 이게, 우리가 뭔가 의식을 집중하면 그 대상으로 힘이 저절로 슬슬 쏠리잖아? 그렇게 의식을 따라 『기』가

흘러 다닌다더라. 이런 걸 의식적으로 더욱 잘 다룰 수 있게 되면 결과적으로 검 실력도 올라가고."

"흠……. 확실히. 우리는 마법사가 아닌데도 검에 마력을 담아낼 수 있잖아."

"그런 뜻이야. 그 흐름을 보다 의식적으로 만들기 위한 첫 번째 단련이 명상. 일단 마력의 흐름부터 포착하고 그런 걸 의식해서 검을 휘두르는 거야. 그런데 난 대충 감각으로 해치우는 만큼 의식적으로 하는 게 조금 서툴러서……. 그래도 벨은 특기라더라고. 아마도 너도 비슷하지 않나?"

"끙……. 대충 비슷하네."

안젤린은 손바닥을 보고 쥐었다가 폈다가 했다. 검에 마력을 흘려 넣는다. 확실히 감각적으로 얼렁뚱땅 해치울 순 있다지만, 어떤 원리인지는 딱히 고민한 적이 없었다. 적에게 의식을 집중시키거나 주변 구석구석 감각을 곤두세우는 것이 결과적으로 엘프의 옛말이라는『기』를 퍼뜨리는 행동이었을까?

"큰숙부의 말론 역시나 정신력이 중요하다더라. 게다가 세밀하게 움직이는 방식까지 의식적으로 못 해내면 소용없다고 하고. 벨의 목검이 안 부서지는 이유는 아마 주입되는 마력이 적은 이유도 있겠지만, 그 마력을 움직이는 방식이 효율적이고 낭비가 없기 때문이 아닐까 싶어."

"흐흥……. 역시 아빠는 대단해."

안젤린은 자기가 칭찬받은 것처럼 자랑스럽게 가슴을 쭉 폈다.

실제 벨그리프의 검법 숙달 과정은 마력 제어에 기인하는 부분이 컸다. 본래 지닌 바 마력의 총량부터 평범한 수준일 뿐 특별히 우수하지가 않다. 그러나 많지 않은 마력을 더욱 잘, 효율 좋게 다루는 기술이 뛰어났다.

더욱 작은 움직임으로, 더욱 효율적으로.

얄궂게도 다리를 잃은 사고가 이런 과정을 더욱 강하게 의식시켰다. 두 다리가 있는 모험가와 똑같이 움직일 순 없다. 따라서 더욱 신경을 예리하게 곤두세웠고 다리 놀림이며 검 끝의 움직임 등에 언제나 주의를 기울였다. 요컨대 부지불식간에 마력을 잘 다루기 위한 단련과 같은 경험을 축적했던 셈이다.

그런 경험들이 그라함의 가르침을 받아서 명확하게 표출되자 목표로 삼아야 할 방향이 명료해졌고, 또한 하나의 벽을 넘을 수 있었다. 그렇게 우직하게 20년 이상 단련을 거르지 않는 성과가 눈에 띄도록 나타났던 것이다. 물론 벨그리프 본인은 이렇듯 분석까지는 안 하고 있다만.

안젤린은 번쩍 일어섰다.

“한판 더 붙을까?”

“기꺼이. 진검, 쓰겠어?”

“음……. 칼집에 넣어서.”

“좋았어! 이러면 안 부서지겠군.”

마르그리트는 희색을 띠고 허리춤의 검을 칼집째 손에 잡아서 빙글빙글 돌렸다. 벨그리프가 20년 이상의 섬세한 훈련에 더하여

그라함에게 강습을 받아 가면서 겨우 습득했던 과정을 감각으로 해치워버리는 분들이 바로 이 아가씨들이다.

두 번째 대련은 격렬한 전투로 이어졌지만, 역시 안젤린의 승리로 끝났다. 마르그리트가 이기는 날은 아직도 더 나중에나 올 듯싶다.

60 건조하고 차가운 바람이 눈발과 함께 불어닥쳐서

건조하고 차가운 바람이 눈발과 함께 불어닥쳐서 승합 마차에 탄 사람들을 쓸어 만졌다. 아무리 옷을 껴입었어도 기어이 빈틈을 비집어서 냉기가 살갗까지 들어온다. 저마다 굼실굼실 몸을 움직였고, 일행이 있는 사람들은 몸을 서로서로 바짝 가져다 댔다.

북부의 겨울이라기에는 드물게도 맑은 하늘이었다. 다만 그만큼 바람이 건조하고 차가워졌다.

위쪽에 구색만 갖춰 달아 둔 덮개 가지고는 바람까지 막아지지가 않는 데다가 괜히 햇볕만 차단해서 더욱 쌀쌀하다.

수레바퀴가 눈에 파묻힌 돌을 밟아서 달그락달그락 소리를 냈다. 그때마다 마차가 살짝살짝 요동을 친다. 햇살이 설경에 반사되어 반짝반짝 빛났다.

20대 중반쯤 되어 보이는 여인이 얼굴을 찌푸린 채 엉거주춤한 자세로 허리와 엉덩이를 손바닥으로 문질렀다. 평평한 얼굴 생김새와 앞섶을 거듭 포개는 특징적인 복장을 보면 동방의 인간임을 짐작할 수 있겠다. 관두의(貫頭衣)는 아니니까 털디스가 아닌 글단 혹은 무릉 부근의 주민일 테지. 어깨에 닿는 흑발을 아무렇게나 묶어 놓았고, 천을 덮어씌운 창 비슷한 기다란 물건을 손에 들

었다.

여인은 사투리 억양이 강한 말투로 중얼거렸다.

"아직껏 도착을 못 하는가. 볼기 아파라, 추워라, 아주 못살겠구만."

"좀 참아."

여인의 옆쪽에 앉아 있던 소녀가 말했다. 키는 자그마하고 나이는 10대 중반에서 후반쯤 되어 보인다. 붉은색이 짙게 묻어난 다갈색의 긴 코트 차림에 머플러를 둘렀고, 폭신폭신하게 늘어뜨린 귀가 달린 모피 모자를 덮어썼다. 언뜻 보이는 머리카락 색깔은 황토색이다. 옆쪽에는 악기로 짐작되는 케이스를 놓아두었다.

여인은 불만스럽게 도로 주저앉고 한숨 쉬었다. 품에서 담뱃대를 꺼내 들더니 건조시킨 담배를 꾹꾹 담는다. 입에 물고는 불을 붙여서 가슴 한가득 연기를 들이마셨다가 내뱉었다. 박하 냄새가 났다.

"일 때문이라지만 무척 버겁군. 대체 왜 겨울철 북부까지 와서 설움을 겪어야 한단 말인가……."

"추울 땐 쉐키럽 베이베~ 예압."

소녀는 불쑥 말하더니 몸을 흔들었다. 여인은 절레절레 고개를 가로저었다.

"욘석아, 아주 잘못된 말은 아니다만. 뭐냐, 웬 말버릇이야. 할멈이더냐?"

"옛날 사람들은 말했습니다. 춥거들랑, 댄싱, 트위스트, 이예얍."

소녀가 노래 부르듯 떠듬떠듬 읊조린다. 여인은 포기했는지 연기를 내뱉고는 담뱃대를 마차 테두리에 쳐서 재를 바깥으로 떨궜다.

“남부 쪽 농담을 주절거린들 나는 통 모르겠구나.”

“여전히 자넨 록이 부족하군.”

소녀는 흥, 코웃음 치곤 손에 든 호리병을 들이켰다. 뺨이 살짝 발갛다. 여인의 눈이 휘둥그레졌다.

“욘석이, 내 술이잖아!”

“옛날 사람들은 말했습니다. 네 것은 내 것. 내 것도 내 것.”

“시끄럽다, 똥강아지야! 네 녀석을 솥에 넣어서 삶아주랴!”

여인은 소녀의 모자에 늘어져 있는 귀를 붙잡아 비틀었다. 소녀가 꺄악, 울먹거렸다. 아무래도 이 귀는 모자의 일부가 아닌 소녀의 머리에서 늘어져 있는 것 같았다. 수인이다.

“아파, 아파아.”

“제길, 멀쩡히 점잔을 빼던 게 술기운 덕분이었나! 나한테도 내놔라!”

“어~라~ 거치셔라~.”

여인은 호리병을 빼앗아 들고 단숨에 들이켰다. 그러다가 얼굴을 찡그렸다.

“전부 다 마셔버렸나! 에라, 멍텅구리 녀석아!”

“꺄~ 용서해주쇼~. 앗, 다 왔다. 저기, 봐봐. 도착이야, 도착.”

“시끄럽다! 얼버무린들 소용없다!”

“꺄앙.”

여인은 소녀의 머리를 휘어잡아다가 꽉꽉 눌러서 뒤흔들었다. 소녀가 비명 질렀다. 다른 손님들이 몸을 움츠리면서 두 사람을 쳐다본다.

마차 저편에 햇살이 드리워지는 도시, 올펜이 모습을 드러냈다. 그러나 더욱 너머에서는 두꺼운 회색 구름이 슬금슬금 흘러들고 있었다.

○

새집은 넓기는 해도 적당히 감당할 만한 넓이로 잘 살펴 골랐다. 청소가 많이 힘들지도 않고, 그렇다고 다섯 명이 생활을 함께 하면서 비좁다는 느낌을 받지도 않는다. 틸디스에서 온 이주민이 만든 집이라던데 석조 벽면에 나무 바닥을 깔아서 큰 방을 하나로 쓰는 단순한 구조다. 마치 톨네라의 고향 집을 연상케 한다.

다만 난로가 없는 대신에 방 한가운데에 불자리가 있고, 그 주위를 둘러싸는 바닥에다가 융단을 깔아 위쪽에 직접 앉는 구조로 만들어졌다. 그 때문에 천장은 한가운데로 갈수록 돔처럼 완만하게 높아지는 형태를 채택했다.

그날 이후로 며칠 발품을 들여서 겨우 괜찮은 방을 찾아냈다. 주택지의 뒤쪽에 있는 작은 독챗집이다. 동부 이주민들이 모여서 사는 장소인 듯 주변에는 비슷비슷한 집이 차례차례 지어져 있다. 설마 정말로 독챗집을 구하게 될 줄은 몰랐던 터라 벨그리프는 쓴

웃음을 지어야 했다.

불과 두 달 남짓의 기간이지만, 특별히 문제도 없이 임대 계약을 마쳤다. 안젤린이 본래 물건을 많이 들여놓지 않는 성격이었던 데다가 벨그리프와 다른 사람들도 올펜에 정착할 뜻은 없었기 때문에 짐이 적었다. 몸이 가볍다는 뜻이다. 딱히 이사라고 할 만큼 호들갑스러운 과정도 없이 다 같이 거처를 옮겼다.

퍼시벌과 사티의 행적은 여전히 알아낸 바가 없었다.

매일같이 서류의 작은 글자와 눈씨름이나 했던지라 벨그리프는 눈이 살짝 침침해져서 잠시간 쉬고 싶은 기분이 들었다.

하루하루 아무 수확도 못 거두는 처지다. 자신이 들인 노력이 몹시 무의미하다는 한탄이 더욱 강해진다. 이런 때 무리해서 일을 계속하는 것은 안 좋다.

이날은 아침부터 눈이 내렸지만, 기온이 살짝 높아지고 있는 까닭인지 점심나절부터 진눈깨비가 되었기에 지면은 질척질척하고 바깥에 나가는 것도 별로 안 내키는 분위기다.

벨그리프는 톨네라에서 갖고 온 양털 뭉치를 잣고 있었다.

올펜에 온 이후 심심할 때면 늘 이렇다. 스핀들이 빙글빙글 돌아가면 하늘하늘했던 양털이 비비 꼬여서 실이 되었다.

실잣기를 할 때면 마음이 차분해졌다. 무엇인가 생각에 잠긴 듯 싶기도 하고, 아무 생각을 않아도 괜찮은 듯 느껴지기도 했다.

안젤린이 잠깐 옆에서 도와주다가 너무 심심해서인지 꾸벅꾸벅 졸더니 지금은 쿠션 위쪽에 무릎을 끌어안아 몸을 둥글린 채 벨그

리프에게 기대서 새근새근 숨소리만 내고 있었다.

다 자은 털실을 다시 감아서 정리한 뒤 벨그리프는 숨을 돌렸다. 살짝 하얗게 물들었다.

평소보다는 기온이 높다지만, 물론 으슬으슬 땅속부터 얼어 치솟는 한기는 건재하다. 화톳불에서 떨어지고 싶은 마음이 들지 않는다.

안젤린이 굼실굼실 몸을 움직거리며 중얼중얼 뭔가 말했다.

벨그리프는 안젤린의 어깨 쪽 모포를 다시 잘 덮어주고 잠시간 눈앞의 화톳불을 쳐다보다가 문득 생각이 떠올라서 안젤린의 어깨를 두드렸다.

"안제. 안제, 일어나거라."

안젤린은 입을 우물우물하다가 이윽고 눈떴다.

"음냐……. 안녕, 아빠."

"음. 네가, 오늘 밤 아네와 미리의 집에서 파티를 열 테니까 준비할 거라 말하지 않았니?"

안젤린은 상체를 일으켜서 눈을 비비적거렸다.

"……아, 맞아. 자버렸네……."

"하하, 무척 기분이 좋아 보이길래 안 깨웠다만, 슬슬 출발하는 게 좋겠구나."

"응, 출발해야지……."

안젤린은 일어나서 거하게 기지개를 켰다. 곧이어 커다랗게 세 가닥 땋기로 묶은 머리카락을 들고 얼굴을 찡그렸다.

"……쭈글쭈글. 아빠, 땋아줘."

"그래, 일단 앉으렴."

"응!"

안젤린은 희색을 띠며 등을 돌린 채 주저앉았다. 벨그리프는 안젤린의 흐트러진 머리카락을 먼저 풀었다가 다시 깔끔하게 땋았다.

얼마 전 샤를로테가 세 가닥 땋기로 묶어주었던 이후 안젤린은 이 머리가 마음에 들어서 매일매일 땋게 되었다. 벨그리프가 온 다음은 매일 아침마다 아버지에게 머리카락을 땋아달라 조르는 것이 일과였다.

울퉁불퉁 거죽 두꺼운 자신의 손이 안젤린의 매끄러운 머리카락을 땋아 나가는 모습이 벨그리프는 왠지 우스꽝스러웠다. 그나저나 어릴 적에는 줄곧 짧게 잘랐던 머리카락이 이렇듯 땋을 수 있을 만큼 길어졌다는 것이 신기하면서 또한 감개무량한 기분이다.

"……좋아, 다 됐다."

"고마워!"

사뿐하게 세 가닥 땋기로 묶은 머리카락을 쓰다듬고 안젤린은 만족스럽게 웃었다. 앉은 자세로 벨그리프에게 등을 기댄 뒤 체중을 실었다.

"오늘은 누가 와?"

"음, 에드 씨와 리오 씨. 그리고 아빠랑 카심에 벡이야."

"리오 씨……. 길드 마스터구나. 남자들 술자리……. 그것도 나름 재미있겠다."

"벡 말고는 아저씨만 잔뜩이지만."

그렇게 말한 뒤 벨그리프는 쓴웃음을 지었다.

"그나저나 정말 너는 안 와도 되는 거니?"

"내가 없으면 쓸쓸해?"

안젤린은 흐뭇해하며 벨그리프의 얼굴을 들여다봤다. 벨그리프는 머리를 긁적였다.

"글쎄다. 네가 안 따라온다는 게 별일이다 싶어서."

"에헤헤……. 나는 괜찮아. 가끔은 아빠도 마음 편하게 쉬어야지."

"하하, 그런가."

벨그리프는 수염을 쓰다듬었다.

오늘 밤은 에드가의 제안을 받아 술자리에 참석할 예정이다. 일전에 말을 들었던 이후 꽤 바빴는지 조금 시간이 지나갔다만, 드디어 일정이 잡힌 듯 에드거가 주선해주는 동방 요릿집에 가기로 했다. 해가 떨어진 다음 약속한 장소로 합류하면 된다.

벨그리프는 안젤린에게도 같이 가자고 제안했다만, 웬일로 안젤린이 거절했다. 참가자들의 면면을 봤을 때 남자들만 모이면 더욱 거리낌 없이 즐길 수 있으리라는 배려인 듯싶다.

딸의 성장이 기쁘면서도 섭섭해서 마음은 조금 복잡했다만, 순순히 안젤린의 호의를 받아들이기로 했다.

그 대신이라는 것은 아니지만, 오늘은 여자들도 아넷사와 밀리엄의 집에서 자기들끼리 거하게 술자리를 가질 예정이랬다. 식자재와 술을 잔뜩 사들여서 먹고 마시다가 취하고 졸리면 곧장 잠들

려는 계획인 듯싶다.

젊은이다워서 좋군, 벨그리프는 미소 지었다.

안젤린은 폴짝 일어섰다. 그러고는 외투를 입고 머플러를 둘러서 외출 준비를 마쳤다.

"너무 과하게 마시면 안 돼, 아빠."

"그래, 조심하마. 너도 너무 과음하지 말거라."

"알았어요~."

안젤린은 헤쭉 웃고는 가벼운 걸음걸이로 기분 좋게 집을 나갔다.

벨그리프는 창밖을 쳐다봤다. 또 기온이 내려갔는지 진눈깨비가 눈으로 바뀌고 있다.

구름은 제법 기었지만, 태양의 기울기는 빛의 세기로 짐작할 수 있다. 아직은 날이 밝아서 일몰까지는 더 시간이 걸리겠다.

스핀들을 손에 들고는 털 뭉치를 비비 꼬아서 다시 실잣기를 시작했다. 스핀들이 회전하면서 붕, 작게 소리를 낸다. 가끔 심지용 막대가 바닥에 닿아 딸각딸각 울려 퍼졌다.

○

훈련장에는 몇몇 구획을 지어서 대련을 위한 광장 말고도 나무로 만든 조그만 실내 공간이 다수 마련되어 있었다. 그곳들은 강의에 사용되는 경우도 있고, 마법사들이 명상이나 술식 구축 따위를 할 때 사용되는 경우도 있다.

그중 한 곳에 마법사들이 모여 있었다. 카심, 밀리엄, 벡과 샤를로테다. 벡과 샤를로테는 나란히 서 있고, 그 앞쪽에서 카심이 팔짱을 끼고 있다. 밀리엄은 벽 쪽에서 지팡이에 기대어 쪼그려 앉았다.

"발바닥이야. 정확하게 형태를 의식하는 거다."

카심의 말을 듣다가 벡은 눈을 꾹 감은 채 눈살을 찌푸렸다.

맨발로 서 있는 나무 바닥은 제법 서늘하다. 확실히 서 있는 감촉이 있을 뿐 발가락과 뒤꿈치, 발의 어느 위치가 바닥과 닿았고 어떤 구조로 몸을 지탱해주는지는 묘하게 애매하게 느껴졌다.

잠시 침묵이 이어졌지만, 이윽고 샤를로테가 거하게 숨을 내쉬었다. 소녀는 벡의 옆쪽에서 똑같이 맨발로 서 있었다.

"으휴……. 가만히 서 있기만 해도 지치네……."

카심은 껄껄 웃었다.

"뭐, 느긋하게 익히자고. 점점 괜찮은 느낌도 들고, 이런 연습은 꾸준함이 중요하니까."

밀리엄이 재미있다는 표정을 짓고 말했다.

"이런 연습 방법은 처음 봤어~. 재미있네."

"재밌지? 마법이란 건 자기 마력으로 외부에 간섭하는 기술이지. 술식이나 마법진 같은 건 이걸 공식으로 만들어서 간략화한 수단에 불과하다고. 지금 하는 훈련은 기초 중 기초야. 우선 자신의 형태를 올바르게 인식하는 게 중요한 거지. 이게 잘되면 멋진 효율로 몸에다가 마력을 담아낼 수 있거든. 영창이라든가 술식 이

론 따위야 나중에 배우면 그만이야."

"감각적이구나~. 젊은 척하는 할멈은 일단 영창이랑 술식 이론의 암기, 그리고 실전 훈련만 잔뜩이었는데. 명상은 짬짬이 잠깐 잠깐만 하는 느낌이었어."

"그쪽 방법도 잘못된 건 아냐. 어쨌든 이런 방식은 자기 마력을 잘 다룰 수 있게 훈련하는 게 목적이라서 말이야. 이론이나 영창은 딱히 중요하지가 않군."

"흠흠, 그래서 할멈은 실전에서 벡 군을 흠씬흠씬 괴롭혔구나~."

"그런 거다. 좀 혹독해도 즉각 몸에다 때려 박아서 고쳐주니까 효과가 있지."

그렇게 말한 뒤 카심은 벡의 머리를 톡톡 두드렸다. 벡은 살짝 눈살을 찌푸렸다.

"뭐, 「회색」 할머니처럼 호된 실전으로 열심히 수련하는 방식도 괜찮겠지만, 자기 내면과 마주하는 것도 중요한 과정이야. 안쪽에 마왕 같은 게 둥지를 틀어 놨다면 더더욱 그렇지. 자신의 형태를 정확하게 파악할 수 있다면 형태가 없는 존재에게 필요 이상으로 간섭받지도 않을 테고."

"오호라~ 나도 따라 해봐야지~."

밀리엄은 곧장 신발을 벗고 두 다리를 나란히 세워서 섰다.

"으힛~ 차가버라. 발바닥의 형태랬지?"

"맞아. 어떤 구조로 서 있는지 정확하게 알 수 있겠어?"

"으음……."

밀리엄은 잠시 눈을 감고 서 있었다.

"의외로 좀 어렵네. 생각보다 윤곽이 애매한 것 같아."

"쉽지 않지? 미리, 너는 이미 숙련자니까 발바닥의 윤곽을 마력으로 덧쓰는 것처럼 의식해봐라. 금방 성공할 거다."

밀리엄은 설명을 들은 대로 눈을 감고 몸속을 순환하는 마력이 발끝이며 발뒤꿈치의 선을 그리듯 흘러가는 것을 의식했다. 그러자 방금 전까지 애매했던 발의 형태가 뚜렷하게 실감되면서 발바닥의 어느 부분이 바닥과 닿았는지도 느낄 수 있게 되었다. 무심코 탄성이 새어 나왔다.

"오오~."

"감이 오는가 보군. 그걸 의식하지 않고도 뚜렷하게 알 수 있게 될 무렵에는 몸속에서 마력을 움직이는 게 상당히 많이 숙달될 거다."

"그래서 카심 아저씨는 언제나 맨발이구나?"

샤를로테가 눈을 반짝였다. 이렇게 추운 날에도 카심은 항상 맨발에 샌들만 신고 다닌다. 구두는커녕 양말을 신은 모습도 본 적이 없다.

카심은 겸연쩍어하며 머리를 긁적였다.

"아니……. 그냥 난 귀찮아서. 마력으로 몸을 코팅하고 다니니까 더위나 추위에는 좀 둔감하걸랑."

"그러고 다닌다는 게 엄청 대단한 건데……."

밀리엄은 기가 막힌 듯 감탄하는 듯 애매한 목소리로 말했다.

자기 신체의 윤곽을 정확하게 파악하는 수행에 의해 카심은 얇

은 막 비슷한 마력으로 몸을 항상 코팅하는 방법을 습득한 것 같다. 과연 이렇듯 섬세한 마력 컨트롤은 확실히 대상의 형태를 정확하게 파악할 수 있어야 가능하겠다. 밀리엄은 눈앞에 있는 대마도사의 실력을 새삼 절감했다.

샤를로테는 찰싹찰싹 자기 뺨을 때리곤 영차 힘을, 넣었다.

"열심히 해서 아버님한테 꼭 칭찬받을 거야!"

"나도 열심히 하자~. 한 발짝 더 앞서 나가야지."

샤를로테와 밀리엄은 나란히 서서 눈을 감았다.

카심은 슬쩍 웃고는 힐끔 벡을 쳐다봤다. 벡은 말없이 눈을 감은 채 줄곧 서 있었다. 몸을 움직이지 않고 가만히 호흡만 반복하고 있다. 카심은 살짝 감탄한 표정으로 턱수염을 쓰다듬었다. 카심의 눈에는 벡을 둘러싸고 있는 마력의 흐름이 보이는 듯했다.

움찔, 벡의 눈썹이 움직였다. 마력의 흐름이 바뀌더니 머리카락의 끝부분부터 검게 물들기 시작했다.

카심은 손을 뻗어서 벡의 어깨에 올려놓았다.

"인나라~."

따끔, 카심의 손에서 작은 충격이 치달았다. 벡은 놀라서 눈 떴다. 물들어 가던 머리카락은 다시 백색으로 돌아왔다. 벡은 의아한 표정을 짓고 손바닥을 들여다보며 쥐었다가 폈다가 했다.

"……내가."

"끌려갔구나? 『자신의』 윤곽을 의식해야지. 『마왕의』 윤곽이면 안 되잖냐."

"제길……."

벡은 분한 듯 머리를 흔들더니 카심을 돌아봤다.

"……나는 존재하고 있는 건가?"

"여기 있잖아, 눈앞에."

"아니. 당신은 분명 알 테지. 그 녀석들과 비슷한 일당과 한 패거리였잖아?"

카심은 어깨를 으쓱거렸다.

"그 이야기는 나중에 따로 하자고. 이런 곳에서 대충 할 얘기가 아니잖냐."

"……알았어."

벡은 눈살을 찡그린 채 다시 눈을 감았다. 한껏 숨을 들이마셨다가 규칙적으로 호흡한다.

카심은 하품을 하며 명상하는 세 사람을 지켜봤다.

그렇게 얼마나 시간이 더 흘러갔는지 모르겠지만, 작은 방의 출입문이 열렸다. 또각또각 무엇인가 나무 바닥을 때리는 소리가 난다.

샤를로테가 제일 먼저 눈을 뜨더니 달음박질쳤다. 막 들어온 남자에게 안겨 들었다.

"아버님!"

"어이쿠."

벨그리프는 샤를로테를 받아서 안아줬다.

"내가 방해했나?"

"음냐. 벨, 왔구나. 벌써 저녁때인가?"

"그래."

벨그리프는 고개를 끄덕였다. 카심은 중절모자를 고쳐 쓰고는 기지개를 켰다.

"어때? 푹 쉬었나?"

"그래, 덕분에 편히 지냈어."

"좋아, 오늘은 이만하자. 집에 가자고."

바깥은 이미 천천히 어두워지고 있다. 처마 끝에 매달린 고드름의 끝부분에서 물방울이 흔들거린다. 저렇게 조금씩 아래로 뻗어 내려올 테지. 축 드리운 두꺼운 구름에서 떨어지는 눈이 바람에 부서져 가늘어졌다가 다시 흩날려서 얼굴을 때리는지라 단지 걸어 다니는 동안에도 눈을 가늘게 좁혀서 떠야만 했다.

팔에 매달린 샤를로테를 망토로 덮어 감싸주면서 벨그리프는 밀리엄에게 말을 건넸다.

"미리는 여기에 와 있었구나."

"응. 카심 아저씨 수업이 궁금해서 아네한테 맡기고 따라 나왔어요~."

"그럼 안제는 먼저 만났고? 점심 지나서 나갔었는데."

"으음, 글쎄요? 아마 도착은 했을 거예요. 아네랑 같이 시장에 갔다가 밤에 파티 준비를 하는 게 아닐까냥~?"

"응, 그렇구나."

벨그리프는 허공에 숨을 토했다. 하얗게 회오리치다가 바람에 날려 흩어졌다.

밀리엄은 카심의 훈련에 흥미가 있어 이쪽으로 온 듯싶지만, 안젤린과 아넷사는 밤의 파티 준비를 위해 시장이나 주점을 돌아다녔을 테지. 주간의 진눈깨비는 완전히 눈으로 바뀌었고 기온도 내려가서 으슬으슬 차가워졌다. 이런 시간에 별생각 없이 돌아다녔다가는 감기에 걸리겠다. 이미 집으로 돌아가서 요리 등 작업을 시작했다면야 괜찮을 텐데. 불쑥 염려가 들었다.

"가끔은 남자들끼리 떠드는 것도 괜찮죠~."

밀리엄이 쿡쿡 웃었다.

"벨 아저씨도 안제가 같이 있으면 이야기를 못 하는 게 있지 않으세요~?"

"음, 글쎄다……. 딱히 숨겨야 할 이야기는 없다만……."

벨그리프는 쓴웃음을 지었다. 이야기하기 어려운 게 아주 없지는 않다. 단지 미토에 대해 전부를 다 밝히지는 못한 처지였다. 숲에서 주운 남동생이라는 이야기는 해 뒀다. 안젤린은 톨네라에 돌아갈 즐거움이 하나 늘어났다면서 무척 기뻐했다.

다만 미토가 마왕에게서 파생된 신비로운 존재라는 사실까지는 이야기하지 않았다. 무엇이라고 설명하면 되려나 알 수가 없었던 이유 때문이기도 하고, 괜한 선입관을 갖게 될까 봐 꺼려져서였다.

그러나 언젠가는 이야기해줘야 할 문제다. 안젤린이 미토의 정체를 알고 어떻게 반응할까 딱히 걱정이 되진 않는다만, 타이밍이나 어떻게 말을 꺼내야 하나 망설이다가 결국 아직껏 이야기를 못 해주고 있는 상태였다.

어쨌든 간에 서둘러야 할 이야기는 아니다. 톨네라에 돌아간 뒤 미토를 앞에 두고서 차근차근 얘기해주면 될 것이라고 벨그리프는 마음을 정해 두었다. 올펜에서 괜히 부산을 떨어도 별 소용이 없다.

"그럼 저희는 이만 가볼게요~."

"모두 감기 걸리면 안 돼! 그리고 너무 과음하지 말고!"

도중에 밀리엄과 샤를로테와 헤어져서 벨그리프는 카심과 벡과 함께 거리를 따라 언덕을 올랐다가 내려갔다가 몇 군데 골목길을 꺾어 들어갔다.

카심이 중절모자를 붙들고 헤헤 웃는다.

"그리운데, 옛날에 이렇게 여기저기 걸어 다니면서 도구를 사다 챙겼잖아."

"맞아, 그랬었지. 나는 마도구를 보는 눈이 없어서 자네가 봐줬고."

"그래그래. 하지만 가루 기름이라든가 벌레 쫓는 약이라든가 연막 구슬이라든가 그런 건 네가 가장 잘 골라냈었지."

"기억나나? 퍼시가 싸구려 연막 구슬을 사 와서 시험 삼아 써봤더니 연기가 안 나왔잖아."

"그럼! 기억하지! 그러다가 퍼시가 고개 갸웃거리고 연막 구슬에 가까이 다가갔을 때 뻐엉 터졌더랬지. 그때 퍼시 얼굴이 끝내줬어!"

카심은 껄껄 유쾌하게 웃고는 문득 씁쓸하게 눈을 감았다.

"……다시 만나면 참 좋겠는데."

“그러게 말이다……. 아무튼 퍼시도 사티도 분명 기운차게 지내고 있을 거야. 나와 자네가 만난 것처럼 분명 두 사람 모두 다시 만날 수 있고말고.”

“그래……. 그래야지.”

“이봐들……. 여기야, 지나쳤어.”

뒤쪽에서 벡이 부르는 소리에 멈춰 벨그리프는 퍼뜩 놀라며 고개 돌렸다. 이야기에 열중한다고 약속 장소를 지나쳐버렸다.

허둥지둥 돌아오는 두 사람을 보고 벡이 어이없어하며 한숨 쉬었다.

“정신들 차려, 수염 아저씨들아…….”

“미안, 미안.”

벨그리프는 겸연쩍어하면서 웃고는 턱수염을 비비 꼬았다.

61 복층 구조의 요릿집이다. 동방의 양식으로

복층 구조의 요릿집이다. 동방의 양식으로 여기저기 곳곳이 장식되어서 이국의 정서가 느껴진다. 처마에는 종이를 바름 붉은색 제등이 여러 개 매달려서 빛나고 있었다.

만약 퍼시벌과 사티를 찾기 위해서 동방까지 직접 찾아간다면 도시 전체에서 이런 풍경을 목격할 수 있을까. 이런 생각을 떠올리자 나잇값을 못 하게 어쩐지 마음이 고양되는 기분이었다.

문을 열려고 했을 때 안쪽에서 먼저 열렸다. 수증기가 일행을 감쌌다. 그 너머에서 취한 몇 사람이 왁자지껄 뭔가 못 알아들을 말을 떠들어 대며 나왔다.

길을 비켜주면서 카심이 감탄한 목소리로 중얼거렸다.

"장사 잘되네."

"그래, 떠들썩하군……. 자, 에드 씨와 리오 씨가 기다리고 있을 테니까 들어가자."

가게 내부는 난방 마법이 가동되는 덕에 따뜻하다. 벨그리프는 눈을 털고 망토를 벗어 둥글게 말면서 주위를 둘러봤다.

원형 탁자가 여럿 늘어서 있고, 많은 취한들이 기분 좋게 술을 마시거나 요리를 집어 먹고 있다. 동방풍 의상을 입은 종업원 여

성들이 쟁반을 손에 들고 왔다 갔다 하고 있었다. 글단 남부의 복장인 듯싶은데, 상반신은 몸에 딱 달라붙고 허리부터 아래는 치마처럼 살짝 넉넉하게 치렁거리면서도 다리를 움직이기 편하도록 슬릿이 들어가 있다.

언뜻 봐서는 에드거와 라이오넬은 발견할 수 없었다.

카심이 중절모자의 눈을 털어 내면서 말했다.

"오, 동방풍의 가게는 오랜만인데. 제도 쪽에선 몇 번 가봤거든, 내가."

"나는 처음이군……. 어쩐지 신기한 느낌이 들어."

25년도 더 이전에 올펜에서 지내던 때는 동방의 문화를 전혀 접하지 못했었다. 도시에서도 이런 분위기의 가게는 본 적이 없었던 것 같다. 어쩐지 신선하기도 하고 뒤떨어졌다는 기분도 든다.

이국적인 분위기와 슬릿 틈으로 살짝살짝 보이는 하얀 허벅지에 가볍게 갈팡질팡하면서도 점원에게 예약했다는 말을 전하자 2층으로 안내해줬다.

2층은 돋을새김 기법을 쓴 칸막이로 구획을 지어 개별 공간처럼 꾸민 분위기였다. 그럼에도 손님이 잔뜩 들어차 있어서 시끌시끌 떠들썩하다.

자리에는 이미 에드거와 라이오넬이 앉아 있었다. 살짝 따분해하는 모습이었다만, 벨그리프가 카심 및 벡과 함께 도착했음을 본 에드거가 입에 물고 있었던 지궐련을 비벼서 끄고 방글거리면서 손을 들었다. 라이오넬은 민망해하며 꾸벅 인사했다.

"오셨군, 날도 추운데 고생했어!"

"죄송합니다, 이렇게 눈도 내리는 날에……."

"무슨, 아닐세. 우리야말로 늦게 도착해서 미안하지. 초대 고맙네. 실례하지."

망토를 등받이에 걸치고 벨그리프는 의자를 빼서 앉았다. 카심이 모자를 벗어 빙글빙글 돌리다가 옆쪽의 소지품 함에 휙 던져 넣었다.

"자, 배가 고프군. 뭘 먹겠나?"

"뭐, 일단 건배부터 하자고. 아가씨~ 주문."

에드거가 손을 들어서 점원을 부른다.

"황주, 뜨끈하게 데워줘. 벡, 너는 술 마실 줄 아나?"

"……좋아하진 않아."

"알겠다, 그럼 술잔은 네 개에 꽃차 하나로. 그리고 안주를 대여섯 개 적당히. 고기구이랑 생선찜은 빼먹지 말고 나머지는 알아서 가져다줘."

"많이 와봤군, 에드 씨."

"뭐, 종종. 사실 말이야, 제도에서 맛있는 가게를 한 번 가봤다가 동방, 아니지, 글단 요리에 아주 반해버렸거든. 올펜에도 멋진 가게가 있어서 참 잘됐어."

에드거가 대답하고는 웃었다. 카심은 턱받침을 하고 중얼거렸다.

"동방국이라……. 퍼시는 그쪽으로 가버렸으려나……."

지금 시점에서 퍼시벌에 관한 가장 유력한 정보는 제도에서 잠

시 체류한 이후 동쪽 연방으로 떠났다는 내용이었다.

물론 확실한 자료가 딱히 있지는 않다. 「패왕검」 관련 영웅담의 행적이나 소문이 점점 동쪽으로 이동했다는 정황밖에 없었다. 다만 이 역시도 구전으로 퍼진 얘기인지라 유랑민이나 음유 시인, 행상인 및 여행자들이 이야기를 부풀렸을 가능성 또한 충분히 있다. 저런 사람들은 이야깃거리가 장사 수단이다. 관객을 열광시키기 위함이라면 각색을 주저할 까닭이 없다.

불확실한 정보만 갖고 떠나기에는 동쪽 연방은 너무나 먼 나라였다. 틸디스, 글단, 무릉 등 이쪽까지 이름이 알려져 있는 나라 이외에도 수많은 작은 나라가 한 깃발에 모여 있다던가. 애당초 틸디스 자체가 소국의 연합 비슷한 국가다.

벨그리프는 톡톡 카심의 어깨를 두드렸다.

"괜찮아, 차근차근 알아보자고."

"……그래, 꼭."

라이오넬이 무척 미안해하며 손을 싹싹 빌었다.

"죄송합니다. 별 도움도 못 되어 드리고……."

"아니, 아니야. 충분히 도움을 받고 있다네, 리오 씨. 너무 마음에 두지 말게나."

"그렇게 말씀해주신다면야……. 후유, 이게 그래도……. 죄책감을 떠안은 채 매진하고 계실 퍼시벌 씨와 사티 씨가 가엾고 딱하니까……."

"미안, 미안타. 나 때문에 우울해졌네! 이봐, 리오. 오늘은 자네

위로회니까 기운 내야지! 자네까지 미안해할 필욘 없다고!"

"하, 하하. 고맙습니다, 카심 씨."

곧 술과 요리가 원탁 위쪽에 놓였기에 건배를 하자 금세 분위기가 흥겨워졌다. 톨네라는 물론이거니와 올펜의 주점에서도 흔하지 않은 요리인 데다 외관부터가 현란하다.

김이 피어오를 만큼 따뜻하게 데운 황주는 한 모금을 머금었더니 코로 술기운이 확 뚫고 갔기에 벨그리프는 저도 모르게 눈을 몇 번이나 깜빡거렸다. 똑같이 따끈하게 데운 술이어도 핫 와인과는 또 다른 맛이다.

"제법 독특한 향의 술이군……."

"괜찮지? 쌀이랑 보리를 발효시켜서 만든다더라. 익숙해지면 아주 헤어날 수가 없다고, 이 녀석이."

"이건 생선인가……. 쪄서 익혔나? 처음 맡아본 냄새가……."

"맞아, 향초랑 같이 찐 거야. 생선을 돼지기름으로 버무리고 위에 동방의 향초를 얹어서 찌는 요리지. 맛있다니까."

"재미있군. 이거, 어쩌면 톨네라에서도 따라 할 수 있겠는데……."

톨네라에서도 민물고기가 잡히는 데다 종류는 다르지만 향초도 채집할 수 있다. 큰 민물고기는 어떻게 처리하든 흙내를 다 빼기 어렵다만, 이런 요리법이라면 냄새가 전혀 거슬리지 않겠다. 어쩌면 더욱 다양한 요리를 즐길 수 있겠다는 기대감이 벨그리프의 머리에 떠올랐다.

"이렇게 찌는 도구도 어디 판매하는 곳이 있나?"

"찜통? 그럼, 골동품 시장 어디에 아마 동방의 도구를 전문으로 하는 가게가 있었을 거야. 나중에 안내해주지."

"고맙네. 음, 맛있군."

"벨그리프 씨는 참 성실하십니다……."

문득 라이오넬이 말했다. 벨그리프는 당황했다.

"으음? 어째서?"

"왜긴요, 이런 때까지 요리 방법이나 도구에 눈길이 가는 분이 잖습니까. 보통은 식사가 맛있다는 데서 끝이라고요."

"그, 그런가? 그야, 신경 쓰이지 않나? 안 그런가? 카심."

"난 요리를 안 하니까 몰라."

"에, 에드 씨는?"

"나? 뭐, 옛날에야 길이랑 유리랑 교대로 식사 당번을 맡았었지만, 역시 좀 귀찮더라. 괜히 손 많이 가는 종류는 안 만들었고……. 지금은 전혀. 요리 방법을 묻긴 하는데 어째서 맛있을까 알고 싶어서지 직접 만들고 싶은 건 아니거든."

"으음……."

곤혹스러워하는 벨그리프를 보고 카심은 요리를 덜어주면서 껄껄 웃었다.

"진짜 변함없다니까, 벨은. 그래도 의뢰 중 먹었던 네 요리는 아주 맛있었어. 힘든 의뢰여도 따뜻한 밥을 먹을 수 있다는 거 하나로 마음이 든든해졌지."

"이런, 진짠가! 그렇군, 벨 씨, 당신처럼 강한 사람이 요리까지

담당했단 말인가. 역시 「패왕검」에 「천개 파괴자」와 같이 다니려면 한 발짝 물러나게 되나?"

"아니, 아니야. 그런 칭호가 붙기 이전이었고, 게다가 난 고작 E랭크였다고 말하지 않았나. 직재적소였어."

"아무튼 부럽군요. 카심 씨, 벨그리프 씨와 같이 다니면 안심감이 엄청났을 것 같은데요?"

라이오넬의 말에 카심이 기뻐하며 몸을 쓱 내밀었다.

"오, 알아주는군?"

"그야 알고말고요. 왜냐면 말입니다, 지금도 길드에 벨그리프 씨가 가만히 있어만 줘도 제가 어깨의 짐이 상당히 가벼워진다고요……."

"아니, 왜? 딱히 난 아무것도 한 게 없는데……."

"에이, 아닙니다. 가끔씩 제가 잠깐 상담할 때마다 아주 친절하게 성의껏 답해주시죠, 옛날 자료도 정리를 맡아주시는 셈이고……. 무슨 일 터졌을 때 의지하고 상의할 수 있는 사람이 옆에 있어만 줘도 꽤 달라집니다."

라이오넬은 톡톡 손가락으로 탁자를 두드렸다. 벨그리프는 몹시 당황했다.

"아니, 딱히 난 특별히 하는 게…… 게다가 도르토스 님이나 체보르그 님도 계시지 않나."

"도르토스 씨는 엄격하시고 체보르그 씨는 뇌까지 근육이시고……."

"그러면 에드 씨도 유리 씨도 있고, 길 씨도 많이 도와줄 테지.

상담하려면 우선 속마음을 잘 알아야 하지? 맞잖나?"

그렇게 벨그리프가 에드거를 돌아봤다. 에드거는 아무 말 없이 히죽히죽하며 잔을 들이켰다. 라이오넬은 입을 삐죽였다.

"이 녀석들은 저한테 너무 스스럼이 없습니다아. 벨그리프 씨는 배려란 걸 해주는 데다 온화하니까 대화 나눌 때 마음이 편해지죠."

라이오넬은 잔을 단숨에 비우더니 소리를 내며 탁자에 내려놨다.

"게다가! 게다가 뭐니 뭐니 해도 상식이 있단 말입니다! 모험가 경력이 긴 녀석들은 상식이 없어! 젠자앙, 나라고 딱히 좋아서 무능하단 소릴 듣는 게 아닌데……."

라이오넬은 탁자에 엎드려서 투덜투덜 중얼거렸다. 여태 몇 잔이나 마셨다고 벌써 꽤 취한 모습이다. 에드거가 어이없어하며 웃고는 어깨를 두드렸다.

"뭐 이리 빨리 취하나……. 여전히 못난 녀석이라니까."

"하하……. 뭔가 울화가 쌓여 있었나 보군."

"그야 길드 마스터는 자유로운 모험가 생활이랑 정반대의 직업이잖아? 길드의 수장인데 참 얄궂지, 응."

그렇게 카심이 웃음 짓고는 잔을 기울였다가 탁자에 내려놨다.

"여기, 증류주 같은 건 없나?"

"오, 카심 씨는 강한 술을 좋아하나?"

에드거는 추가 주문을 하고 담배를 물더니 불을 붙여서 연기를 뿜어냈다.

"그나저나 오늘은 보나마나 안제도 오는 줄 알았는데 말이야."

"하하하, 뭐, 이렇게 아저씨만 잔뜩 모이는 자리에 와도 따분하지 않겠나."

"아니, 안제 양은 벨그리프 씨가 있는 곳이면 어디든 좋아할걸요……. 아, 맞다. 벨그리프 씨 신부 찾기는 결국 중단되는 겁니까?"

라이오넬의 말에 벨그리프는 쓴웃음 짓고 술을 홀짝였다.

"……뭐, 전부 딸아이가 제멋대로 꺼낸 이야기니까……. 그나저나, 안제도 혹시 어머니를 원하는 걸까?"

"비슷한 말은 한 것 같은데. 아무튼 벨 씨. 아무리 안제가 졸라대더라도 당신 인생은 당신 인생이니까 마음이 안 가는 사람이면 괜한 짓 말아야겠지?"

"음……. 옳은 말이군. 고맙네, 에드 씨. 깊이 명심하지."

"게다가 사티 씨였던가? 좋아하는 사람도 있다며?"

벨그리프는 난처해하며 뺨을 긁적였다.

"그런 게 아니라까……."

"흐응? 어때? 카심 씨. 같이 지내던 시절에 묘한 느낌이라든가 없었나?"

카심은 입안 가득히 우물거리던 음식물을 꿀꺽 삼켰다.

"아니, 글쎄, 음. 그 시절에는 내가 꼬맹이였거든. 남녀 관계는 전혀 몰랐어. 그래도 지금 돌이켜보면 사티는 항상 여유가 가득해서 우리들 세 사람은 곧잘 손바닥 위에서 굴러다녔지. 남들 놀리는 재주가 좋은 녀석이었어. 맞지? 벨."

"그랬었지……. 나도 놀림당했던 건지 어쨌던 건지……."

"그 녀석, 미인이라서 시선을 마주하면 뭔가 막 두근두근했다니까. 그 무렵에는 어째서 두근두근하나 잘 몰랐지만 말이야. 으으, 분하군."

"……거야 당신들이 제멋대로 의식했기 때문 아닌가?"

"……뭐, 부정은 못 하겠군."

"헤헤헷, 아픈 델 찌르는군, 에드."

"뭐, 미인한테 약한 건 남자의 숙명이잖아."

"애고……. 이런 이야기를 하자니까 독신이라는 게 쓸쓸하네, 정말……."

라이오넬이 푸념하고는 단숨에 잔을 들이켰다. 에드거가 어이없어하며 담배를 비벼 끄더니 새 지궐련을 입에 물었다. 술병을 내밀어서 라이오넬의 잔에 따라준다.

"그럼 결혼하든가."

"엉? 누구랑? 상대가 없거든, 아저씨라서……."

"둔감한 자식……. 바보한테 쓸 약은 없다니까."

에드거는 담배에 불을 붙였다. 카심은 껄껄 웃었다.

"그러고 보니 독신만 잔뜩이군. 한 명은 딸이라도 있고, 그런데 아내는 아무도 없어."

"그만 하지, 서글퍼지잖나."

에드거는 연기를 내뿜었다.

"아무튼 결혼하면 마음가짐부터 달라진다던데, 갑자기 딸이 생겼을 때 어떤 기분이었나? 벨 씨."

"물론 큰 사건이었지. 이웃집 아기를 맡아서 봐준 경험은 있었어도 역시 내 아이와는 다르니까. 육아도 만만찮은데 평소 일거리도 같이 해치워야 됐고."

"게다가 또 여자아이잖아. 남자라서 모르는 게 많지 않았나?"

"맞네. 친구의 부인분한테 이것저것 조언도 듣고 도움도 받아야 했지. 그런 덕분에 건강하게 잘 자라줬어."

"그래서 아빠를 이리 좋아하는군."

그렇게 말한 뒤 에드거가 웃었다. 벨그리프는 쓴웃음 짓고 수염을 쓸어 만졌다.

"뭐, 아버지 하나에 자식 하나니까. 아무튼 남자가 여자애를 기르는 게 보통 일이 아니야. 어릴 땐 머리카락도 짧았고 남자아이처럼 열심히 뛰어다닌 데다가 예쁜 옷 한 벌이나 제때 사주기를 했나……. 못난 아버지지만 착한 아이로 자라줘서 고마울 따름이지."

"아니, 벨 씨가 못났으면 세상 아버지들 대부분이 못난 사람일 텐데……."

"늠름한 데다 야무지잖아요, 안제 양……. 얼마나 많은 도움을 받았던가……."

"하하……. 전부 딸아이가 노력한 결과 아니겠나. 그래도 뭐, 조금 부모에게서 독립을 해주면 안심일 텐데……. 아직도 같은 이불에서 자고 싶어 하니까."

"흐흐, 거 대단한 어리광쟁이군. 그 녀석도 벨 씨 관련이면 갑자기 벽창호가 되니 말이야……. 그런데 뭐, 괜찮을 거야. 벨 씨는

벨 씨와 같이 있을 때 안제밖에 모를 테지만, 다른 곳에서는 아주 칼 같거든."

"맞습니다. 그냥 어리광쟁이면 열두 살부터 올펜에서 혼자 생활은 못 해요, 절대로."

"나도 같은 생각이야. 같이 던전에 진입했을 때라든가 강한 데다가 야무져서 아주 감탄했거든."

"그런가……. 그랬었군. 내가 알지 못하는 모습도 당연히 있었겠군."

확실히 자신이 보지 못하는 곳에서 안젤린은 나이에 걸맞도록 처신했을 것이다. 그런 자세가 쌓이고 쌓여 모두가 딸아이를 좋아하고 의지해 주었을 테지. 이렇게 생각하자면 하다못해 직접 얼굴을 보는 동안에는 어리광을 받아줘도 되지 않을까 생각이 솟구친다. 나도 참 단호하질 못하군. 벨그리프는 쓴웃음을 지었다.

"그래도, 모험가로 열심히 활동하는 것도 좋지만, 조금 더 여자아이답게 즐기면서 살아주면 좋겠다 싶기도 해. 예쁘게 멋도 부리고, 사랑을 하고……. 이런 생각은 아버지의 괜한 욕심이려나?"

"에이, 딱히 욕심은 아니지. 안제도 잘 꾸미면 제법 미인이 될 것 같기도 하고……."

"그러고 보니 요즘은 머리를 땋고 다니더군. 저번에 귀성했을 때는 땋은 머리가 아니었는데, 물어봤더니 샤르가 한번 묶어준 이후에 마음에 들었다던가."

"하하, 맞네, 그랬지. 조금이나마 멋 부릴 마음이 생긴 거 같은

데…….”

그러고는 술병을 들어 올리다가 에드거가 얼굴을 찌푸렸다.

“이런, 비었군. 아가씨, 황주…… 아니지, 탁주 갖다줘. 그리고…… 훠궈에 용간은 들어가겠지? ……응, 그러면 훠궈. 건더기는 5인분으로.”

“훠궈?”

“음, 얼큰한 수프에 고기나 야채를 넣었다가 쓱싹 익혀서 먹는 거야. 용간을 넣어주면 끝내주게 맛있어. 또 재미있는 게 냄비 모양이거든. 한가운데에 칸을 나눠서 수프가 두 종류 들어가. 양쪽 다 맛있더군.”

“흐음……. 그 냄비도 어딘가에서 판매를 하나?”

“하하하, 벨 씨는 뭐든지 직접 안 만들어보면 직성이 안 풀리는구나. 좋아, 다음번 휴일 때 시장을 같이 가주지. 아마 찾아보면 팔 거야.”

에드거는 웃음 짓고는 담배를 비벼서 껐다.

라이오넬이 거나하게 취한 채 술주정을 하면 카심이 웃음 짓고는 말을 받아준다. 벡은 작은 사발에 담긴 나무순을 먹고 있었다.

즐겁군. 벨그리프는 생각했다.

톨네라에서 농부들과 일 이야기를 나누며 갖는 술자리도 좋아하지만, 이렇게 떠들썩한 분위기도 나쁘지 않다. 모험가 시절이 떠오르는 기분이다. 같은 세대의 남자들과 나란히 앉아 있으면 왠지 편안하다.

젊은 여자아이들에게 받는 호감도 결코 나쁜 기분은 안 든다만, 역시 중년인지라 조심해야 하는 마음이 있어서 살짝은 불편하다. 남자들의 거리낌 없는 분위기가 무척 귀하게 느껴졌다.

아무 말 않고 묵묵히 요리를 먹는 벡을 쳐다보면서 카심이 히죽 히죽 웃었다.

"넌 되게 부끄럼쟁이구나. 아니면 여자애가 없어서 심심하냐?"

"무슨 웃기는 소릴 지껄이나……."

"헤헤헷, 너도 한창때잖냐. 그래, 벡 군은 누가 취향이신가? 안제? 미리? 아네? 아니면 마리인가? 뜻밖에도 샤르라거나?"

"잘 생각하니까 이 녀석 미소녀에 둘러싸여서 살잖아. 부럽군, 욘석, 욘석아."

에드거도 웃음 짓고는 손을 뻗어서 벡을 쿡쿡 찌른다. 벡은 눈살을 찌푸렸다.

"쳇, 아저씨들이 웬 주책이냐……."

"에이, 쑥스러워하지 마라. 비밀로 해줄 테니까. 얼른, 누구야?"

"시끄럽다고……. 누구든 뭔 상관이야, 제길……."

벡은 입을 삐죽거리다가 고개를 훽 돌렸다.

어이쿠, 벨그리프는 고개를 갸웃거렸다. 뭔가 평소와 반응이 다른 듯싶다. 평소의 벡이라면 언짢아하며 입만 다물고 말았을 텐데.

"벡, 열이라도 있나?"

"없어."

그러나 왠지 얼굴이 붉은 듯싶다. 초점도 흐릿한 것 같았다.

"……취했니?"

"아니, 이 녀석 술은 안 마셨잖…… 앗."

에드거가 텅 빈 사발을 들어 올리며 쓴웃음을 지었다.

"나무순 주박무침이……."

"주박이면 술 찌꺼기인가? ……벡, 너 정말 술이 약하구나. 괜찮니?"

"시끄럽다, 망할 노인네야……."

결국 제대로 취했나 보다. 벡은 살짝 혀가 꼬이도록 대답하면서 좌우로 흔들거렸다. 카심이 껄껄 웃는다.

"이 자식, 아주 시건방진 놈인 줄만 알았더니 귀여운 구석도 있었구나. 헤헤헷."

"끄응……. 으으……."

벡은 분한 모습으로 탁자에 팔꿈치를 짚은 채 머리 숙였다. 보니까 꾸벅꾸벅 졸고 있다. 벨그리프는 쓴웃음 짓고 벡의 등을 문질러줬다. 이렇게 보면 그저 열다섯 살 소년에 불과하다.

그때 점원이 냄비를 올린 탁상 화덕을 가지고 왔다.

"오래 기다리셨습니다."

"오오, 고마워. 지금 자리를 비울 테니까……."

말하던 도중 에드거는 흠칫 놀라며 눈을 부릅떴다. 벨그리프도 같이 놀라서 입을 빠끔빠끔 움직인다.

"왜들 이러시나? 어서 화로 자리를 비워주게나, 후후후."

"너……. 뭐하는 거냐, 길."

동방 의상을 몸에 걸친 길메냐가 서 있었다. 살갗에 짝 달라붙는 글단 남부풍 옷은 이 여성의 균형 잡힌 몸매와 몹시 잘 어울렸다. 길메냐는 쿡쿡 웃었다.

"일이야, 일. 잘 어울려?"

"정말 신출귀몰한 녀석이구나, 넌……. 정보 수집인가?"

"예전 동료 사이면 말을 안 해도 알아채야지, 에드."

아무래도 길메냐는 이렇게 곧잘 시가지에 섞여서 이런저런 정보를 수집하는 것 같았다. 잘 관리되어 요염한 신체와 종잡을 수 없는 입담이면 분명 수많은 사내들에게서 정보를 끌어낼 수 있을 것이다.

"자, 얼른 자리를 비워주렴. 어머, 안녕하세요. 벨그리프 씨, 카심 씨."

"음, 으음, 안녕하십니까, 길 씨……."

"잘 지냈나? 길 양?"

길메냐는 두 손으로 화덕을 들고 머리 위 쟁반에 술병을 올린 채 재주도 좋게 어깨를 으쓱거렸다.

"나야 보다시피……. 두 분은 이렇게 시시한 녀석들이랑 술 마시면 즐거울까? 다음에는 꼭 나도 불러주면 좋겠네, 후후후……. 건더기는 바로 가지고 올게."

화덕을 두고 찰랑찰랑 들어찬 술병을 내려놓은 길메냐는 아무렇지도 않는 표정을 짓더니 총총 떠나갔다. 카심이 재미있다는 표정을 짓고 있었다.

"길 양은 진짜로 재미있네. 난 저런 녀석이 좋다니까."

"오래도록 알고 지냈는데도 저 녀석만큼은 진짜 알 수가 없어……. 그나저나 잠들어버렸군, 이 녀석들. 기껏 5인분 주문했더니…… 어이구, 일어나라!"

에드거는 잠들어서 쿨쿨 소리를 내는 벡과 라이오넬을 흔들었다. 두 사람은 음냐음냐 뭔가 중얼거릴 뿐 일어날 낌새가 없다. 살짝 몸을 움직거리는 게 전부였다.

에드거는 포기했는지 한숨 쉬고는 술병을 들어서 내밀었다.

"글러 먹었군……. 뭐, 느긋하게 마시자고. 여기, 벨 씨."

"하하, 고맙네……. 아까 술이랑 다르군."

벨그리프는 쓴웃음 지으면서 잔을 받았다. 그리고 문득 카심을 돌아봤다.

"그러고 보니까 카심. 자네, 낯가림을 안 하게 된 느낌이군."

"이 나이를 먹고도 계속 낯가림이나 하면서 살 수야 있나. 그 부분만큼은 어른이 되었다네!"

카심은 껄껄 웃었다. 에드거가 재미있다는 표정을 짓고 술병을 내밀었다.

"카심 씨, 낯가림이 심했나 보군?"

"그래, 이 녀석이 옛날에는 초대면인 사람이면 도대체 붙임성이 없어 가지고……."

"잠깐, 벨! 내가 말할 테니까 제멋대로 폭로하지 말라고!"

냄비에 담긴 두 가지 색깔의 수프가 보글보글 끓면서 수증기가

생물처럼 흔들흔들 날아다녔다.

○

아넷사와 밀리엄의 집은 아담해서 살기 편안한 집이다. 비좁다는 인상도 없고, 구석구석 청소가 힘들 만큼 넓지도 않다. 방은 세 개가 있어서 하나는 식사하거나 휴식을 취하는 거실, 또 하나는 침실, 나머지 하나는 모험가 도구 따위를 놓아두는 작업실이다. 이와 별도로 부엌이 딸려 있었다.

오늘 밤은 여자들 모임이다. 아저씨들이 술자리를 갖는다기에 그럼 우리도 모이자는 말이 나왔다.

어디든 가게에 가도 무방할 만큼 벌이가 좋은 입장이지만, 가게에 가면 기분 좋게 마신 다음에 또 집까지 돌아와야 하는 번거로움이 있다. 그런 점에서 누군가의 집에 모인다면 잔뜩 취했다가 잠들어버려도 아무 문제가 없었다.

그런고로 안젤린은 아넷사와 함께 식자재와 술을 잔뜩 사 와서 지금은 한창 준비 중이다. 거실 쪽 탁자와 의자를 치워다 놓고 옷장에서 두꺼운 카펫을 꺼내 펼쳤다. 그 바닥에 쿠션을 잔뜩 늘어놓아서 앉을 자리를 만들었다. 이렇게 하면 졸릴 때 곧바로 누워서 잠들 수 있다. 시판품 술식을 밀리엄이 개조한 난방 마법 장치가 있는 덕택에 난로가 없어도 집 안은 따뜻하다.

벨그리프에게 과음하지 말란 당부를 들었고 물론 안젤린은 준

수할 작정이었다만, 어차피 술이 들어가고 이야기꽃이 피어나기 시작하면 적당히 자제해야겠다는 마음이 들 리도 없었다.

부엌에서는 마르그리트가 요리를 하는 중이다. 올펜에 온 첫날에 이 집에서 묵었던 이후, 마르그리트는 그대로 눌러앉았다. 셋이서 지내기에도 딱히 좁다란 집이 아니었던 데다가 넓은 올펜에서 나이가 비슷한 친구와 함께 생활할 수 있다는 게 본인도 마음이 제법 놓였을 테지. 지금은 무척 친숙하게 잘 지내고 있다.

거실 꾸미기를 마친 뒤 부엌으로 들어온 안젤린은 앞치마를 두른 마르그리트를 보고 흠, 눈매에 힘을 주었다.

“뭔가 야한데. 차림새가…….”

“엉? 그런가?”

마르그리트는 자기 차림새를 좌우로 확인하며 뒤돌아봤다. 평소의 모피 카디건은 벗었고, 가슴에 두른 천과 짧은 바지 위쪽에 앞치마 차림인지라 앞쪽에서 보면 앞치마만 달랑 입은 모습으로 보인다.

“나는 잘 모르겠다, 야. 뭐, 여자만 모이는데 딱히 상관없잖아.”

안젤린이 손가락을 뻗어 흥흥, 콧노래를 불러 가면서 냄비를 휘젓고 있는 마르그리트의 등을 쓱쓱 어루만졌다. 마르그리트는 얼빠진 소리를 질렀다.

“흐야앙, 무슨 짓이냐!”

“등 뒤가 무방비해……. 당연하지만.”

“그렇다고 간지럽히는 녀석이 어디에 있냐, 바보 안제!”

"빈틈을 보인 사람이 잘못이지……."

"그나저나 항상 생각하는데 용케 그렇게 얇은 옷차림으로 추워도 안 타네."

아넷사가 말했다.

"내가 원래 추위엔 강하거든. 게다가 엘프령의 겨울은 훨씬 춥단 말이지."

그야 톨네라보다 더 북쪽에 위치하는 곳이니까. 그러한 지역의 추위를 겪은 몸이라면 올펜의 한기 정도야 아무렇지도 않을지도 모르겠다.

마르그리트의 앞쪽에서는 고기와 야채를 넣은 국물 요리가 보글보글 소리를 내고 있었다. 맛있는 냄새가 콧속을 간질거린다.

이 말괄량이 엘프 공주는 괄괄한 성격과 달리 요리 솜씨가 좋다. 양념을 하는 센스랄까, 저런 부분의 감각이 예민한 듯 아주 약간의 스파이스와 허브, 아울러 소금 간으로 같은 음식이어도 안젤린이나 친구들이 만들 때와는 또 다른 느낌의 요리가 완성됐다. 간을 봤더니 맛깔나서 살짝 분하다.

"……마리, 성에서 요리도 하고 지냈어?"

"아니? 아, 다만 큰숙부 집에 놀러 갔을 땐 혼자 부엌에서 막 만들어 먹고 그랬지."

마르그리트는 그렇게 말한 뒤 스킬렛 팬의 고기를 휙 뒤집었다. 안젤린은 옆쪽에 나란히 서서 버섯의 밑뿌리를 따고 양파 및 마늘을 잘랐다.

"안제도 꽤 익숙한데. 자취해서 그런가?"

"그렇기도 한데 톨네라에서 아빠를 자주 도와줬거든."

"아하. 벨의 요리는 참 맛있지."

"응. 지금은 매일 먹을 수 있어서 행복해……."

올펜에서 지내는 동안에도 벨그리프의 식사를 아침저녁마다 먹을 수 있다는 것이 기쁘다. 그것만으로도 안젤린은 힘이 더 부쩍 솟아나는 기분이 든다.

문고리가 철컥철컥 울리더니 바깥의 한기가 불어 들어오는 느낌이 났다.

"다녀왔습니다~ 포장마차에서 간식 사 왔어~."

"흐유, 추워어."

카심과 함께 있었던 밀리엄과 샤를로테가 돌아왔다. 눈이 내리는 듯 모자와 옷에 부슬부슬한 눈이 달라붙어 있다. 아넷사가 짐을 받아주면서 문 너머를 내다봤다.

"꽤 많이 내리는걸."

"응, 춥더라~ 어휴~."

밀리엄은 손을 맞비비다가 곧 벗은 코트를 흔들어서 눈을 털었다.

마르그리트는 고기를 접시에 담았다. 김과 함께 맛있는 냄새가 떠다닌다. 스킬렛 팬에 남은 기름과 육즙에다가 안젤린이 썬 양파와 마늘, 버섯을 넣었다. 살짝 볶다가 맛술을 넣어서 알코올을 날린 뒤 소금으로 간을 맞추고 미리 삶아 둔 감자 위쪽에 듬뿍 끼얹는다.

“좋아……. 샤르, 옮기자.”

“네에~!”

샤를로테가 살짝 긴장한 발놀림으로 큰 접시를 들어 옮겼다.

“아네, 이거 어디에 놓음 돼?”

“아, 이쪽에 놓을까? 샤르, 연습은 잘되고?”

“응! 점점 이해가 되는 중이야.”

아넷사와 샤를로테는 웃고 이야기하며 파티 자리를 준비하고 있다.

“와아~ 맛있는 냄새~. 배가 막 고파졌어.”

밀리엄이 코를 실룩실룩 움직였다.

“아빠랑 다들 출발했겠네?”

“응, 같이 출발했어. 지금쯤 마시고 있지 않을까냥~?”

“우리도 슬슬 시작할까…….”

벌써 해가 저물고 있고, 요리가 차가워지면 싫기도 하고. 후닥닥, 소녀들은 쿠션 위에 자리를 잡고 앉았다. 냄비 안쪽 핫 와인에서 피어오르는 김에서는 스파이스의 냄새가 난다.

“마시자, 건배.”

안젤린의 선창을 따라서 건배~ 잔을 부딪쳤다. 직접 만들어본 핫 와인은 주점에어 먹는 맛보다 살짝 더 달짝지근했다. 아직 술을 못 마시는 샤를로테만큼은 포도 주스였지만.

목에 따뜻한 술이 흘러내리자 갑자기 어깨의 힘이 빠지는 것 같았다. 안젤린은 스파이스의 향이 풍기는 숨을 내쉬었다.

"후후, 속이 풀리네."
"배고파라~ 잔뜩 먹어야지!"
"양이 꽤 많구나……. 되게 힘줘서 만들었어."
"아니, 뭔가 만들다보니까 막 흥이 오르더라고. 앗, 감자 맛있다."
"샤르, 거기 접시 집어 줘."
"응, 여기. 미리, 아까 산 생선 경단, 먹을래."

곧바로 접시 위쪽에 손이 오갔다. 누가 얘깃거리를 먼저 꺼내지 않아도 잠깐 언급된 키워드를 따라서 다른 화제로 휙휙 바뀌었고, 거기에서 또 다른 이야깃거리가 흘러나왔다. 별난 마수의 이야기, 모험 중 실패담, 톨네라의 이야기, 엘프령의 옛날이야기, 도시의 이상한 가게 이야기, 루크레시아의 생선 이야기……. 이런 때는 실속이 있는 이야기를 해 봤자 쓸데가 없다. 어차피 하룻밤 잠들고 나면 다 잊어버린다. 그러니까 시답잖은 얘기만 잔뜩 나온다만, 술자리에서는 이런 이야기가 묘하게 즐거웠다.

술이 들어가면 쾌활해지기도 하고 음침해지기도 하는 법이지만, 이런 자리에서 분위기가 가라앉을 리 없었다. 냄비 속 한 와인이 금세 텅 비어서 다른 술병을 꺼내다가 내왔고, 빈 접시는 겹겹이 쌓아 구석에 치워 놓았다.

그렇게 즐기다가 어느 틈에 잠들었는지는 잘 알 수가 없지만, 깨어났을 때는 이미 태양이 떠올라 있는 시간대였다. 그러나 변함없이 두꺼운 구름이 하늘에 드리워져 있어서 햇살이 비치는 밝은 장면은 아니었다. 다만 주위가 살짝 어스레해서 밤이 아님을 대충

은 알 수 있었다.

상체를 일으킨 안젤린은 머리를 북북 긁었다. 세 가닥 땋기로 묶어 놓았던 머리카락이 잠든 사이에 풀어져서 쭈글쭈글 헝클어졌다. 그래도 손빗으로 잠깐 팍 힘줘서 빗자 머리카락은 매끄럽게 풀어졌다.

어젯밤 얼마나 많이 마셨나 모르겠는데 아무튼 과음한 것은 분명하다. 분명히 잠은 깼는데도 뭔가 머릿속에 안개가 낀 것처럼 멍멍했다. 먹고 마셨던 음식과 술이 배 속에서 빙글빙글 소용돌이치는 듯한 기분이었다.

"으응……."

부엌에서 소리가 났다. 하지만 보러 갈 마음도 들지 않는다.

주위를 둘러보면 아넷사와 밀리엄, 샤를로테가 근처에 누운 채 새근새근 잠들어 있다. 적당히 누워서 잠든 게 정답이었다. 저래선 침대까지 가려고 한들 무리였겠다. 빈 술병이며 식기가 탁자 위쪽에 잡다하게 포개져 있다. 만든 요리와 산 음식을 더하면 제법 많은 양이었을 텐데 접시가 텅텅 비었다.

일어설 기력도 없어서 앉은 채 무릎을 끌어안고 멍하니 창 너머를 내다보던 때 부엌에서 마르그리트가 나왔다. 정말로 술을 마셨던 게 맞나 궁금할 만큼 팔팔하다.

"오, 안제. 일어났냐? 좋은 아침."

"좋은 아치임……. 마리, 빨리 일어나는구나."

"뭐야, 숙취냐? 매가리 없는 녀석이네."

"근육 장군 같은 소리는 말아줄래……. 마리, 술 세구나."

"그런가? 그냥 보통 아니야? 아, 수프 만들었는데 먹을래?"

"응……. 고마워. 먹을래."

겨울 양배추와 마른고기를 넣은 따뜻한 수프를 삼키자 얼마간 마음이 차분해졌다.

기지개를 켜자 소리가 나면서 몸이 풀어졌다. 멍멍했던 머리도 살짝 가벼워지는 느낌이 든다.

자신들은 물론 즐거웠지만, 벨그리프도 즐거운 시간을 보냈을까 궁금하다. 벨그리프에게 같이 가자는 말을 들었을 때는 물론 기뻤지만, 아마 벨그리프도 남자들끼리 스스럼없이 마시고 싶은 시간이 있을 것 같아서 일부러 마음을 썼다.

자기가 한 효도를 스스로도 감탄하면서 안젤린은 헤죽헤죽 웃었다. 나는 자제심 있는 딸이 되었단 말씀이야.

"아빠는 다정해서 내가 부탁하면 꾹 참을 테니까……."

"뭐래, 갑자기."

"어제 즐거웠을까 궁금해서……."

"으응? 뭐, 괜찮았지."

"아빠랑 다른 사람들도 즐거웠을까?"

"즐겁게 먹고 마시지 않았겠어? 아저씨만 잔뜩이라 뭔 얘길 했을진 모르겠지만 말야."

마르그리트는 웃으면서 기지개를 켰다.

안젤린은 빤히 마르그리트를 쳐다봤다. 비단처럼 고운 은발에

날씬한 신체, 조형물이 아닌가 싶은 이목구비. 서쪽 숲 엘프의 공주님은 미인이시다.

엘프라는 종족은 모두 아름답다고 들었다. 벨그리프의 옛 전우였다는 사티도 이렇게 아름다운 사람일까, 문득 안젤린은 궁금해졌다.

뚫어져라 쳐다보는 것이 불편했는지 마르그리트는 살짝 꾸물꾸물 어깨를 움직거렸다.

"……뭔데. 너무 빤히 쳐다보면 불편하다고."

"응, 미안……. 있잖아, 엘프는 대충 몇 살까지 젊은 모습이야?"

"으음, 사람에 따라 다르거든. 쉰 지나서 주름이 살살 지는 녀석도 있고, 일흔이 넘도록 싱싱한 녀석도 있고. 체내의 마력량이 영향을 준다던데 나도 잘 모르겠어."

벨그리프와 같은 세대이니까 사티는 이미 40대일 것이다.

어떤 사람일까, 안젤린은 상상해봤다. 마르그리트처럼 아름다운 사람이려나. 그런 사람을 어머니로 두게 된다면 긴장이 될 수도 있겠다. 마음 준비가 필요하겠네, 생각이 들었을 때 불쑥 거하게 하품이 나왔다.

안젤린은 쿠션을 끌어안아서 몸을 둥글린 채 눈을 깜박거렸다.

"샤르가 깨어나면 집에 가야지……."

"그래? 나도 나가서 길드나 들러야겠다."

마르그리트는 기운이 남아도는 모습으로 어깨를 돌리거나 목을 꺾어서 소리를 냈다. 상당한 주당이다. 보르도의 샤사와 누가 더

세려나, 갑자기 궁금해졌다.

"마리, 힘이 넘치네……. 진짜 숙취가 없는 거야?"

"거 얼마나 마셨다고 숙취로 고생하겠냐. 게다가 의뢰를 받으러 간다는 게 즐거우니까."

"흐음……. 너무 시시하다고 투덜대지 않았었나?"

"그야 마수는 약하지, 일 내용도 지루한데 말이야. 벨의 말대로 관성에 젖어 해치우는 게 아니라 뭐든 발견하려고 신경 쓰니까 의외로 재미있어지더라고. 모험가는 역시 즐겁다니까! 내가 올펜에 오기를 진짜 잘했어."

마르그리트는 그렇게 말한 뒤 웃었다. 안젤린도 뒤따라서 웃는다.

"응, 즐겁지. 약초의 종류라든가 자라나는 장속의 특징이라든가 마수의 버릇이라든가 이것저것 관찰하면 되게 재밌잖아……."

"맞아, 맞아! 지금까진 아무 신경도 안 쓰고 마수만 냅다 처치했는데, 그런 걸 소홀히 하면 안 되는 이유를 이제야 좀 알 것 같더라."

그렇게 말한 뒤 마르그리트는 두 손을 마주 걸어서 손가락을 딱딱 소리가 나도록 풀었다.

마르그리트는 전투력만 보았을 때는 이미 안젤린과 호각에 가깝다. 안젤린이 주선한다면 중간 단계를 건너뛰고 고위 랭크로 승격하는 것도 불가능하지 않다. 그러나 서두르지 않고 하위 랭크부터 밟아 나가자는 것이 벨그리프의 의향이다. 모험가는 검 실력이 전부는 아니라는 것이 평소의 지론인 데다가 실제로 틀림이 없는 부분은 많다.

언뜻 보기에 지루하고 누구든 수행 가능한 듯한 의뢰를 공들여서 할 때, 그 과정에서만 보이는 것도 있다. 오만함을 억누르고 견실하게 의뢰를 수행하려는 태도는 결과적으로 모험가의 수명을 연장시키는 결과로 이어진다. 마르그리트는 이미 그 깨달음을 반쯤 가지게 된 것 같았다.

괄괄하지만 올곧은 이 엘프의 공주에게 안젤린은 물론 호감을 갖고 있었지만, 신기하게도 가벼운 질투심 또한 솟아나는 느낌을 받았다.

마르그리트가 지금 있는 위치는 자신이 한때 지나갔었던 길이다. 그에 대한 선망은 이미 없었다. 오히려 선배답게 가벼운 우월감을 느낄 정도이다.

그러나 왠지 벨그리프를 빼앗긴 듯한 기분이 드는 것도 분명하다. 벨그리프가 가르쳐준 내용이나 톨네라에서 겪은 일화를 이야기하는 마르그리트는 즐거움 가득 찬 모습도 어우러져서 마치 벨그리프의 딸처럼 보였다.

안젤린은 살짝 볼을 뿔룩거리다가 탁자 너머로 마르그리트의 뺨을 가볍게 꼬집었다. 마르그리트는 눈을 끔뻑거리면서 소리 높여 항의했다.

“무슨 짓이냐…….”

“……매끈매끈.”

살결이 고운 마르그리트의 피부는 뭔가 이대로 쭉 만지작거리고 싶어졌다.

작은 질투에서 비롯된 심술 때문에 꼬집었을 뿐 뜻밖에도 촉감이 좋았던지라 안젤린은 일단 손가락을 떼었다가 손바닥 전체로 마르그리트의 뺨을 조물조물 만지작댔다.

"……건방진 녀석, 에잇에잇."

"이러지 마아."

마르그리트는 뺨을 붉게 물들이곤 안젤린의 손을 잡아챘다.

"넌 진짜 별종이구나."

"누가 별종이야……."

"도대체 벨의 딸내미 같지가 않잖냐. 얼굴도 성격도 안 닮았고……. 복수다, 요 자식아."

마르그리트는 손을 뻗어서 안젤린의 뺨을 조물조물 만지작댔다.

"끄응……. 난 입양아니까 닮지 않은 게 당연한걸……."

"맞다, 그랬지……. 진짜 아버지랑 어머니를 만나고 싶은 생각은 없고?"

"……생각한 적도 없었는데."

그렇다, 벨그리프의 진짜 딸이 아니라면 자신을 낳은 혈연관계의 부모가 있을 것이다. 지금까지는 굳이 생각한 적도 없었다만, 듣고 보니까 아예 신경이 안 쓰이지도 않는다.

그러나 진짜 부모라는 사람들은 자신을 이미 버렸잖은가. 싫어서 내버렸는지 무슨 부득이한 사정이 있었는지는 알 도리가 없다만, 자신을 키우는 길을 포기했음은 달라질 게 없다.

불현듯 세피아 색의 풍경이 스쳐 지나갔지만 곧 사라졌다.

안젤린은 뚱하게 입을 비죽거렸다.

"……그래도 나를 내버렸잖아? 필요 없었다는 뜻이지? 그런 사람들을 만나고 싶은 생각은 들지도 않고, 그쪽에서도 만나고 싶진 않을걸."

"그럴지도……. 아무튼 참 신기하네."

"뭐가?"

마르그리트는 머리카락을 붙잡아 비비 꼬면서 말했다.

"좀 특이하잖아, 톨네라는 주변에 다른 마을이 없지? 그런데 마을 녀석들 아무도 모르는 갓난아기가 버려져 있었다? 버린 녀석은 어떻게 왔고? 도대체 왜 굳이 톨네라 같은 벽촌까지 와서 아이를 버려?"

안젤린을 팔짱을 꼈다.

분명 일리가 있다. 가장 가까운 마을 로디나조차 하루는 걸리는데다 다른 곳에서 버리려는 마음을 갖고 왔다면 목격되지 않는 게 이상하다. 그렇다고 마을 사람이 버렸을 가능성은 거의 없다고 볼 수 있겠다. 아기를 가져 몸이 무거워졌다는 사실을 다 같이 알고 지내는 작은 톨네라에서 끝까지 숨길 도리가 없을 테니까.

아버지가 뭔가 나한테 숨긴 사실이 있었던 걸까. 뭔가 알려지면 곤란한 사실이…….

무서운 표정을 짓고 있었나 보다. 마르그리트가 허둥지둥하며 소리 높였다.

"미, 미안. 별로 깊은 의미가 있어서 한 말이 아닌데……."

"응, 아냐……. 괜찮아."

안젤린은 한숨 쉬었다.

쓸데없이 머리 싸매고 파고들지는 말자. 상단에 섞여 찾아왔던 누군가가 시치미를 뚝 떼고 숲에 버렸을 가능성도 있을뿐더러 어쩌면 몰래 찾아왔다가 우연히 아무에게도 들키지 않은 채 일을 마쳤을 가능성 또한 충분히 있지 않겠나. 무엇보다 벨그리프의 애정에 거짓이 있을 리 없었다. 자신에게는 중요한 게 달리 없었다. 진짜 부모 따위야 아무래도 좋다. 안젤린은 단호하게 결론 내렸다.

"나의 아빠는 「적귀」 벨그리프……. 다른 누구도 아냐. 궁금하지 않아."

소리를 내서 말해보아도 무언인가 묘한 찜찜함이 남았다.

마르그리트는 말없이 고개를 끄덕거렸다.

62 가슴 깊숙한 곳에서 끓어오르는

가슴 깊숙한 곳에서 끓어오르는 불쾌감에 벡은 무릎을 꿇고 거칠게 숨을 내뱉었다. 머리카락이 흑색과 백색으로 얼룩지며 물들었다가 이내 하얀색으로 돌아왔다. 가슴에 무엇인가 꽉 들어찬 기분이라 헉헉 괴롭게 숨이 터져 나왔다.

그 등을 카심이 툭툭 두드렸다.

"무리하지 마라. 조바심쳐서 될 문제가 아니잖냐."

"……제길!"

벡은 주먹을 꽉 쥐어 바닥에 내리쳤다. 카심은 난처해하며 한숨 쉬었다.

"그나저나 곤란하군. 아무래도 일정 임계부터는 제멋대로 마왕이 튀어나오는 것 같아."

"빌어 처먹을……!"

벡은 거하게 숨을 내쉬고 일어섰다. 피로가 배어나고 있다. 안색은 안 좋은데도 이마에는 땀이 맺혀 있었다. 구석 쪽에서 샤를로테가 걱정스러운 표정을 짓고 지켜본다.

오늘은 조금 과격한 치료를 시도했었다. 마왕의 영향을 받을 때까지 아슬아슬하게 마력을 방출하는 방법이다.

본래 벡 본인이 보유하고 있는 마력의 양은 특별히 많지 않았다. 그저 몇몇 개 입체 마법진을 날리는 것뿐이라면 괜찮지만, 전투 상황에서는 마왕의 마력을 쓰지 않는 한 유지가 불가능하다.

마리아와 카심의 훈련 덕택에 다소나마 마력 다루는 요령이 숙달되었음은 분명하나 그럼에도 아직 벡 본인의 마력만 가지고는 힘을 쭉 유지하기란 어려울 듯싶었다. 일정 수준의 마력량을 방출하면 저절로 마왕의 마력이 들끓는지라 통제가 되지 않는다.

카심은 팔짱 끼고 눈살을 찌푸렸다.

"어떻게 방법이 없나. 뭐, 일상생활을 누리는 데는 문제가 없을 테지만."

"그따위 속 편한 소리나 할 틈이 없단 말이다……."

벡은 머리 숙인 채 가슴을 부여잡고 잠시 호흡을 가다듬다가 다시 얼굴을 들어 올렸다.

"한 번 더."

"너무 조바심 내지 말래도. 몸이 못 버틴다니까?"

"……당신은 이해할 수 없겠지."

"뭐를?"

"나는 나로서 존재하고 싶을 뿐이다……. 실험의 부산물이 되고 싶은 게 아니라고."

"흐음……. 어느 쪽이 주 인격이든 그거야 직접 본인이 결정하면 그만 아닌가? 내가 보기에 넌 제대로 된 존재가 맞지 싶은데."

"입발림 말은 집어치워!"

벡은 카심을 매섭게 노려봤다. 카심은 어깨를 으쓱거렸다.

"너는 좀 혼자서 다 짊어지려는 것 같군. 이 녀석아, 예전의 나랑 다르게 지금 넌 의지할 만한 사람이 잔뜩 옆에 있잖냐. 쓸데없이 불퉁거려서 어쩌자는 거야. 마음에 벽을 만들면 마력의 흐름까지 침체된다?"

"그 망할 노인네는 호문클루스의 위험성을 전혀 모른다고. 가족놀이 따위 절대로 사절이다."

벡은 거칠게 쏘아붙이고는 바닥에 털썩 주저앉았다. 샤를로테가 머뭇머뭇 다가왔다.

"저기, 벡……. 카심 아저씨 말대로 하자. 너 혼자서 전부 짊어지지 않아도 언니랑 아버님이랑……."

"입 다물어! 누가 아버님이냐……. 네 녀석 아버지는 벌써 옛날에 죽었잖아!"

벡은 고함질렀다. 샤를로테는 움찔 몸을 떨었다. 그리고 눈자위에 눈물이 확 맺혀서 주먹을 꽉 부르쥐었다.

"뭐야……! 뭔데, 벡은 바보야! 바보야아!"

샤를로테는 흐느껴 울며 자그마한 주먹으로 벡을 때렸다. 벡은 말없이 괴롭게 얼굴을 찌푸린 채 가만히 얻어맞아줬다. 카심은 난처해하며 수염을 비비 꼬았다.

"샤르한테 화풀이한들 뭐가 달라지겠냐."

"제길……."

그때 방문이 열렸다.

"여기에들 붙어 있었나. 콜록……."

"엉? 아, 마리아 할마니인가."

여전히 빵빵하게 껴입고 있는 마리아는 기침을 연신 토하면서 방 안으로 들어왔다.

"이 녀석들도 같이 있었나……. 마침 잘됐군."

"흐음? 뭔가 할 얘기라도 있는 거야?"

"이 녀석 때문이다."

"벡이구나……. 그러게, 한번 진지하게 상의해야 할 문제였어……. 집에 돌아갈까? 좀 기다리면 벨 녀석도 금방 돌아올 거야."

그렇게 말한 뒤 카심은 힐끔 눈을 돌렸다. 벡은 무뚝뚝하게 입을 다물고 있고, 샤를로테는 바닥에 주저앉은 채 훙훙 코를 훌쩍이고 있었다.

카심은 거하게 한숨을 내쉰 뒤 중절모자에 손을 가져갔다.

"……가족회의군, 이거."

○

올펜은 눈 녹는 시기가 톨네라보다 얼마간 더 빠른 듯싶었다. 물론 춥기야 여전히 춥다만, 언젠가부터 외투를 벗을 기회가 늘었다거나 머플러를 안 둘러도 괜찮다거나 내리는 눈이 푸근하고 쉬 녹아서 돌바닥의 도랑에 작은 물줄기가 만들어지거나 했다.

결국 여태껏 큰 수확을 거두었다는 말은 못 하겠다.

벨그리프는 자료를 뒤져 행적을 추적하는 방법은 포기한 뒤 대신에 거리를 돌아다니면서 동방에서 온 상인 및 여행자를 찾아 탐문을 했다. 그럼에도 역시 유력한 정보는 얻을 수 없었다. 영웅담을 가지고 있는 S랭크 모험가와 엘프령 바깥에서는 보기 드문 엘프라지만, 넓은 세계에서 특정 인물을 딱 집어 찾아내려니 쉽지가 않다.

"……카심과 만난 게 정말로 운이 좋았었구나."

벨그리프는 한숨 쉬었다. 그러고는 안젤린 덕택에 새삼 인연이 닿은 재회의 신비로움을 절감했다.

쭉 내리던 눈에 습기가 섞여서 질척질척 몸을 적시는 터라 근처의 가게 처마 아래로 도망쳐서 서 있었다.

오늘은 하늘이 무척 밝을뿐더러 불어오는 바람도 왠지 따뜻하기에 겨울 추위가 영 매가리가 없는 느낌이었다. 다만 이렇듯 마음을 놓았을 때 더욱 쉽게 감기가 드는 법이다. 벨그리프는 부르르 등골을 떨고 자세를 바로한 뒤 진주색 하늘을 올려다봤다. 아래쪽에 옅은 구름이 살짝 끼었고 바람에 밀려 흘러가는 모양새다. 아직은 진눈깨비의 기세가 수그러들 것 같지가 않다.

의족 쪽으로 체중을 실으면서 벨그리프는 탄식했다. 결코 포기하지는 않았지만, 이렇게 줄곧 단서를 못 발견하면 역시 괴로움이 밀려든다.

이제 곧 톨네라에 돌아가야 할 날이 온다. 보름만 더 지나가면 봄의 기운이 짙어질 테지.

북방에 위치하는 톨네라는 올펜보다 봄의 도래가 다소 늦어진다만, 그 부분을 감안하여 이쪽 근방에서 눈 녹는 시기애 출발하면 보르도 혹은 로디나에 들러서 며칠 기다리는 동안에 톨네라까지 갈 길이 열릴 것이다. 아마 봄을 피해서 도망치는 한편 겨울을 쫓아가는 여행이 될 듯싶다.

퍼시벌과 사티를 포기하지 않고 쭉 찾으러 다니려는 마음은 있지만, 일단 돌아가면 다음에는 언제 나올 수 있을지 모르겠다.

겨울을 제외하고 톨네라의 삶은 매일같이 일거리가 있다. 밭일이며 산일에 바삐 쫓기는 동안 시간이야 눈 깜짝할 틈에 흘러가버린다. 이미 젊은 나이가 아니잖은가. 단련을 게을리하지 않았을지라도, 톨네라의 생활에 적응되어 여행이 익숙하지 않은 몸으로는 언제까지 탐방을 다닐 수 있을까 모를 일이다. 그 때문에 더더욱 헛걸음칠 수 있는 계획에는 저항감을 느끼게 되고, 반면에 가만 앉아서 기다리기나 할 셈이냐고 괴로워지는 마음도 솟는다.

"……결국 될 대로 되지 않겠나, 으음."

급해지는 마음을 달래고자 벨그리프는 한껏 심호흡했다. 차가운 공기가 폐를 가득 채우자 얼마간 마음이 진정되는 것 같았다.

그럼에도 올펜에 온 보람은 제법 있었다는 생각이 든다.

안젤린이 데려와 준 카심은 머지않아 만나게 되었을 테지만, 이곳을 굳이 방문하지 않았다면 길드 직원들을 비롯한 여러 사람들과 인연을 맺진 못했을 것이다. 당초 목적이었던 소식은 알아낼 가망이 없는 듯싶다만, 새로운 만남마저 헛되었다는 섭섭한 말은

하기 싫었다.

조금 약해진 진눈깨비의 기세를 보고 벨그리프는 처마 아래에서 나온 뒤 길을 내려갔다.

집에 도착할 무렵에는 또 진눈깨비의 기세가 강해졌다. 벨그리프는 머리카락이며 망토에 붙은 자잘한 얼음덩어리를 털고 젖어서 이마에 달라붙은 앞머리를 손등으로 훔쳤다.

"이런, 참……."

망토를 벗어 흔들면서 손으로 쳐내지 못한 물방울을 털었다. 발부리를 세워 바닥을 차며 신발 바닥에 묻은 물과 진흙도 떨궜다.

집은 아무도 없어 조용했다. 불자리의 숯불도 재 속에 파묻어 놨다. 쥐 죽은 듯이 조용한 만큼 더더욱 분위기가 으슬으슬했지만, 그럼에도 바깥보다는 따뜻했다.

안젤린은 일 때문에 외출 중이고, 카심도 샤를로테와 벡을 데리고 마법 훈련을 위해 나갔다. 저녁때까지는 아무도 귀가하지 않을 것이다.

자, 이제 어떻게 할까. 일단 집까지 오긴 왔는데, 저녁 식사 준비를 하기에는 이른 시간인 데다가 갖고 온 양털도 거의 다 실잣기를 끝내버렸다. 톨네라였다면 할 일이 얼마든지 있을 테지만, 올펜의 이 집에서는 할 일이 없었다.

잠깐 고민한 끝에 벨그리프는 실잣기를 마친 뒤 간수해 놨던 털실 뭉치를 몇 개 가방 속에 넣어서 다시 망토를 걸치고 바깥으로 나갔다.

물에 젖어서 투명한 눈이 길에 쌓여 있었다. 걸을 때마다 발 아래에서 샤박샤박 묘한 감촉이 느껴졌다. 질량은 있는데도 걸음을 디딜 때마다 물이 튀어 오르질 않는다.

새로 임차한 집은 위치가 주택지이기는 한데, 주택지의 옆쪽에는 가게가 모인 구획이 있었다. 그런 덕분에 여러모로 편하긴 하다.

진눈깨비 내리는 와중에도 사람들은 이리저리 오가며 짐수레를 끌었고, 눈을 피할 수 있는 처마 아래에서는 악사가 차분한 음악을 연주하고 있었다. 쌀쌀한지라 사람이 많음에도 묘하게 음울한 도시 분위기에 구슬픈 음악 소리가 신기하게 잘 어울린다고 여겨졌다.

벨그리프는 주위를 둘러보며 걷다가 목적했던 가게를 발견하고 안으로 들어갔다.

내부에는 사람이 잔뜩 있어서 무척 떠들썩했다. 겹겹이 잔뜩 쌓아 둔 옷감 더미를 점원인 듯한 남자들이 운반하고, 여자를 데려온 귀족 행색의 손님들이 고급스러운 천을 물색하고 있다. 선반에도 진열대에도 천과 실뭉치가 산처럼 쌓여 있었다. 천과 실을 판매하는 가게가 맞다.

벨그리프는 살짝 허둥거리다가 점원인 듯한 사람을 겨우 붙잡고 말을 건넸다.

"저기 말입니다."

"예, 무엇을 찾으십니까?"

우선 친절하게 대답을 하던 점원이 벨그리프의 차림새를 보고

는 조금 깔보는 표정으로 바뀌었다.

"무슨 용건이신지? 싸구려 옷감이라면 저쪽 방향에……."

"아뇨, 혹시 실을 매입해주시나 싶어서……."

벨그리프는 가방에서 털실 뭉치를 꺼내 들었다. 점원은 제대로 살펴보려고도 안 하고 흘낏거리더니 흥, 코웃음을 쳤다.

"이미 재고가 많아서 말입니다."

"……그렇습니까."

벨그리프는 탄식하곤 발길을 돌렸다. 저토록 실을 산처럼 쌓아 둔 곳이니만큼 무리도 아니지 싶다.

이후에 다시 두 군데 포목점을 돌아다녔다만, 전부 매입을 거절당하고 말았다. 추운 계절인지라 수요 자체야 있을 테지만, 대량 거래라면 또 모를까 고작 두세 뭉치의 털실은 필요로 하지 않는 듯싶었다.

나쁜 실은 아니라 자신하지만 별수 있나, 벨그리프는 눈을 내리깔았다. 한 군데만 더 찾아가보고 안 된다면 포기할까.

큰길의 눈에 띄는 커다란 가게만 찾아 들어갔었지만, 이번에는 조금 자그마한 가게에 가보자는 생각이 들었다. 올펜의 거리는 복잡하기에 조금 고생했지만, 골목 안쪽으로 한 걸음 들어간 곳에 아담하게 꾸린 가게가 있었다.

내부는 나무 바닥에 융단이 깔려 있었다. 지저분해져도 괜찮은 듯 이미 선객의 발자국이며 물 자국과 얼룩이 눈에 보였다.

어둑어둑한 가게 안 벽면에는 천장까지 닿는 커다란 선반이 있고,

그곳에 각양각색의 옷감 및 털실 뭉치 따위가 가득 들어 있었다. 그러나 다른 손님이 없어서 가게 내부는 쥐 죽은 듯이 조용했다.

안쪽 계산대에 백발의 노인이 앉아 장부를 적고 있었다.

벨그리프가 다가가자 노인은 얼굴을 들어 올렸다. 안경 안쪽에서 눈이 가느다래졌다.

"어떻게 오셨는가? 옷감을 필요하신가?"

"아뇨, 혹시나 실을 매입해주시려나 싶어서 말입니다."

벨그리프는 가방 안쪽에서 털실 뭉치를 꺼내다가 계산대에 올려놓았다. 노인은 안경에 손을 가져가서 털실을 뚫어져라 살펴봤다.

벨그리프는 무심코 가게 내부를 둘러봤다. 선반에 있는 실은 명주실이 많고, 양털의 실도 예쁘게 색깔을 넣은 종류만 잔뜩 찾아볼 수 있었다. 벨그리프가 가지고 온 실처럼 본연의 하얀색을 지닌 것은 안 보인다.

아마 이곳도 안 될 것 같았기에 벨그리프는 탄식했다.

"실례했습니다. 역시 안 되겠죠……."

그렇게 말한 뒤 손을 뻗었던 벨그리프보다 먼저 노인이 털실을 손에 쥐고 뚫어져라 들여다본다. 끝 쪽을 잡아 늘리다가 손가락으로 비틀어 꼰다.

"……털의 품질은 좋군. 굵기도 일정하고, 탄성도 알맞아서 딱 괜찮아."

노인은 눈만 움직여서 벨그리프를 쳐다봤다.

"자네가 자은 실인가?"

"예, 뭐……."

노인은 실을 만지작거리며 잠시 생각하다가 곧 얼굴을 들어 올렸다.

"좋은 실이군."

그렇게 말한 뒤 상자 안에서 은화를 몇 장 붙잡아 꺼내고는 계산대 위에 올려놓았다.

"이 정도면 되겠나?"

"예? 아, 아뇨. 이렇게 많이 받을 순 없습니다."

"내가 이래 보여도 털실에는 일가견이 있는 사람일세. 마땅한 값을 치를 생각이네만."

벨그리프는 뭐라고 말해야 하나 모르겠어서 쓴웃음 짓고 뺨을 긁적였다. 저렇게 말하는 데야 아니라고 사양하는 것이 더 실례이겠다. 게다가 절대 나쁜 실은 아니라고 스스로도 자부한다.

조금 망설이다가 벨그리프는 고개를 끄덕였다.

"……그렇습니까. 그럼 감사히 받겠습니다."

"실은 자아내는 사람의 마음이 드러나는 법이지."

노인은 안경 너머로 벨그리프를 빤히 바라봤다.

"자네가 이러한 실을 자아낼 수 있는 마음을 간직한 채 살아가기를 바라겠네."

벨그리프는 슬쩍 웃고는 인사했다.

예상보다 더 비싸게 팔렸기에 벨그리프는 오히려 더 곤란한 기분이 되어 거리를 걸었다. 안젤린에게 신세만 지며 생활하기에는

아무래도 볼품이 없는지라 실을 팔고자 나왔다만, 뜻밖에도 금액이 커진 덕분에 어떻게 해야 할까 모르겠다.

문득 노점상이 눈에 들어왔다.

"……그래, 여자아이니까."

벨그리프는 별의 모양을 본뜬 머리 장식을 손에 들었다. 은세공이고 작은 붉은색 돌이 장식으로 박혀 있었다. 조금 과하게 단순한 디자인이지만, 너무 덕지덕지 장식이 달린 물건보다도 이런 정도가 안젤린에게는 어울리지 않을까.

노점상 중년 여인이 생글생글 웃었다.

"선물인가요?"

"예, 딸아이한테……. 흑발인데 잘 어울릴까요?"

"복장에 따라 달라지겠지만, 검은색이면 은을 쓴 장식이 잘 어울릴 거예요."

"흠."

벨그리프는 딸의 복장을 떠올렸다. 기본적으로 흑색이나 백색을 기조로 하는 단순한 옷만 잔뜩이다. 너무 화려한 종류는 선호하지 않는 듯싶다. 그렇다면 머리 장식만 괜히 눈에 띄어도 안 되겠군, 벨그리프는 고개를 끄덕였다.

"그럼 이것을 주십시오."

"고맙습니다."

조금 비싸지만 못 살 가격은 아니었다. 여태껏 예쁜 옷도 장신구도 사다 준 적이 없었던 만큼 이 정도는 괜찮겠다.

"……기뻐해주면 좋을 텐데."

혼잣말했다. 불현듯 혹시 촌스럽다는 불평을 듣게 된다면 어떻게 해야 싶었다. 젊은 여자아이의 취향 따위야 벨그리프는 상상밖에 할 수 없었다.

귀로를 걷는 동안에 구름이 점점 더 두꺼워지더니 몸 안까지 젖을 지경이 됐다. 이러다간 건강을 해칠 것 같아서 벨그리프는 가까운 처마에 피신한 뒤 망토며 머리카락을 털어 진눈깨비를 쳐냈다. 역시 환절기인지라 날씨가 잠잠하지가 않다 싶어서 벨그리프는 탄식했다.

불현듯 박하 냄새가 났다. 연기가 하늘하늘 떠다니고 있었다. 벨그리프는 의아한 표정을 짓고 눈을 그쪽으로 돌렸다.

묘한 2인조였다. 한 사람은 담뱃대를 입에 문 검은 머리카락의 여인이다. 앞섶을 거듭 포개는 옷은 형태를 보아 동방의 의복 같았다.

그 옆쪽에 앉아 있는 아이는 10대 중반쯤 되었을 소녀이다. 코트를 입고 머플러를 둘렀고, 귀까지 덮는 모피 모자를 덮어썼다. 머리카락은 황토색, 의자 대신에 걸터앉은 것은 악기가 든 케이스 같다.

"춥구나……. 북부는 무서운 곳이로다……."

동방의 여인은 입으로 연기를 뿜어내곤 근처 기둥에 담뱃대를 쳐서 재를 털었다.

소녀의 귀 부위가 쫑긋쫑긋 움직였다. 모자에 달린 덮개가 아니

라 진짜 귀였다. 형태를 봐서 개 수인 같았다.

"옛날 사람들은 말했습니다. 영차영차 밀쳐라, 땀 흘려서 후끈…… 할래?"

"싫, 다, 아! 으으, 뜨끈한 술을 마시고 싶군……."

여인은 거하게 하품을 했다. 벨그리프는 턱수염을 쓸어 만지다가 이윽고 입을 열었다.

"저기, 실례합니다만……."

"으음? 오, 무슨 일이시오?"

여인은 벨그리프를 돌아보고 친근하게 미소를 머금었다. 벨그리프도 미소 지었다.

"느닷없이 죄송합니다만 여러분은 동방에서 오신 분들입니까?"

"오오, 아, 하하하. 이런 복장을 입고 다니면 동방 출신이라 떠벌리는 셈이겠구려. 알아보신 대로 본인은 무릉에서 태어난 사람이외다."

여인은 옷자락을 살짝 잡아서 웃었다.

서쪽 로데시아 제국 사람들이야 동방의 여러 나라들을 연방이라고 하나로 묶어 말한다지만, 물론 개중에도 다양한 나라와 문화가 있다. 무릉은 대륙 동부에 위치하는 나라다. 기복이 없는 평탄한 토지가 많고, 바다에도 면하고 있는 온난하고 평온한 지역이라 들었다. 그렇다면 추위에는 익숙하지 않겠군, 벨그리프는 살짝 웃었다.

여인은 옆쪽에 앉아 있는 소녀의 머리를 토닥였다.

"이 녀석은 남부의…… 어디더랬냐?"

"저의 고향을 말씀드리자면 다단 제국, 오르메리아 지역…… 입니다요. 아저씨, 나랑 쉐키럽 베이베, 할래?"

"음? 쉐, 쉐킷……?"

벨그리프는 당황해서 눈을 깜빡거렸다. 여인이 어이없어하며 한숨 쉬었다.

"네 녀석은 변함없이 정말 알 수가 없구나……. 남부 말은 쓰지 말래도."

아하, 이 소녀는 대륙 남부의 다단 제국에서 왔나 보다.

다단 제국은 루크레시아보다 더욱 남쪽에 있는 나라다. 로데시아 제국보다도 수인의 숫자가 많고, 현재는 폐지되었을 뿐 노예제도도 로데시아 제국보다 가혹했었다던가.

그 때문에 수인들은 학대당하는 처지에서 자신들끼리만 의미가 통하는 말을 만들어 내서 지배자들과 대항하여 결속했다. 그것이 현재까지 독특한 표현법으로 남아 있다. 소녀의 말투는 저런 역사의 자취이겠다.

다단 제국은 기후의 차이도 있어 북부와는 또 다른 문화가 발전했다고 들었다. 특히 엇박자를 강조하는 힘 있는 음악이 특징적이라 뷔에나 교의 찬미가에 영향을 받아 장엄한 북부의 분위기와 달리 예배 때 참가자가 노래하고 춤추는 경우도 많다. 그런 토양에서 칸타 로사와 같은 로데시아 제국에서도 이름이 잘 알려져 있는 가수와 연주가가 다수 배출되었다.

소녀도 혹시 연주가일까, 아래쪽 악기 케이스 같은 물건을 보고 벨그리프는 생각했다.

무릉 출신의 여인은 겉옷 안쪽으로 팔짱을 끼고 벨그리프의 방향을 돌아봤다.

"그래, 어떠한 용건이시오?"

"예, 실은 사람을 찾고 있습니다. 소문을 듣자 하니까 동쪽 연방으로 갔다는 말이 있었던지라."

"흐음? 그 동쪽이란 것이 무릉이신가? 혹은 글단이외까?"

"아뇨, 거기까지는 알지 못합니다. 퍼시벌이라고 「패왕검」이란 칭호를 가지고 있는 모험가입니다만……. 들어본 적이 없으십니까?"

"……으음."

여인을 눈을 반쯤 감고는 잠시 상념에 잠긴 채 허공을 이리저리 쳐다보다가 곧 눈을 내리떴다.

"죄송하구려, 본인은 짚이는 바가 전혀 없소이다. 본인도 나름 모험가 나부랭이인지라 칭호로 불릴 만큼 실력이 있는 분이시라면 한두 번 소식을 들었을 법도 하외만……."

"그렇습니까……. 아닙니다, 괜히 시간을 빼앗았군요."

그렇게 말하다 말고 벨그리프는 묘한 기척을 느껴 시선을 떨어뜨렸다. 강아지 귀 소녀가 벨그리프에게 얼굴을 가까이 대고 코를 벌름벌름하고 있었다.

"……장작불과 짚. 아저씨는 향수를 자극하는 냄새가 나네……."

"하하, 그렇구나……."

"대체 뭐하는 짓이더냐, 요 녀석아."

여인이 소녀의 목덜미를 붙잡아 떼어 냈다. 벨그리프는 쓴웃음 짓고 뺨을 긁적였다.

"두 분은 떠돌이로 모험가 활동을 하는 겁니까?"

"뭐, 대충 비슷한 처지이구려. 공교롭게도 본인들 또한 사람을 찾는 중이라서 말이오, 다만 올펜은 무척이나 넓은 도시인지라 도착한 지 제법 지났는데도 전혀 보이지를 않는군. 지금 막 모험가 길드에 가서 사람을 찾는 의뢰를 맡기고자 생각한 참이었소."

"그러다가 길을 잃어버렸던 거예요……. 이 사람이 방향치거든요."

"시끄럽구나. 네 녀석이야말로 길도 기억을 못 하잖느냐, 똥강아지 주제에."

여인은 소녀를 톡톡 찔렀다. 벨그리프는 쿡쿡 웃었다.

"길드라면 이 길을 내려가서……."

눈발이 약해졌다. 두 사람에게 길드까지 가는 길을 가르쳐준 벨그리프는 꾸벅 인사한 뒤 처마 바깥으로 나갔다.

"그럼 실례하겠습니다."

"예. 안 미끄러지게 조심하시구려……."

두 사람은 떠나가는 벨그리프를 바라봤다. 흑발의 여인은 다시 담뱃대를 입에 물었다.

"흠, 「패왕검」을 찾는 사람인가……. 그나저나 꽤 유려한 움직임이군. 언뜻 보아도 의족이건마는 움직임을 보면 멀쩡한 다리 같지 않은가……. 어디, 정체가 무엇이려나."

“저 아저씨, 냄새가 나.”

“엉? 장작불과 짚 냄새 말이더냐?”

“아니, 아니징.”

그렇게 말한 뒤 소녀는 품에서 꺼낸 손수건을 코에 가져다 대고 킁킁 냄새를 맡았다.

“수색 대상의 냄새……. 희미했지만.”

“오호라? 이런 도시에 다른 루크레시아 귀족의 냄새가 날 리 없으렷다, 이것은 예상하지 못한 하늘의 안배인가?”

여인은 히죽 웃고는 연기를 내뱉었다.

“예압, 운명…… 에취!”

강아지 귀 소녀가 재채기를 했다.

63 변함없이 죽죽 내리는 습기 찬

변함없이 죽죽 내리는 습기 찬 눈발 속에서 집까지 돌아왔더니 안쪽에 누군가가 있는 기척이 느껴졌다. 웬일인가 싶어서 문을 열자 몇몇 얼굴이 일제히 벨그리프를 돌아봤다. 카심이 손을 들었다.

"왔군, 벨. 기다렸어."

"무슨 일인가? 귀가 시간이 좀 빠르군."

"일이 좀……. 우리도 지금 막 들어와 있던 참이야."

벨그리프는 망토를 벗고 방에 들어갔다. 그러고는 조금 놀라서 눈이 커졌다. 활활 타오르는 화톳불 곁에 옷을 껴입어서 부풀어 오른 여자가 쪼그리다시피 앉아 있었다.

"마리아 님?"

"앙? 어, 벨그리프인가. 실례 좀 하겠어."

마리아는 벨그리프는 곁눈질로 보고는 손에 든 컵을 입에 가져갔다. 지난 몇 개월간 생활하면서 물론 벨그리프는 마리아와도 알고 지내게 됐다. 안젤린의 폭주가 이 여성에게도 영향을 끼쳤던 터라, 초대면 때 웬 물건을 보는 듯한 시선을 마주했을 때는 저절로 쓴웃음이 지어졌더랬지.

벨그리프는 고개를 갸웃거리면서 망토를 벽에 걸치고 화톳불과

가까운 곳에 앉았다.

“여기에 와 계셨군요.”

“이 녀석과 할 애기가 있어서 말이다. 콜록…….”

마리아는 입가를 소매로 가린 뒤 작게 기침을 했다. 벨그리프는 카심을 돌아봤다. 카심은 능청스럽게 어깨를 으쓱였다. 샤를로테와 벡은 둘이서 같이 조용하게 앉아 있다. 샤를로테는 울다 왔는지 눈이 살짝 충혈됐다.

“……자리를 비워드릴까요?”

“아니, 오히려 네가 잘 들어야 한다. 이 녀석들을 맡아 돌보겠다면 남의 일이 아니야.”

마리아는 벡과 샤를로테를 턱짓으로 가리켰다.

마왕 관련의 문제인가, 벨그리프는 눈살을 찌푸렸다. 확실히 결국 피해서 지나갈 순 없는 사안이겠다. 벡에게 둥지를 튼 존재도 마찬가지고, 미토의 신상 역시도 수수께끼가 아직 많았다. 얻을 수 있는 지식과 정보는 가능한 한 들어 두고 싶었다.

카심이 주전자를 들어서 김이 피어오르는 꽃차를 따라 벨그리프에게 건넸다.

“나도 조만간 이야기를 나눠야 할 문제라고 생각은 했어. 얼마 뒤 올펜을 떠날 계획이잖아? 그 전에는 꼭.”

“으음……. 하기야.”

벨그리프는 입을 오므려서 꽃차를 홀짝거렸다.

마리아는 잠시 상념에 잠긴 듯 말을 않다가 이윽고 입을 열었다.

"「재액의 창염」 슈바이츠."

벨그리프는 눈살을 찌푸렸다. 마리아는 벨그리프를 쓱 쳐다보곤 피식 웃었다.

"아는 이름이지?"

"그야……. 이름뿐이지만 말입니다."

유명한 이름이었다. 나쁜 의미로, 한마디를 덧붙여야겠다만.

「재액의 창염」 슈바이츠.

로데시아 제국의 역사를 모두 되돌아봐도 손에 꼽히는 대마도사이며 일찍이 솔로몬의 유산 연구에서 최전선에 서 있었던 남자이다.

우수한 인재였기에 수많은 술식을 개발해서 마법학을 크게 발전시켰지만, 그런 이면에서는 처참한 인체 실험을 비롯한 비윤리적인 행위에 손을 담갔을 뿐 아니라 결국에는 제국 서부의 도시 하나를 사령들의 도시로 바꿔 놓았다. 현재도 그 도시는 언데드가 배회하는 던전 비슷한 상황을 면치 못하고 있다.

신중하고 빈틈없는 성격인지라 제국 상층부가 이변을 감지했을 때는 변경의 마을이 다수 괴멸된 상태였고, 제도에도 같은 술식이 설치되고 있는 와중이었다. 본인의 지식욕과 호기심을 채울 실험을 위해서라면 다른 사람의 안위 따위야 아무렇지도 않게 짓밟는 남자였던 셈이다.

사건의 전모가 발각된 이후 당시의 고위 랭크 모험가를 비롯한 실력자들과 격렬한 사투를 벌인 끝에 토벌되었다고 세간에는 알

려져 있다. 칭호 중 「창염」의 앞쪽에 붙게 된 「재액」이라는 표현은 여기에서 유래됐다.

"……죽은 줄 알고 있었거든. 살아 있더라."

"안면이 있는 사이셨습니까?"

"제도의 마법학 연구 기관에서 내 상사였어. 여러모로 가르침을 받았고 또한 신세를 졌다만……."

마리아는 복잡한 표정을 짓고 눈을 내리깔았다.

"그 자식 때문에 나는 연구 기관에서 발을 뺐지. 속아 넘어간 처지였다지만, 나 자신도 사태를 다소나마 거들었다는 게 용납할 수가 없었어. 곧장 토벌대에 가담해서 모험가가 되었지."

"……그 심정은 이해합니다."

"흥……. 카심, 너는 슈바이츠와 관련된 적이 있었나?"

카심은 수염을 쓸어 만졌다.

"아니, 없었어. 마왕을 이용하려고 드는 패거리가 한둘은 아니거든. 하지만 서로 간에 경쟁이랄까, 항쟁이랄까, 아무튼 협력을 하는 관계는 아니었지. 내가 몸을 담았던 곳은 슈바이츠와 인연이 없는 패거리였어."

카심은 그렇게 말한 뒤 턱수염을 쓸어 만졌다.

"그래도 소문은 자주 들었지. 내가 있었던 패거리도 딱히 무능하진 않았다지만, 역시 슈바이츠는 한 발짝 성큼 앞서 나갔거든. 소유하고 있는 마왕의 숫자도 자릿수가 달랐고. 그런 덕분에 녀석들도 꽤 조바심치는 것 같았지."

“그랬을 테지. 나도 조사를 진행하는 동안 이것저것 실상이 눈에 들어오더군. 쿨럭, 쿨럭…….”

마리아는 입가를 붙든 채 연거푸 기침했다. 옆쪽에 앉아 있었던 샤를로테가 등을 문질러줬다.

“마리아 할머님, 괜찮아?”

“쳇……. 아무튼, 이 녀석들을 이용했던 게 슈바이츠다.”

벨그리프는 눈살을 찌푸렸다. 상당한 거물이 등장하셨군.

“……아직도 슈바이츠가 샤를과 벡을 노리고 있단 말씀입니까?”

“쿨럭……. 글쎄다. 어지간한 이용 가치가 없는 한 그 자식은 리스크를 감수해야 할 행동은 안 하려고 들 게야. 다만 적어도 놈은 이 녀석들이 이곳에 있단 사실을 분명 파악했다. 내가 실제로 올펜에서 그놈과 한 번 싸웠거든.”

벡이 움찔 반응했다.

“……길드에 호문클루스가 나타났을 때 말인가.”

“이미 알고 있었나……. 맞다. 그 마왕도 슈바이츠가 가지고 온 것 같았어.”

“그런데도 또 다른 수작이 없었다는 건 뭔가 의도가 있단 뜻이겠지.”

카심이 꽃차를 홀짝거리며 말했다. 마리아는 고개를 끄덕거렸다.

“마왕, 즉 솔로몬의 호문클루스와 관련해서 판명된 사실은 적다. 슈바이츠조차 아직 진실의 절반에도 다다르지 못했을 게야. 벡은 괜찮은 관찰 대상이니까 일부러 풀어놓을 작정인가, 아니면

이미 흥미를 잃어버리고 다른 실험을 하고 있는가……. 뭐, 후자의 가능성은 낮군. 쿨럭, 쿨러억…….”

마리아는 부르르 어깨를 떨었다.

“이봐, 장작 좀 많이 지피게. 춥군.”

벨그리프는 장작을 몇 개 화톳불 위에 지폈다. 마리아는 한숨 쉬었다.

“……올펜에 나타났던 호문클루스가 녹은 잔해를 조사했지. 터무니없는 물건이야. 나도 아직은 전모를 파악하지 못했다만, 질량을 지닌 마력 덩어리라고 표현하면 되지 싶구나. 아무튼 복잡한 술식이 거듭거듭 걸려 있는 데다가 자아 및 감정을 개별로 만들어내는 프로그램이 장치됐어. 물론 어딘가에 결함이 있다는 건 확실하겠지만 말이다.”

“솔로몬이 시공의 저편으로 사라져서 마왕이 폭주했다는 일화가 거기에 해당되겠습니까?”

“전승이 옳다면야, 흠. 뭐, 나는 유력한 가설이라고 본다. 그것들은 술사의 통솔을 받아 비로소 안정되지. 아마도 술사에 대해 강렬한 의존을 발생시킴으로써 자아를 안정시키고자 했을 거야. 그런데 불쑥 술사가 사라진다면 광기에 지배당할 게 뻔하지.”

“나도 얼마 전 살짝 구경을 해봤는데 말야, 의미 불명이더라니까. 대체 뭔 생각으로 그런 걸 만들었는지, 원.”

카심은 말하면서 살짝 허리를 들어 쿠션의 위치를 고쳤다.

“그리고 슈바이츠 패거리가 진행한 실험은 꽤 많은데 말야, 올

펜에서 작년에 일어났다는 마수 대량 발생은 물론이고 이 녀석도 같은 신세야."

카심은 그렇게 말한 뒤 벡의 어깨를 두드렸다. 벡은 눈을 내리깔았다. 벨그리프는 고개를 갸웃했다.

"마왕이 둥지를 틀었다는 말은 들었다만……."

"그래, 틀림없어. 실험 결과로 말야. 다만 말이지, 이 실험이란 게 꽤나 끔찍한 짓이었어."

"……인간 여자의 배로 낳았던 거다."

벡이 말했다. 시선이 모여들었다.

"자세하게 알진 못한다만 호문클루스는 형태를 바꿀 수 있다. 그것을 어떤 방법으로 인간 여자의 몸에 넣었어. 그럼 호문클루스는 태내에서 아기가 된다."

"……그러면."

"맞아. 그렇게 내가 태어났지. 인간의 육체에 마왕을 힘을 가지고."

벡은 벨그리프를 주시했다.

"그런데 그놈들이 말하길 나는 실패작이라더군. 내 혼과 마왕의 혼이 개별로 존재하니까. 성공작은 마왕의 낌새가 사라진다는군. 혼이 서로에게 녹아들어서 호문클루스의 속박을 벗어난다던가. 솔로몬에 대한 강렬한 의존심이 사라진다는 뜻이지."

"즉 이러한 방법을 써서 마왕이 어쩌고 하는 정체 모를 강대한 힘을 원하는 대로 지배하고자 획책했던 게다."

마리아는 그렇게 말한 뒤 작게 기침을 했다. 카심이 어깨를 으

쓱거렸다.

"그리고 이 녀석의 말을 믿자면 안제도 같은 처지라더라."

"뭐……? 안제가?"

벡은 말없이 눈을 내리깔았다. 쓰응, 공기가 흔들리며 벡의 머리카락이 검게 물들었다.

"그 녀석의 강한 무력은 명백하게 마왕에서 유래된 거다……. 게다가 내 안의 호문클루스가 이렇게 말하는군. 인간은 알지 못하더라도 동족은 느낄 수 있는 동질감이 있는 것 같아."

"……그 마왕은 뭐라고 말을 했고?"

"돌아가고 싶어, 왜 저 녀석만, 치사하게. 이게 전부다."

"흠……."

벨그리프는 턱수염을 쓸어 만졌다. 샤를로테가 머뭇머뭇 입을 열었다.

"저기, 있잖아, 아버님……. 그래도, 분명하게 결론이 나진……."

"다만 절대로 아니라고 단언할 순 없군."

마리아는 그렇게 말한 뒤 꽃차를 홀짝였다.

"슈바이츠가 그리 판단을 내렸다면 완전히 옳진 않더라도 얼마간 사실을 적중하는 견해일 게야. 몹시 아니꼽지만 그 자식의 실력은 진짜배기이니까."

"그래도……. 언니가 그런 처지라는 건, 믿을 수 없는걸."

샤를로테는 머리 숙였다. 벨그리프는 상념에 잠긴 채 시선을 허공으로 보냈다.

"……카심, 자네 견해는 어떤가?"

"내가 몸을 담았던 패거리 사이에서도 그 실험 소식은 꽤 퍼졌었거든. 다만 안제가 정말 실험체였다고 묻는다면 뭐라 대답을 못 하겠네. 완전하게 마왕의 낌새가 없는 게 근거라면 세상 사람들 대부분이 마찬가지이고, 강한 무력이 근거라면 나한테도 비슷한 가능성이 있는 셈이잖아?"

벡은 고개를 가로저었다.

"특징은 하나 더, 흑발이다. 나도 호문클루스의 마력을 다룰 때 머리카락이 검게 물들지."

그렇게 말한 뒤 벡은 자신의 머리카락을 집어 보였다. 이미 백색으로 돌아왔지만, 분명히 방금 전 거멓게 물들었었다. 마왕에게 속한 마력을 해방했던 까닭일 테지.

마리아가 탄식했다.

"뭐, 동방 민족의 피가 들어갔다면 흑발이 뭐 별거겠나. 안제는 버림받은 아이였다면서. 친부모가 동방의 사람이었을 가설도 아주 부정할 순 없어. 가능성이 아주 없진 않다만, 흑발이라는 이유 하나론 근거가 많이 약하구나."

"요컨대 현시점에서는 뭐든 단정할 수가 없단 소리지."

그렇게 말한 뒤 카심은 어깨를 으쓱였다.

"……그렇다 해도. 호문클루스의 힘은 상궤를 벗어나 있지. 이 놈들은 솔로몬에게 품은 사모가 행동 원리란 말이다……. 내 안의 마왕, 카임도 언제 폭주할지 알 수가 없어."

벡은 그렇게 말한 뒤 벨그리프를 똑바로 쳐다봤다.

"보르도의 소란 때 목격했잖아? 이놈들은 형태를 바꿀 수 있다. 보석처럼 변하기도 하고, 점체로 변하기도 하고……. 마력만 흘려 넣어서 『힘』을 이용할 수도 있다. 이 녀석이 갖고 있었던 반지도 호문클루스였어."

샤를로테는 움찔 몸을 떨었다. 벨그리프의 눈매가 가늘어졌다.

보르도 가문 전택에서 샤를로테와 대치했을 때 소녀의 반지가 형태를 바꾸었던 것은 잘 기억하고 있다. 기묘한 마도구라는 생각은 했었다만, 그것도 설마 마왕이었던가. 샤를로테를 집어삼키려고 했던 현상은 솔로몬에 대한 사모가 폭주했었기 때문일까.

머리 숙이고 말을 못 하는 샤를로테를 바라보다가 벨그리프는 미소 짓고는 어깨를 두드렸다.

"신경 쓰지 말거라. 이미 다 끝난 일이란다, 샤르."

"……응."

샤를로테는 살짝 고개를 끄덕였다.

벡은 눈을 내리깔았다.

"아무튼, 호문클루스는 댁들의 상상 바깥쪽에 있는 존재다."

그렇게 말한 뒤 벡은 벨그리프를 돌아봤다.

"난 톨네라에 가지 않는다."

"……가기 싫어서인가?"

"가족 놀이는 더 이상 사절이다."

벡의 말에 샤를로테가 눈을 치켜떴다.

"그런 식으로 말하지 마! 아버님도 재미 삼아서 우리랑 같이 있는 게 아니잖아! 괜히 고집부리는 건 오히려 벡이란 말야!"

"흥……. 재미있어서가 아니란 말은 딱 맞군. 이봐, 아저씨……. 당신이 무슨 생각인지 알 수야 없지만, 우리를 데려가 봤자 괜한 골칫거리를 쭉 짊어져야 하는 거다. 잠깐의 위선이라면 추천하고 싶지 않군."

"흐음……?"

벨그리프는 떨떠름한 표정을 짓고 뺨을 긁적였다. 마리아가 말했다.

"뭐, 저 말에는 나도 동의해야겠군. 너희 마을에 「팔라딘」이 같이 있어준다면 분명 안심할 수 있는 근거가 되겠지만, 단순히 동정심만 갖고 떠안기에는 이 녀석은 꽤 만만치 않을 게다. 벨그리프, 자네는 충분하게 각오가 되어 있나?"

"음……. 뭐, 그게 말이죠……."

"이 녀석은 이 녀석 나름대로 이것저것 고민한 거야, 벨. 마왕이란 건 미지수의 존재잖아. 나도 그렇게까지 적극 나서서 붙어 다니는 건 피하는 게 옳단 생각인데."

"……자네는 벡을 놓아두고 떠나라 말하려는 건가?"

카심은 턱수염을 비비 꼬면서 씁쓸하게 웃었다.

"막 강권하려는 것은 아니야. 나는 이 녀석을 별로 싫어하진 않거든……. 다만 가벼운 마음으로 같이 살기에는 마왕이라는 존재는 살짝 감당하기 어렵지 않을까 싶네."

"그래, 알아들었겠지. 당신은 호문클루스의 위험성을 아무것도 이해하지 못하는 사람이야. 같잖은 위선은 내버리고 얼른 사라져 버려. 당신한테 나 따위야 아무래도 좋은 애송이잖나. 아무 책임이 없지."

"아버님……. 벡을 진짜로 내버릴 거야?"

샤를로테는 울먹이는 표정을 짓고 벨그리프를 바라봤다.

벨그리프는 난처해하며 머리를 긁적이고 입을 어물어물했다.

"음, 그게……. 뭐냐."

묘하게 말을 흐리는 태도가 의아했는지 카심이 고개를 갸웃했다.

"……벨, 너 아까부터 뭔가 이상한데? 무슨 일이야?"

"뭐랄까, 사실……."

벨그리프는 잠시 화톳불을 쳐다보다가 이윽고 얼굴을 들어 올렸다.

"……톨네라에서 미토라는 아이를 주웠다는 이야기는 했지?"

"그래, 응. 숲에서 주웠다는?"

"그게…… 뭐, 이것도 그라함의 견해이기는 한데, 그 아이가 사실……."

벨그리프는 살짝 망설이다가 천천히 말을 골라 가면서 미토에 관해 이야기했다.

숲에서 발생했던 이변 이야기, 해결 과정과 이후의 전개. 그라함의 견해를 들은 바 미토는 마왕이거나 그에 가까운 존재라는 이야기. 그럼에도 불구하고 지금은 톨네라에서 잘 자라나도록 돌봐

주고 있다는 이야기. 마을 생활에 아주 익숙해졌고 마을 사람들에게도 귀여움을 받고 있다는 이야기.

설명이 끝났을 때 마리아와 벡은 멍하니 넋이 빠진 모습이었고, 카심은 손뼉을 치며 너털웃음을 터뜨렸다.

"와하하하하핫! 그럼, 거 뭐냐?! 넌 마왕이 속에 든 사람은커녕 마왕 자체를 아이로 만들었단 건가?! 이거 참 걸작이군!"

"이봐, 그 말은 사실인가? 너의 독단이 아니라 「팔라딘」도 같은 판단을 내렸다는 말인가?"

마리아가 몸을 쓱 내밀면서 말했다. 벨그리프는 턱수염을 쓸어 만졌다.

"예. 처음에는 조금 경계하는 태도였습니다만, 지금은 아주 사이가 좋아졌지요. 할아버지와 손주처럼 말입니다……. 정체를 알고 난 다음이야 어떨지 모르겠습니다만, 어쨌든 마을 녀석들도 귀여워해주고 있고요. 특별히 해를 끼쳤다고 말할 거리가 없군요. 그러니까 저는 마왕이라는 존재가 아무래도 위험한 존재로 생각되질 않습니다."

"굉장해, 아버님! 어째서 비밀로 한 거야? 더 일찍 가르쳐주면 좋았을 텐데!"

샤를로테가 흥분한 모습으로 벨그리프의 무릎에 올라탔다. 벨그리프는 쓴웃음 짓고 뺨을 긁적였다.

"으음, 뭐랄까……. 어떻게 설명해야 할까 좀 고민하던 참이라……. 아무튼, 나는 너만 놔두고 톨네라에 갈 생각은 없단다, 벡."

"뭐야……. 도대체 뭐냐, 당신은……."

벡이 도저히 이해할 수 없다는 모습으로 머리를 감아 쥐었다. 벨그리프는 한숨 쉬고는 카심을 돌아봤다.

"그나저나 카심, 좀 실망이군. 자네는 내가 벡을 놓아둔 채 가겠다고 말하면 정말 내버릴 작정이었나?"

"아무렴 벨이 놔두고 떠나겠다 말할 리 없을 테니까……. 그래도 만약 진짜로 틀어지면 난 올펜에 남을 생각이었어. 마리아 할머니랑 같이 이 녀석을 어떻게든 봐줄 계획이었지."

뜻밖의 말이었기에 벨그리프는 살짝 놀랐고, 또한 카심에게도 생각이 있었음을 알게 되었기에 자신의 모지람이 부끄러워졌다.

"……그런가. 자네에게도 생각이 있었겠지. 미안하네, 경솔한 말이었어."

"헤헤, 괜찮아. 지금껏 내가 제대로 나잇값을 한 적이 없었으니까 이 정도 수고야 떠안을 생각이었지. 그래야 못 만나게 되더라도 퍼시든 사티든 용서해주지 않겠어? 이봐, 벨. 우리야 과거를 좇는 아저씨라지만, 이 녀석에게는 미래가 있다고? 뭐가 더 중요한지 굳이 말할 필요도 없겠지?"

"……이것, 참. 자네한테 훈계를 듣게 되다니 나도 나이를 꽤 먹었군."

벨그리프는 쓴웃음 짓고 머리를 긁적였다. 마리아는 어이없어하며 탄식했고, 샤를로테는 희색을 띠며 웃었다. 벨그리프는 벡을 돌아보고 따뜻한 말투로 말했다.

"이 녀석, 벡. 나 역시 성인군자는 아니란다. 골칫거리를 짊어지고 싶지 않다는 마음도 물론 있고말고……. 그래도 난 네가 마왕을 안에 지니고 있든 말든 아무렇지도 않을 테고, 설령 안제가 같은 처지여도 아무것도 바뀌지 않을 거야. 게다가 너는 무뚝뚝한 녀석이지만, 항상 티 나지 않는 배려가 느껴지거든. 톨네라에는 안 오겠다는 말도 혹시나 폐를 끼칠까 걱정되어서잖니?"

"……아니다, 착각하지 마라."

"그런가? 하지만 누가 의뢰를 한 것도 아닌데 너는 줄곧 샤르를 지켜줬고, 나는 그런 네가 마음에 드는구나. 마왕이든 뭐든 상관없이 톨네라에 데려가주고 싶은 생각이란다. 싫니?"

"……윽! 맘대로 해라!"

벡은 몸을 획 돌려서 벨그리프에게 등을 보였다. 카심이 껄껄 웃었다.

"쑥스러워하는군."

"쑥스럽나 봐."

"쑥스러운 게냐."

"쑥스럽지 않다!"

벡은 버럭 소리쳤다. 살짝 코멘소리였다. 벨그리프는 미소 지었다.

64 점점 맑은 날이 많아지는

점점 맑은 날이 많아지는 듯싶다. 빨랐던 일몰이 점점 늦어지고, 밝은 시간이 늘어났다. 눈은 내리지만 두껍게 쌓이는 경우가 줄고, 도시의 청소부들은 차차 눈 치우기 작업에서 해방을 누리고 있었다.

이미 꽤 봄날처럼 따스해지고 있는 햇살 속, 시장에서는 크고 작은 짐수레가 오가고 손님을 끌어모으기 위한 쾌활한 목소리가 울려 퍼졌다. 두꺼운 신발 밑창이 돌바닥을 때리는 소리가 이곳저곳에서 나는지라 눈을 감아도 수많은 사람이 왕래함을 알 수 있었다.

안젤린은 샤를로테를 데리고 장 보러 시장에 왔다. 얼마 뒤 톨네라를 향해 출발한다. 그때 가져갈 선물을 골라야 한다. 얼마나 고향에 머무를지 정해 두지는 않았다만, 가능한 한 오래 지내다가 올 계획이었다. 도르토스나 체보르그를 비롯한 고위 랭크의 모험가들이 쾌히 뒷일을 책임지겠다고 말해준 덕에 안젤린도 아무 걱정이 없이 출타할 수 있었다. 애당초 S랭크 모험가의 의뢰가 끊임없이 이어지는 상황이 더욱 부자연스럽기도 했고.

걸어 다니면서 눈 녹은 톨네라의 풍경을 떠올렸다. 벨그리프와 함께 있는 장소가 곧 자신의 고향이라는 생각도 들지만, 한편으로

톨네라의 풍경을 떠올리면 역시 그곳이야말로 자신이 돌아가야 할 곳이라는 마음이 솟아난다.

작년에 귀성했던 이후로 벌써 1년이 다 지나간다는 것이 안젤린은 조금 놀라웠다.

"……시간의 흐름은 참 빨라."

혼자 중얼거리다가 문득 자신의 가슴께에 손을 가져갔다.

"……괜찮아. 아직 성장기야."

"언니, 이거, 설탕 과자는 어떨까!"

노점 앞에서 샤를로테가 부르고 있다. 설탕 과자를 깔끔하게 상자에 담아 진열해 놨다. 보존 기간도 길겠다. 천연의 단맛이 중심인 톨네라에서는 설탕 제품이 환영받는다. 무엇보다 자신이 무척 좋아했다.

한 알을 사서 입에 쏙 넣고 고개를 끄덕거렸다.

"응, 이거 괜찮네……. 사 두자."

몇 개쯤 골라서 샀더니 자루에 담아줬다.

발밑에서 눈이 녹아 물줄기가 되어 흐르고 있다. 방심하면 발이 푹 빠져서 젖을 것 같다. 폴짝 뛰어서 넘자 아직 착용하는 데 익숙지 않은 머리 장식이 앞머리 부근에서 흔들거렸다. 별을 본뜬 은 세공품이고 작은 붉은색 돌이 장식으로 박혀 있었다.

"……후후."

머리 장식에 손을 가져가서 히죽 웃었다. 벨그리프가 준 선물이다.

투박할 뿐 딱히 세밀한 장식이 눈에 띄지도 않는 물건이지만,

그래서 안젤린은 더욱 마음에 들었다. 무엇보다도 사랑하는 아버지가 준 선물이잖은가. 기쁘지 않을 리 없었다. 받았을 때는 너무나 기뻐했던지라 오히려 벨그리프가 당황하기까지 했다.

그런 안젤린을 보고 샤를로테는 쿡쿡 웃었다.

"언니, 그거 받은 다음부터 줄곧 웃고 다니네!"

"흐흥, 당연하지. 아빠가 준 선물이니까……."

"진짜 잘 어울려! 그래도 아버님은 역시 남자인가 봐. 조금 디자인이 투박한걸."

"괜찮아. 모험가는 이런 정도가 딱 좋아."

샤를로테가 은근슬쩍 놀리자 안젤린은 붙잡고 있던 손을 휙 잡아당겼다. 샤를로테는 본인이 더욱 기뻐하며 꺅꺅거렸다.

처마에서 눈석임물이 똑똑 떨어지고 있다. 사람들 다니는 데 방해가 되지 않는 곳에다가 치워 둔 길가의 눈이 산을 만들었고, 아이들이 놀다 갔는지 나뭇가지 및 돌이 여기저기에 꽂혀 있었다. 며칠씩 한기에 노출된지라 이미 눈이 아니라 얼음덩어리에 가깝다.

햇볕은 따뜻한들 불어오는 바람은 아직 쌀쌀하다. 노출되어 있는 얼굴을 쓸어 만질 때마다 안젤린은 살짝 몸을 떨었다. 어중간하게 따뜻한 탓에 이렇듯 작은 싸늘함이 더더욱 춥게 느껴졌다.

빨개져서 코를 킁킁 훌쩍이는 샤를로테를 보고 안젤린은 쿡쿡 웃었다.

"역시 올펜은 루크레시아보다 춥구나?"

"그러게……. 루크레시아는 이렇게 춥지 않았어. 눈이 내려도

금방 녹아버리는걸. 이렇게 쌓인 광경은 본 적이 없어."

"그랬구나……. 제도보다 더 남쪽이니까."

분명 따뜻한 나라일 거야, 안젤린은 상상해봤다.

"톨네라는 훨씬 더 추운데……."

"그, 그렇겠지……. 감기 안 걸리게 조심해야겠네……."

샤를로테는 끙차 가슴을 폈다.

진짜 여동생이 생긴 기분이라서 안젤린은 무척 기뻤다. 보르도에서 처음 만났을 때는 묘하게 사람을 깔보는 태도였고 세상살이에 닳고 닳은 인상을 받았었다. 부모님의 처형과 어린 나이에 겪은 떠돌이 생활이 소녀를 이상하게 비뚤어뜨렸을 것이다. 그랬던 애가 지금은 몰라보게 순박해졌다.

루크레시아에서 귀족의 딸로 살아가던 때도 이런 아이가 아니었을까, 하고 안젤린은 생각했다. 밝고 솔직하고 부모의 사랑을 한 몸에 받아…….

그런 생각을 떠올리던 때 불현듯 진짜 부모가 연상됐다.

샤를로테는 몹시 친근하게 벨그리프를 잘 따르고 아버지처럼 좋아하지만, 역시 진짜 부모 자식은 아니었다. 벨그리프는 아낌없는 애정을 베풀어주고 있을 테지만, 샤를로테 본인은 어떠할까. 역시나 진짜 부모에게 갖는 마음과는 다르지 않으려나.

다만 어쩐지 물어보려니까 저항감이 느껴졌다. 오래된 상처를 헤집는 짓이 될 테니까. 그런 걸 물어본들 샤를로테의 부모가 살아 돌아오지는 않는다.

그나저나 자신의 부모는 어떻게 되었을까.

아직 어딘가에서 살아 있다면 어떤 얼굴로 어떤 생활을 하며 살아갈까. 만나고 싶은 생각은 딱히 없지만, 벨그리프가 의붓아버지인 이상 진짜 부모는 분명 존재한다. 전혀 신경이 안 쓰인다는 말은 못 하겠다.

"……진짜 부모님."

불쑥 중얼거렸던 안젤린의 말에 샤를로테가 의아한 표정을 짓고 올려다봤다.

"응? 불렀어? 언니."

"음……. 아무것도 아니야."

안젤린은 가만히 머리 장식에 손을 가져갔다. 은세공이라 손가락이 살짝 차갑다. 이런 선물을 솔직하게 기뻐하는 마음은 거짓이 아니었다. 다만 거의 대부분 기쁨으로 차 있어야 할 마음속에 아주 약간이나마 어두운 그림자가 드리워졌다.

"……돌아갈까? 배고파졌어."

"응, 집에 가자."

두 사람은 손을 맞잡은 채 걸음을 뗐다. 안젤린은 불쑥 중얼거렸다.

"눈, 슬슬 녹았으려나……."

"톨네라는 언제쯤 눈이 녹아?"

"으음, 봄이 오면 곧……. 일단은 보르도에 가서 상황을 봐야 할 거야."

"보르도……."

샤를로테의 표정이 살짝 흐려졌지만, 곧 마음을 다잡은 듯 고개를 흔들었다. 소녀는 보르도 가문에 사죄를 위해 방문해야 한다. 귀성의 즐거움도 분명 있지만, 먼저 한바탕 큰일을 치러야 한다.

안젤린은 쓱쓱 샤를로테의 머리를 쓰다듬어줬다.

"괜찮아, 분명 보르도의 사람들도 알아줄 거야……."

"으, 응……."

샤를로테는 다소 불안한 기색이었지만, 그럼에도 미소 짓고는 안젤린의 손을 더 세게 붙들었다.

○

길드 마스터의 집무실이다. 유리가 컵에 꽃차를 담아 탁자에 놓아줬다.

"자, 드세요."

"음, 고맙네. 유리 씨."

"저기……. 그냥 한 번만 여쭙겠습니다, 벨그리프 씨. 정말 복귀는 딱히 생각이 없으신 게 맞습니까?"

라이오넬은 주뼛주뼛 물었다. 맞은편에 앉아 있었던 벨그리프는 쓴웃음 짓고 턱수염을 쓸어 만졌다.

"미안하군, 리오 씨."

"아뇨, 아닙니다. 전혀 문제없습니다……. 살짝 유감이지만요."

라이오넬은 머리를 긁적였다. 유리가 쿡쿡 웃는다.

"그나저나 눈 깜짝할 동안이었네요……. 갑자기 마리가 접수처에 나타났을 땐 깜짝 놀랐어요."

"아, 맞아. 생각나는군……. 마리도 꽤 신세를 많이 진 것 같아요."

"아녜요, 그 아이는 무척 노력가라서 저도 열심히 도와주고 싶을 뿐이거든요."

"음……. 덕분에 안심하고 올펜에 놔둔 채 떠날 수 있지."

벨그리프는 가만히 말한 뒤 웃었다.

이제 며칠 안에는 올펜을 떠날 예정이다. 벨그리프는 이것저것 정리와 준비, 인사 따위를 진행하며 지내고 있다. 그렇다 한들 모험가 신분이 아닌지라 딱히 제약은 아무것도 없다. 오히려 고위 랭크 모험가인 안젤린과 카심이 이런저런 수속 때문에 바쁜 듯싶다.

이렇게 생각하자면 비록 안젤린의 의붓아버지라지만, 외부인인 자신이 길드 자료를 손댈 수 있었던 것이 상당히 편의를 봐준 결과인 듯 여겨졌다.

"……고맙네, 리오 씨. 여러모로 신세를 졌어."

"어, 아, 아뇨. 아무 도움도 못 되어드렸는데……."

"그게 무슨 소린가. 나는 길드 사람도 아닌데도 이것저것 도움을 받지 않았나……. 덕분에 여러 사람들과 만날 수도 있었고, 이곳에서 얻은 게 뜻밖의 상황에서 도움이 될지도 몰라."

"그럴까요……. 혹시 그렇다면 기쁘겠습니다."

라이오넬은 뺨을 긁적이곤 조금 진지한 표정을 지은 채 벨그리

프를 바라봤다.

"벨그리프 씨……. 괜히 드리는 말씀이 아니라, 귀하처럼 실력이 뛰어난 분은 모험가의 신분이 있든 없든 그 능력을 필요로 하는 사람과 마주치게 될 겁니다. 그런 상황이 벌어졌을 때 어떻게 처신하실지 어느 정도는 미리 생각해 두시는 게 좋지 않을까 싶습니다."

"……그렇군. 일리가 있는 말이야."

벨그리프는 미소 지었다.

"고맙네. 마음에 새겨 두겠어. 내가 꽤 오지랖이 넓은 사람이더라고."

"하하……. 그래도 그게 벨그리프 씨의 훌륭한 부분 아니겠습니까."

"그런가? 그렇게 말해준다면 다소다마 위안이 되는군. 자, 준비를 해야 하니까 이만 실례하겠네."

"이런, 바쁘신 분을 붙잡고 있었군요. 으으, 나도 길드 마스터 은퇴하면 톨네라로 이사나 갈까……. 느긋하게 밭을 갈면서 산다는 게 많이 부러운데……."

"리오가 가 봤자 민폐만 끼치는 거 아냐? 밭일을 할 줄은 알고?"

"해본 적이야 없지만……. 뭐, 어떻게든 되지 않을까?"

"쉽지 않을걸. 괜히 허리만 다친다?"

"그런가?"

"그런 거야. 그렇죠? 벨 씨. 밭일이 많이 힘들잖아요."

"하하, 쉽지야 않지. 유리 씨, 농사일에 경험이 있나?"

"후후, 이래 보여도 농촌 출신이거든요, 웬만한 작업은 할 줄 안답니다?"

"오호라, 믿음직하군……. 리오 씨, 아예 유리 씨와 둘이 오는 게 어떻겠나? 언제든 환영하지."

"그것도 괜찮겠네요……. 어때, 유리. 은퇴하면 결혼해서 톨네라에 갈까?"

"흠, 결혼이라면……. 어……? 어엇?! 아, 잠, 잠깐, 잠깐만. 뭐야, 갑자기 무슨."

"……에이, 농담이지. 괜히 진지하게 받아들이지 마."

실실 웃음을 짓는 라이오넬에게 얼굴을 새빨갛게 붉힌 유리가 눈살을 부릅 치켜올렸다. 오른 주먹이 라이오넬의 뺨을 푹 찔렀다.

"바보!!"

"아얏! 뭐야, 왜?! 어? 뭔데?! 아파, 아파! 엄청 아파!!"

"……이런, 맙소사, 유리 씨도 고생이 많겠어요."

벨그리프는 쓴웃음 짓고 날뛰는 유리와 라이오넬을 놔둔 채 방을 나섰다.

길드 바깥까지 나오자 햇살이 무척 밝아서 뭔가 어질어질한 기분이다. 눈이 자꾸만 깜빡거리는 것 같다.

막 왔을 때는 긴 겨울이 지날 때까지 어떻게 지내야 할까 생각했다만, 막상 다 지나서 되돌아보면 꽤 짧았다는 느낌이 든다. 톨네라에 완전히 익숙해진 자신에게 올펜의 도시 생활은 매일매일이 눈이 핑핑 돌아가는 것 같았지 싶어 벨그리프는 쓴웃음을 지었다.

나쁘다는 생각은 안 한다만, 역시 지쳐서 버티기가 힘들다. 몸이 피곤해지는 게 아니라 정신이 피로하다. 곧 고향에 돌아간다는 생각을 하면 스스로도 놀랄 만큼 안도감이 솟았다. 이런 부분에서 자신이 나이를 먹었다고 실감한다.

그러나 안젤린에게서 넓어졌던 갖은 인연은 자신 역시도 근사하고 뜻깊게 느껴졌던 데다가 카심과 이룬 재회도 기쁜 일이다. 또한 도르토스 및 체보르그를 비롯한 실력자들과 검을 겨뤘던 기회도 좋은 경험이었다.

S랭크 모험가들은 물론이고 에드거와 고위 랭크의 모험가에게도 패배가 더 많았지만, 전혀 상대가 안 되는 수준은 아니었다. 시골의 은거 생활을 누리기에는 이 정도 실력이면 충분할 테지. 적어도 한때 포기했었던 자신의 검이 아직껏 어느 정도는 통용된다는 것이 기뻤다. 「적귀」라는 칭호는 아직 익숙하지 않을뿐더러 칭호로 불릴 공적은 못 세웠다고 생각하고 있지만.

어쨌든 그만큼 라이오넬의 조언이 인상 깊었다.

비록 승리는 못 거두었을지언정 S랭크 모험가들과 몇십 합은 맞상대하지 않았던가. 톨네라에서 살아가기에는 분명 지나친 실력인지도 모르겠다.

힘 있는 자에게는 의무가 따른다.

안젤린에게 가르쳤던 말이 지금에 와서 자신의 어깨를 내리누르는 기분이 든다.

다만, 머리를 흔들고 뺨을 때렸다.

냉정하게 돌이켜보자. 기술은 비록 향상되었다지만, 육체의 노쇠는 이미 현저하다. 그라함에게서 지도를 받아왔어도 아직껏 몸에 밴 자신의 버릇은 다 빠지지 않았다. 대련 때마다 숨을 헐떡였었고, 젊은 시절과 똑같이 움직이고 싶어도 몸이 따라와 주질 않는다. 호각으로 보였던 대결도 결국 상대가 맞춰줬던 덕분이 아니었던가. 주위 사람들의 과분한 평가 때문에 자기 자신을 착각해서는 안 된다.

그렇게 생각하자면 자신과 대련했을 때 숨도 헐떡이지 않았던 도르토스나 체보르그의 특별함이 새삼 두드러진다. 역시 S랭크의 모험가는 격이 좀 다른 듯싶다. 에드거를 비롯하여 밑바닥부터 치고 올라온 모험가들도 힘을 빼내는 방법을 잘 파악하고 있었다. 그런 점에서 자신은 어디까지나 검에 취미가 있는 마을 사람에 불과하다.

"……자만하지 마라. 달인 행세라도 하고 싶은가?"

스스로를 타이르듯 중얼거렸다.

자신은 한 명의 인간에 불과하다.

톨네라의 벨그리프. 안젤린의 아버지.

그거면 충분하지 않나.

질척질척 녹아내리는 눈을 밟아서 집에 돌아왔더니 안젤린과 샤를로테가 이것저것 잔뜩 짐을 가져다 놓고 정리하는 중이었다. 벨그리프가 문을 열자 안젤린이 힘차게 달려왔다.

"다녀오셨어요, 아빠!"

"그래, 다녀왔다. 꽤 신이 났구나."

"있잖아, 아버님. 톨네라는 많이 춥다며? 방한복은 얼마나 필요하려나?"

샤를로테가 폭신폭신한 외투를 들어 올리면서 말했다. 벨그리프는 쿡쿡 웃었다.

"그렇게 잔뜩 챙기지 않아도 돼. 너무 짐이 많아지면 더 힘들걸?"

"그럼, 날 봐라. 1년 내내 단벌이잖냐."

카심이 그렇게 말한 뒤 달랑 한 벌밖에 없는 긴소매 셔츠를 옷자락을 붙들었다. 샤를로테는 깔깔 웃었다.

"카심 아저씨는 마법이 있어서잖아! 그래도 가끔은 갈아입는 게 좋지 않을까? 청결감이 없는걸."

"그러고 보니 그 옷은 전혀 더러워지질 않는군. 뭔가 마술식이라고 각인해 뒀나?"

벨그리프가 묻자 카심은 고개를 옆으로 흔들었다.

"아닝, 이건 옷 섬유 사이에 마력을 흘려보내서 그냥 때를 싹 날려버리는 거야. 빨래랑 같은 효과가 있기는 한데……. 뭐, 낡아서 구깃구깃한 건 인정하지만 말야."

"거참, 재주도 좋군……."

벨그리프는 턱수염을 쓸어 만지며 감탄했다. 마리아와 밀리엄에게 들은 이야기로 이렇듯 섬세한 마력 조작은 숙련자의 증거라고 한다. 기억 속 장난을 좋아하는 동생 같았던 녀석이 참 터무니없는 걸물이 됐다.

"아빠는 가지고 가고 싶은 거 없어……?"

"음, 뭐, 얼마 전 샀던 냄비하고 찜통을……. 그리고 소금이랑 설탕도 큰 자루로 사고 싶다만, 뭐, 이왕이면 보르도 부근에서 사 가야 짐이 줄어서 편할 테지."

"여전히 사고방식이 실용적이구나, 너는."

카심이 웃으며 등을 두드렸다. 벨그리프는 어깨를 으쓱였다.

"그야 시골 사람이 점잔 빼봐야 아무 소용이 없잖나. 올펜처럼 자극이 있는 곳도 아니고."

"후후, 그래도 난 톨네라가 좋아……."

안젤린은 폴짝 뛰어서 벨그리프의 등에 매달렸다. 벨그리프는 허둥지둥 떨어지지 않게 받쳐줬다. 안젤린은 머리카락에 꾹꾹 얼굴을 갖다 눌렀다.

벨그리프는 쓴웃음 지으면서 고민했다.

안젤린은 톨네라를 좋아한다. 언제든 오고 싶을 때 올 수 있으면 좋을 것이다. 그러나 본인의 실력과 명성 때문에 부득이하게 귀성의 뜻을 이루지 못한 상황도 많았다.

힘 있는 자의 의무가 딸아이에게 부담으로 작용하지는 않았을까?

착한 아이다. 아버지의 가르침을 우직하게 지켜왔기에 「마왕 토벌자」로서 용사의 명성을 획득했다. 그러나 안젤린 본인은 딱히 바랐던 결과가 아니었다.

모험가가 천직이라고 딸은 말한다. 스스로 원하는 길을 따라서 살아가는 것은 당연한 권리다.

아버지의 가르침이라고 표현하면 듣기야 좋겠지만, 혹시 단순하게 자신의 가치관을 강요했을 뿐이라면 어떻게 해야 하나?

벨그리프는 안젤린을 더 힘껏 업어줬다.

"음, 안제."

"왜애?"

"너는…… 힘들지 않니?"

"……뭐가?"

안젤린은 이상하다는 표정을 짓고 벨그리프의 머리카락을 꾸깃꾸깃 주물렀다. 벨그리프는 눈을 내리깔고 잠시 고민했다.

"……아빠는 너에게 약한 사람을 지켜주는 모험가가 되길 바란다 말했었지."

"응!"

"너도, 정말 진심으로 원해서 하는 일이니? 그 탓에 스스로 바라는데도 못 하는 일이 생긴다면, 그래도 괜찮다고 생각하니?"

"으음……. 잘 모르겠어. 그래도 난 아빠한테 칭찬을 받고 싶으니까……."

"그렇구나……. 하지만……."

벨그리프는 말을 고르다가 적절한 말을 찾아내지 못했다. 안젤린은 불안한 말투로 말했다.

"무슨 일 있어? 아빠."

"……아니, 아무것도 아니란다."

"응……."

안젤린은 등에서 내려왔다. 조금 수심에 젖은 표정을 짓고 무엇인가 말을 전하고 싶은 듯 입을 우물우물하다가 결국 아무것도 말하지 않고 짐 더미가 있는 방향으로 돌아섰다. 바스락바스락, 샤를로테와 같이 짐을 꾸리는 작업으로 돌아간다.

외투며 망토를 접어 두면서 어쩐지 안젤린을 의심하는 것 같아서 싫은 기분이 들었기에 벨그리프는 눈을 내리떴다. 딸아이의 진실된 선량함이 주위 사람들을 끌어당긴다는 것은 잘 안다. 약한 사람을 지키고 싶은 마음도 역시 거짓은 아니리라. 그럼에도 자신이 이상한 방식으로 딸아이를 속박하고 있지는 않나 염려되는 심정을 지울 수 없었다.

게다가 세상에는 악한 사람만 가득하지는 않다만, 선한 사람이 전부이지도 않다. 어떤 선의든 이용하려는 인간은 있는 법이었다. 그런 입장에 처했을 때 자신의 말이 안젤린에게 압박감을 주면 어쩌나 이상하게 예민한 생각이 자꾸 솟아난다.

말없이 지켜보던 카심이 톡 어깨를 두드렸다.

"너답지 않은 태도야. 너무 혼자서 끌어안으면 안 된다?"

"……미안하군."

"자만이다, 노인네."

문득 벽 쪽에서 목소리가 들렸다. 줄곧 벽에 기대어 앉아 있었던 벡이 벨그리프를 쳐다본다.

"당신이 저 녀석의 전부를 만들었다고 생각하지 마."

"하하, 맞는 말이구나……."

벨그리프는 겸연쩍어하며 머리를 긁고 쓴웃음을 머금었다. 이거 꽤 볼품이 없군. 도시로 나와 겪었던 상황들이 자신에게도 뭔가 변화를 불러왔던 듯싶다.

어쨌든 간에 어차피 톨네라에 곧 돌아가야만 한다. 벨그리프는 짐을 꾸리고 방을 깨끗하게 정리했다.

출발 전날 밤에는 안면을 익힌 사람들이 모여서 소소하게— 사실 소소하다기에는 좀 떠들썩한 송별회를 열어줬다. 무척 흥겨운 자리였기에 벨그리프는 불과 몇 개월 동안의 생활을 떠올리며 무심코 감상에 잠겨 들었다.

그렇게 출발일을 맞이했다.

아침부터 날씨가 맑다. 엷은 구름이 조금 흘러가는 것 말고는 푸른 하늘이 펼쳐졌고, 따뜻한 햇살이 찬란하게 내리쏟아졌다.

승합 마차의 정류소에는 여러 마차들이 오가고 있었다. 올펜은 교역의 요소이기도 하다. 동서남북, 사방팔방 이동하는 사람들로 활기가 가득했다.

짐을 짊어지고 보르도 방면으로 가는 마차를 찾는다. 눈이 녹아내리는 지금 시기는 북쪽으로 가는 사람도 제법 많은 듯 금방 발견할 수 있었다. 네 마리의 말을 매달아서 짐 실을 공간을 빼고도 스무 명은 탑승 가능한 큰 마차였다. 대낮이라 덮개의 옆 부분은 말아서 올려놓았기에 공기가 휭휭 나갔다가 들어왔다가 했다.

짐을 실어다 넣고 출발을 기다리는 단계가 됐다. 내부가 좁은 까닭에 짐을 다 실은 손님들은 모두 마차에서 내려서 있다.

배웅을 나온 마르그리트가 머리 뒤쪽으로 깍지를 꼈다.

"흠흠, 뭔가 순식간에 막 시간이 흘러갔네. 갑자기 너무 조용해지겠다……. 아니, 도대체."

마르그리트는 말하다 말고 입술을 삐죽거렸다.

"왜 너희들까지 따라가는 건데, 나 혼자 남잖냐."

아넷사와 밀리엄은 쿡쿡 웃었다.

"왜냐면 말야, 우리는 안제의 파티 멤버니까."

"난 톨네라 좋아하거든~. 공기도 맑고 마음이 푹 놓이는 곳이야~."

"집이나 잘 부탁할게. 편하게 막 써도 괜찮아."

이번에도 두 사람은 동행하기로 했다. 물론 개별로 의뢰를 받아 수행해도 상관없다만, 두 사람도 톨네라를 좋아했다.

안젤린이 히죽히죽 웃으면서 마르그리트를 쳐다봤다.

"부러워? 마리……."

"흥……. 전혀 부럽지 않거덩? 야, 안제! 다음에 만났을 땐 아주 따끔한 맛을 보여줄 테다! 각오하라고!"

"흐흥, 바라는 바야……. 할 수 있다면 해보시든가……."

꺅꺅 떠들어 대는 여자아이들을 곁눈질한 뒤 벨그리프는 떠들썩한 도시를 별 까닭도 없이 둘러봤다. 같은 길을 갈 손님들은 짐을 다 싣고 여기저기에서 기지개를 켜거나 담소를 나누느라 여념이 없다.

그 너머에서는 마차가 오가고, 순회를 도는 병사 집단이 지나갔

다. 거리 공연을 하는 유랑민들이 경쾌함 음악 및 우스꽝스러운 움직임으로 사람들에게 웃음을 주고 있었다. 톨네라의 가을 수확제보다 더 떠들썩하다.

이제 이곳과 작별이었다. 아쉬운 마음도 들고, 후련한 마음도 든다.

안젤린이 옆에 다가서서 팔을 잡았다.

"섭섭해……?"

"음? 그래, 아주 조금은."

"……있잖아, 아빠."

"할 말 있니?"

"그게……."

안젤린은 우물쭈물하며 망설이다가 이윽고 휙휙 고개를 흔들었다.

"아무것도 아니야."

그때 마부가 큰 목소리로 외쳤다.

"곧 출발하겠습니다! 탑승하십쇼!"

줄줄이 올라타는 손님들 틈에 섞여서 벨그리프와 일행도 마차에 탔다. 목조 좌석에는 얄팍한 모포가 깔려 있다. 손님 대부분은 위쪽에다가 직접 가져온 쿠션이며 천을 접어서 깔았다. 여행에 익숙한 사람이 많은 듯싶다.

본받아서 접은 망토를 깔고 출발을 기다리던 때 바깥에서 누군가가 달려왔다.

"아이고, 이보시오! 잠시 기다려주시게! 우리도 태워주시구려!"

벨그리프는 어라, 놀랐다. 일전에 만난 동방의 여인과 강아지 귀 소녀다. 마부는 두 사람을 쳐다보다가 손에 든 기다란 물건과 악기 케이스에 시선이 멎곤 표정이 난처해졌다.

“이미 꽉꽉 찼어요, 더는 못 탄단 말입니다. 그렇게 긴 물건까지 갖고 계시는 데야.”

“어떻게든 사정을 좀 봐주시오! 다른 분들도 모두 거절만 하는 지라 어찌할 바를 모르겠소!”

“라이크 어 롤링 스톤…….”

“어떻게 방법이 있어야 저도…….”

보다 못한 벨그리프가 몸을 내밀었다.

“실례, 이쪽에 조금 끼여서 타면 가능할 겁니다.”

“으음.”

마부는 잠시 고민하다가 출발이 지체되는 게 더욱 싫었는지 마지못한 태도로 두 사람을 태워줬다.

바스락바스락 빈자리를 만들고 있는 벨그리프를 보고는 흑발 여인이 기뻐하며 웃었다.

“어이쿠, 이런. 한번 뵈었지요. 이렇게 다시 만날 줄이야.”

“하하, 그때는 감사했습니다…….”

“옛날 사람들은 말했습니다. 소매를 마주 비비면 잇츠 올라잇. 고마워요, 아저씨…….”

“별거 아닙니다, 곤란할 때는 서로 도와야지요.”

안젤린이 의아한 표정을 짓고 두 사람과 벨그리프를 번갈아 쳐

다봤다.

“아는 사람이야……?”

“그래, 얼마 전 비를 피하던 때 잠시 만났었단다.”

“너는 참 묘한 곳에서 묘한 인연을 만드는구나.”

샤를로테를 무릎에 올린 카심이 껄껄 웃었다.

간신히 만든 빈자리에 두 사람이 꼭 끼여 앉았다.

“아이고, 큰 도움을 받았소. 감사드리오. 본인은 야쿠모라는 사람이외다.”

“나는 루실……. 쉐키럽, 베이베, 할래?”

“요 녀석아, 주둥이 단속 좀 하거라.”

야쿠모는 루실을 쿡쿡 찔렀다. 어쩐지 떠들썩한 여행이 될 듯했기에 벨그리프는 수염을 쓸어 만졌다.

마차가 출발했다. 배웅 나와서 서 있던 마르그리트가 손을 흔들었다.

“조심해서 가라! 큰숙부랑 미토한테 안부 전해줘!”

“마리, 모르는 사람 따라가면 안 된다! 그리고, 우쭐거리면서 불쑥 어려운 의뢰부터 욕심내지는 말고! 차근차근 하나씩 신중하게.”

“시끄러워엇! 나도 안다고! 얼른 가버려, 바보 벨!”

얼굴을 붉힌 마르그리트를 보고 일행은 유쾌하게 웃었다.

65 눈 녹아내린 길은 다소 질펵거렸지만

눈 녹아내린 길은 다소 질펵거렸지만, 그럼에도 마차는 별 탈 없이 나아갔다.

불어오는 바람은 아직껏 분명 서늘하고 차가운데도 마차 안쪽에 사람이 가득 끼여서 탄 까닭인지 되레 더웠다.

“와아, 그럼 야쿠모 씨랑 루실은 틸디스를 경유해서 루크레시아를 지나 북쪽으로 쭉 올라왔구나. 엄청 긴 여행이네~.”

밀리엄이 감탄해서 소리 높였다. 야쿠모는 멋쩍어하며 머리를 긁적였다.

“아니, 뭘. 단순하게 여행이 익숙할 뿐이라네. 본디 부평초 신세라서 말이지.”

카심이 히죽히죽 웃음 짓는다.

“아가씨, 제법 실력이 괜찮군? 무슨 속셈이야?”

“하하, 이거 가차가 없으시군……. 고명한 「천개 파괴자」와 만나다니 영광이외다.”

“헤헤헷, 아부해 봤자 아무것도 안 나와. 그 기다란 물건은 창인가?”

“맞소이다. 본인은 이 녀석과 긴 세월을 함께했다오.”

"창이니까 길지……."

불쑥 끼어든 루실을 야쿠모는 말없이 쿡쿡 찔렀다. 밀리엄이 깔깔 웃는다. 아넷사가 흥미진진하게 루실의 발밑에 놓인 케이스를 가리켰다.

"루실 씨, 저건 악기예요?"

"예이, 악기랍니다."

그렇게 말한 뒤 루실은 케이스를 열었다. 안쪽에서 육현의 악기가 나왔다.

"옛날 사람들은 말했습니다. 기타를 치며 뽕짜짝 뽕짝. 나도 이 녀석과 긴 세월을 함께했답니다……."

"창도 아닌데 말이지."

야쿠모가 히죽히죽하며 말했다. 루실은 볼을 뿔룩거렸다. 벨그리프는 쿡쿡 웃었다.

"사이가 좋으십니다."

"하하, 이러니저러니 같이 다니는 사이온지라."

야쿠모는 민망해하며 씩 웃었다.

"그나저나, 벨그리프 님은 찾던 분의 단서는 발견하셨소이까?"

"아니요, 유감스럽게도……."

"그리되었나……. 분명 단서를 좇아 북쪽으로 향하시는 줄 짐작했소만."

"하하, 그런 건 아닙니다. 저는 톨네라라고 북쪽에 있는 마을이 고향입니다만, 이 아이들을 데리고 함께 돌아가는 길입니다."

그렇게 말한 뒤 벨그리프는 샤를로테와 벡을 돌아봤다. 야쿠모는 연신 고개를 끄덕거리며 웃음 지었다.

"오호, 오호라."

"그러고 보니 두 분도 사람을 찾아다닌다 말씀하셨죠. 어떻게, 발견하셨습니까?"

"으음, 그게 아무래도 북쪽으로 떠난 듯하더이다. 아이고, 일이 힘들어졌소."

"뭔가 어디에서든 사람을 찾는다는 건 많이 힘든가 봐요."

그렇게 말하고 아넷사는 쓴웃음을 지었다. 야쿠모는 쿡쿡 웃고는 담뱃대를 꺼내 들었다.

"후후, 동감이군……. 보통 고생이 아닐세……. 연기 좀 피워도 괜찮으신가?"

"아, 태우시죠."

야쿠모는 담뱃대를 입에 물고 맛있게 연기를 내뱉었다. 박하 냄새다. 안젤린이 궁금하다는 표정을 지었다.

"……맛있어?"

"음? 아, 제법 맛있지. 가슴이 후련해진다네. 어떤가, 한 모금."

"……관둘래."

안젤린은 내밀어주는 담뱃대를 도로 물리쳤다. 야쿠모는 히죽 웃었다.

한편 루실은 샤를로테에게 얼굴을 갖다 대면서 코를 벌름거리고 있었다.

"고귀한 내음이 나시는군……. 달아라……."

"왜, 왜 이래……?"

샤를로테는 당황해서 눈을 끔뻑거렸다. 야쿠모가 탄식했다.

"요 녀석은 개 수인이라서 말이지……. 후각이 발달된 터라 냄새에 민감하다오."

"그릉그릉."

"이, 이러지 마아……. 아으."

불쑥 머리카락에 입가를 파묻는지라 숨결이 간지러운 듯 샤를로테는 난처해하면서 몸을 꿈틀거렸다. 카심이 루실의 머리를 잡아 쥐었다.

"이 녀석아, 좁은 곳에서 막 들러붙지 마라. 너까지 체중이 실리니까 감당이 안 되잖냐."

"이런, 실례를……. 용서해줍쇼."

루실은 귀를 파닥파닥 움직였다. 벨그리프는 웃음 짓고 턱수염을 쓸어 만졌다.

덜컹, 마차가 흔들렸다. 올펜을 벗어나면 군데군데 정비되지 않은 도로가 나타난다.

벨그리프는 별생각 없이 마차 내부를 둘러봤다. 행상인과 호위로 짐작되는 인물, 모험가 행색의 일행, 떠돌이 예인 집단으로 보이는 몇몇 사람들, 두껍게 옷을 껴입은 유랑민들, 가난한 귀족의 삼남과 수행원 같은 차림의 2인조 등등 쓱 훑기만 해도 다양한 사람들을 발견할 수 있었다.

"아빠, 캐러멜……."

"음, 고맙구나."

안젤린이 내민 캐러멜을 받아 들었다. 설탕과 우유를 바짝 조려서 만드는 이 사탕은 입에 넣으면 농후한 단맛이 난다. 톨네라에서도 행상인에게 설탕을 샀을 때 만들어본 적이 있다만, 결국 요리가 잘 되질 않아서 태워버렸다. 역시 전문 제과사가 만들면 이렇게 맛있구나. 안젤린도 맛있게 먹고 있다.

올펜은 눈이 녹았지만, 톨네라의 상황은 아직 알 수가 없다. 그 해의 기후에 따라 눈 녹는 시기가 변동된다만, 대개는 절기상의 봄에서 몇 주쯤 빠르다.

따라서 일단 보르도까지 가볼 계획이다. 보르도까지 가면 톨네라의 상황도 알아볼 수 있을 테고, 이쪽으로 올 때는 못 만났던 보르도 가문 자매들도 어쩌면 만날 수 있을 테니까.

벨그리프가 톨네라에서 출발한 이후 보르도에 들렀을 때는 물론 보르도 가문에 얼굴을 비췄다. 다만 시기가 겨울 전이었던지라 각지의 촌락과 마을을 순회하러 출타 중이었기에 헬베티카는 물론이고 사샤도 셀렌도 못 만난 채 떠나야 했다. 빈 저택을 지키고 있던 애시크로프트와 어색하게 인사를 나누기는 했다. 이번에는 만날 수 있을까.

안젤린이 거하게 하품을 했다. 어젯밤 송별회에서 조금 과하게 기분을 낸 까닭인지 안젤린뿐 아니라 아넷사와 밀리엄도 눈빛이 조금 흐리멍덩하다. 그러나 재차 루실에게 붙들린 채 버둥대는 샤

를로테는 꾸벅꾸벅 졸 처지도 못 되었다.

“어흥어흥.”

“꺅, 아으, 간지러워어……흐앙!”

“걸리적거린다니까. 관두란 말을 듣고도 이래서야, 원. 요 멍멍이를 어떻게 해야 하나.”

샤를로테의 목덜미에 코를 파묻고 킁킁거리는 루실을 카심이 잡아채서 떼어 놨다. 루실은 눈을 끔뻑거렸다.

“어쩔 수 없어, 온종일 냄새 맡고 싶거든……. 아가씨, 나랑 쉐키럽 베이베, 합세다…….”

“싫어엇! 진짜! 적당히 좀 해!”

샤를로테는 발갛게 물든 뺨을 불룩거리고 굼실굼실 몸을 움직거리면서 카심의 옆쪽에 앉아 있었던 벡의 무릎 위쪽으로 도망쳤다. 루실이 못내 아쉬워하며 킁, 콧소리를 냈다.

“새드니스…….”

“앞뒤 안 가리는 네 녀석이 잘못한 게다, 멍텅구리야.”

야쿠모가 어이없어하며 루실을 잡아당겼다. 정말 사이가 좋군 싶어서 벨그리프가 웃던 때 문득 무게감이 느껴졌다. 안젤린이 몸을 기대서 새근새근 잠이 들었다.

“이런, 참, 어제 꽤 신을 내더니만…….”

벨그리프는 쓴웃음 짓고 체중이 잘 실리도록 몸을 살짝 움직였다. 안젤린은 「으응」 중얼대곤 살짝 움찔거렸다. 야쿠모가 재미있다는 표정을 짓고 바라본다.

"두 분은 부녀라시던데, 별로 닮지를 않았구려."

"하하, 혈연관계는 아니라서 말입니다. 이 아이가 갓난아기였을 때 산에서 주웠습니다."

"흐흠, 오호라. 사이좋은 모습이 무척 보기에 좋군……."

샤를로테가 살짝 몸을 치켜들며 벨그리프를 돌아봤다.

"아버님, 나도 캐러멜 먹을래."

"그래, 알겠다. 잠깐만……."

야쿠모는 또 담뱃대에 담배를 채워 넣다가 샤를로테를 쳐다봤다.

"저기 여아도 주운 자식이외까?"

"음……. 뭐, 대충 비슷합니다."

"후후, 의지할 데 없는 아이들을 거두어들이셨나. 자비 넘치는 분이시군."

"별로 대단한 일은 아닙니다. 조금 오지랖이 넓은 성격인지라."

"그나저나 혈연관계가 아닌 부녀 사이면 어떤 기분이시오? 하물며 남자와 여자라는 차이도 있지 않으신가."

"예, 고생이 많지요. 원체 요령이 나빠서 말입니다. 그래도 뭐, 책임지겠다고 결정한 이상 도중에 내팽개치지도 못하는 게 천성인지라."

"……허허, 참, 아주 성실한 분이시군."

야쿠모는 난처했는지 어이가 없었는지 애매한 표정으로 웃음 짓고는 후유, 연기를 뿜어냈다.

불현듯 짜란짜란 악기 소리가 들렸다. 무료함을 달래다 지친 듯

한 떠돌이 예인이 손에 든 부주키(bouzouki)를 연주하고 있었다. 거기에 맞춰 유랑민이 피들(fiddle)을 어깨에 올리고, 손풍금도 연주를 시작했다. 누군가가 여행용 가방을 작은북처럼 두드려서 박자를 맞춘다. 피들이 멜로디를 더해주자 가수인 듯한 여인이 작게, 그러나 맑고 또렷한 목소리로 노래를 시작했다.

그렇게 상인들은 나아간다
순풍을 받아, 역풍을 거슬러서
등에 배낭, 손에 악기, 엠마 로즈의 노랫소리
달의 푸른색에 물들어, 석양의 붉은색에 물들어
이글거리는 불꽃이 어두운 밤을 태운다
아직껏 못 본 고향의 못다 이룰 꿈을
La La LaLa La La La……

오래된 여행 노래다. 벨그리프도 들은 기억이 있다. 20년 더 이전 신출내기 모험가였던 시절에 주점이 떠들썩해지면 누군가가 불쑥 노래를 불러 댔었고 가게 안쪽에서 대합창이 시작됐다.

손장단이 울려 퍼지고 승객 모두가 흥얼흥얼하는 목소리로 노래를 따라 부르면서 마차는 작은 악단처럼 즐겁게 길을 나아갔다.

그 후에도 두서없이 대화를 나누면서 점심 무렵에 작은 마을로 도착했고, 그 뒤에 또 다음 마을로 도착했을 때는 해가 저물어 가고 있었다.

꼬박 하루쯤 마차를 타서 도착할 수 있는 거리의 마을이기 때문인지 역참 마을 비슷한 정취가 느껴졌다. 길가에서도 행상인들끼리 거래를 성사시키기 위해 열성을 다하는 등 무척 떠들썩하다. 눈 녹는 시기를 맞춰 북부로 행상을 간다거나 반대로 북쪽에서 보르도를 경유하여 내려가거나 아무튼 간에 상인의 모습이 많이 보이고, 그들을 호위하려는 목적으로 고용된 모험가의 숫자도 많다.

거리의 양측에 2층짜리 건물이 늘어서 있고, 저마다 처마 아래에 불빛을 밝혀 손님을 불러들이고 있다. 숙소는 물론이고 주점이나 식당도 눈에 들어왔다.

내일 아침에 다시 출발이지만, 짐을 마차에 실어 놓으면 위험하다. 숙소를 정한 다음은 전원이 짐을 빼내서 방에 옮겨다 놔야 했기에 조금 고생을 했다.

주섬주섬 짐을 확인하다가 벨그리프는 한숨 쉬었다.

“아이고, 이런……. 짐을 좀 과하게 싣고 왔나.”

“냄비랑 찜통까지 사니까 이렇게 된 거야, 헤헤헷.”

벨그리프는 쓴웃음 짓고 머리를 긁적였다.

“어쩔 수 없잖나……. 갖고 싶었거든.”

“네가 산 물건에 내가 핀잔을 줄 날이 왔다는 게 무척 놀라운데, 헤헤.”

“빨리 좀 해라, 노인네들아……. 굶을 작정인가.”

기다리다가 속이 끓겠다는 모습으로 벡이 말했다. 벨그리프는 얼굴을 들어 올렸다.

"먼저 내려가거라. 금방 가마."

"흥……."

벡은 성큼성큼 나갔다. 카심이 쿡쿡 웃는다.

"저 녀석도 뭔가 둥글어졌단 말이지. 건방진 건 변함없지만 말야."

"이러니저러니 해도 아직은 어린애잖나……. 나보다 많은 고난을 짊어지고 있는지도 모르겠지만, 더 이상 저 녀석이 혼자 감당할 필요는 없겠지, 음."

"그나저나 안제가 이 방에 끼고 싶다고 투정을 안 부렸던 건 조금 의외였어."

이 방은 벨그리프, 카심, 벡까지 남자 셋이서 쓰기로 했다. 다른 방 하나는 여자아이들만 쓰는 셈이다. 올펜에서 새 집으로 옮길 때 태도를 떠올리면 안젤린은 틀림없이 벨그리프와 같은 방이 좋다는 말을 꺼낼 듯싶었다만, 조금 놀라기는 했다.

벨그리프는 턱수염을 비비 꼬았다.

"동감이군……. 뭐, 딸아이한테도 뭔가 생각이 있지 않았겠나?"

"한창나이니까……. 벨은 어쨌든 간에 나나 벡처럼 다른 남자가 있으면 좀 부끄럽다든가 그런 건가?"

"흠, 글쎄? 우리 남자들이야 상상밖에 못 하지 않겠나……."

"……뭔가 말하고 싶은 게 있는 느낌은 들었는데 말야. 안제 녀석."

"음? 무슨 말을?"

"내용까지 알 수야 없다만, 너한테 뭔가."

"으음……? 무엇이려나……."

벨그리프는 고개를 갸웃했다. 분명 안젤린의 표정에 가끔 수심이 언뜻언뜻 드리워지는 것 같기는 했었다만, 지금까지는 어떤 고민이든 금방 솔직하게 털어놓아줬던 만큼 혹시나 말 못할 문제라도 있을까 걱정이 된다.

카심은 중절모자를 고쳐서 썼다.

"뭐, 그러는 너도 안제한테 말하고 싶은 게 있는 눈치이긴 하지만 말야."

"……으음, 뭐랄까. 말하고 싶은 게 아니라……."

"어이구, 이런……. 부녀 둘이서 왜 이리 갑갑하게 굴까."

카심은 웃고 수염을 쓸어 만졌다.

그때 벡이 또다시 방 입구에 휙 나타났다. 살짝 화나서 얼굴을 찡그린다.

"이봐, 뭐하나. 왜 이리 늦어."

"아, 미안하구나."

"헤헤, 얘기하다가 시간 가는 줄을 몰랐네."

두 사람은 일어서서 방을 나섰다.

○

저녁 식사를 마친 뒤 안젤린은 방의 침대에 멍하니 앉아 있었다. 어중간한 시간에 어중간하게 잤던 탓인지 뭔가 머릿속에 안개가 끼어 있는 기분이었다.

앞머리에 단 머리 장식에 손을 가져갔다. 서늘한 은의 감촉이 손바닥에 닿아서 기분 좋다.

"……뭘까."

이상하게 찝찝하다. 자신의 마음이 마구 헝클어진 것 같았다.

벨그리프와 톨네라에 가는 길이니만큼 물론 기뻤다. 그러나 뭔가 두렵다는 기분도 든다. 자신이 톨네라의 산에 버려져 있었다는 사실을 재확인한 지금, 그 풍경을 봤을 때 어떤 기분이 들려나 자꾸 신경이 쓰였다.

이런 생각에 줄곧 고민하다가 벨그리프의 얼굴을 똑바로 바라볼 수가 없게 되었다. 같이 있으면 이상하게 자꾸 불편한 마음이 든다.

벨그리프의 딸로 아무런 의심도 없이 행복을 누려왔었지만, 결국은 의붓딸에 불과하다는 사실이 무슨 까닭인지 지금 시점에 이르러서 몸을 무겁게 내리누르는 기분이었다.

아넷사와 밀리엄과 탁자에 둥글게 앉아 있는 샤를로테에게 시선을 준다. 저 아이도 진짜 부모님은 없다. 아울러 벨그리프를 친아버지처럼 잘 따른다. 부모님의 얼굴을 알고 애정도 아는 만큼 자신과는 입장이 다를지언정 어떤 마음을 갖고 있을까. 줄곧 순수하게 벨그리프를 친아버지처럼 좋아하고 따를 수 있을까? 어딘가에서 역시나 진짜 아버지와는 달랐다는 마음을 계속 가지고 살아가려나.

혈연관계가 아니라는 점에서 안젤린과 샤를로테는 같은 처지

다. 지금까지는 전혀 신경을 쓴 적 없었던 혈연이라는 말이 이상하게 머릿속 어딘가에서 자꾸 소리를 냈다. 만약에 벨그리프가 결혼한다고 치고 핏줄이 이어져 있는 아이를 낳는다면 그 아이에게 쏟는 애정과 자신에게 쏟았던 애정은 역시 서로가 다른 종류에 속하게 될까?

"무슨 생각을 하는 거야, 난…… 바보야……."

안젤린은 침대에 털썩 드러누웠다. 탁자에 앉아 담소를 나누고 있는 세 사람의 너머에서 방 바깥의 잡다한 소리가 들려왔다. 복도를 오가는 발소리 및 취한의 고함 소리 따위가 아득하다.

섭섭해서일까. 문득 생각이 들었다.

이제껏 혼자 차지했던 벨그리프의 애정이 여러 사람들에게 아낌없이 주어진다는 사실에 질투했기 때문일 수도 있겠다.

가족은 갖고 싶었다. 샤를로테를 여동생처럼 귀엽게 생각하는 마음에 거짓은 없다.

다만 샤를로테가 벨그리프에게 어리광 부리고, 벨그리프가 웃으며 받아주는 모습을 볼 때마다 마음 어딘가에서 답답함을 느꼈던 것도 분명하다.

어머니를 가지고 싶다. 여동생을, 남동생을 가지고 싶다는 말을 줄곧 늘어놓았는데도 막상 정말로 갖게 되니까 질투나 부리고 있다. 자신이 생각보다 더 못난 인간이었구나 싶어서 안젤린은 자기혐오를 했다.

푹, 침대가 흔들거리기에 상체를 일으켰더니 옆에 샤를로테가

앉아 있었다. 동글동글한 알비노 눈동자가 이쪽을 쳐다보고 있다.

"언니, 벌써 졸려?"

"응……. 그냥 좀 지쳤나 봐. 괜찮아."

안젤린은 손을 뻗어서 살짝 거칠게 샤를로테의 머리를 쓰다듬었다. 샤를로테는 기뻐하며 꺄꺄거리곤 똑바로 드러누웠다. 그리고 하품하면서 눈을 깜빡거렸다. 마차 안에서 잠시 잠들었던 안젤린과 다르게 벌써 졸려졌나 보다.

밀리엄이 고개 돌렸다.

"저기~ 뭔가 이상한데, 안제. 틀림없이 벨 아저씨 방에 가려고 떼쓸 것 같았거든."

"맞아. 몸이 좀 안 좋은가?"

"……나도 무작정 막 어리광 부리고 싶은 기분이 아닐 땐 있어."

샤를로테가 새근새근 잠든 모습을 보고 안젤린은 한숨 쉬면서 일어나더니 탁자 앞쪽에 앉았다. 아넷사가 의아하다는 표정을 짓고 와인을 따라 둔 컵을 밀어줬다.

"벨 아저씨한테 어리광을 안 부리는 안제……. 엄청난 위화감이네, 그거……."

"무슨 고민 있어~? 힘들면 들어줄까~?"

안젤린은 두 친구를 번갈아 쳐다봤다. 아넷사도 밀리엄도 걱정 가득한 표정을 짓고 안젤린을 마주 바라본다. 좋은 친구다, 안젤린은 기뻐졌다.

그러다 어떻게 말을 전해야 할까 갈등되는 마음도 있었다. 다만

막연하고 묘한 불안과 자신의 축이 어긋나는 듯한 감각이 불쾌할 따름이다.

안젤린은 잠시간 더 고민했다. 이런 감각을 어떤 단어로 표현하면 될까?

"……이상한 느낌이야."

"흐응?"

"어떤 식으로?"

안젤린은 와인을 한 모금 머금었다.

"나는 버림받았던 아이잖아……. 그러니까 어딘가에 진짜 부모가 있어."

"뭐, 그야……."

"그래서 벨 아저씨한테 거리감이 느껴진다는 말?"

"그런 게 아니라……. 그냥 뭔가 막 헷갈려서. 부모의 애정이란 게 대체 뭘까?"

"으음."

아넷사가 팔짱을 꼈다.

"……우린 말이야, 애당초 부모가 아예 없는 처지잖아."

"그런가……. 그렇구나."

"그래도 벨 아저씨가 아빠면 좋겠다~ 생각은 들어. 안제가 참 부럽다니까. 에잇, 에잇."

밀리엄이 손을 뻗어서 안젤린의 뺨을 살며시 꼬집었다. 안젤린은 흐앙흐앙 중얼대면서 밀리엄의 손을 붙잡았다.

“그런데…… 미리도 아네도, 만약에 진짜 부모님을 알면 만나고 싶을까?”

“으음, 어떤 사람일까 궁금하기는 한데…… 별로 내키지는 않네.”

“응. 만나도 무슨 이야기를 나눠야 하나 잘 모르겠고.”

확실히 안젤린 또한 진짜 부모와 만난들 딱히 얘깃거리는 없었다. 어째서 자신을 버렸냐고 물어보기도 듣기도 싫다. 아마도 어떤 이유이든 간에 변명으로 들려서 화만 끓어오를 테니까.

그나저나 이상한 기분이었다. 버림받았다는 처지에는 분노를 느끼는데도 만약 버려지지 않았다면 벨그리프와 만날 수는 없었을 것이다. 그럼 오히려 감사의 말을 전해야 하나?

안젤린은 한숨 쉬고는 컵에 남아 있던 와인을 쭉 들이켰다.

“어떻게 하면 될까…….”

“너는 어쩌고 싶은데?”

아넷사는 안젤린을 바라보면서 와인을 따랐다.

“……모르겠어.”

안젤린은 힐끔 침대에 누워 새근새근 잠들어 있는 샤를로테를 돌아봤다. 밀리엄이 고개를 갸웃거린다.

“샤르가 왜?”

“……샤르 말이야, 진짜 여동생처럼 귀엽다고 생각하거든. 그런데 아빠가 샤르를 귀여워해주면 뭔가 따끔따끔해……. 이런 나 자신이 싫어……. 게다가.”

—아빠는, 혹시 나한테 뭔가 숨기는 게 아닐까?

막 꺼내려던 말은 되삼켰다. 정말 입 밖에 꺼내면 무엇인가가 돌이킬 수 없게 될 것만 같았다.

자신을 주워줬을 때는 어떠한 상황이었을까. 직접 물어보면 그만일 수도 있겠다. 다만 물어봤다가 자신이 바라지 않은 진실만 드러난다면 어떻게 하지. 괜히 과거를 파헤쳐서 지금 이곳에 있는 행복을 망가뜨릴까 봐 두려웠다.

아넷사가 몸을 가까이 내밀어서 안젤린을 똑바로 쳐다봤다.

"안제……. 벨 아저씨가 혹시 싫어졌어?"

"——! 아니야! 그런 거 아냐!"

무의식중에 큰 목소리가 나왔다. 스스로도 놀랄 정도였다.

아넷사는 생긋 웃고는 손을 뻗어서 안젤린의 머리에 올렸다. 쓱쓱 거칠게 쓰다듬는다.

"그럼 괜찮아. 잠깐 혼란에 빠진 것뿐이야."

"맞아, 맞아. 하룻밤 자고 또 벨 아저씨가 꽉~ 안아주면 나아, 다 나아~."

밀리엄도 깔깔 웃으면서 안젤린의 뺨을 콕콕 찔렀다.

"있잖아, 안제. 나도 미리도 어떤 경우에도 네 편을 들어줄 거야. 그러니까 혼자서 다 떠안고 끙끙대면 안 된다?"

"뭐든 다 말해줘~. 친구잖아?"

"……응. 고마워."

안젤린은 눈을 내리떴다.

그래, 단순히 마음이 흔들렸던 탓이 아닐까. 괜히 이런저런 고

민을 한 탓에 잠시간 혼란에 빠졌을 뿐이다. 조바심치지 말고 톨네라에 돌아간 뒤 진정됐을 때 벨그리프와 진지하게 대화 나누면 그만 아니겠는가.

안젤린은 고개를 끄덕거리고 컵에 입을 가져갔다. 어쩐지 조금 마음이 가벼워진 기분이었다.

66 눈 녹는 시기에는 강의 수량이 늘어난다

눈 녹는 시기에는 강의 수량이 늘어난다.

그러나 기슭 부근에는 하얗고 두꺼운 얼음이 남아 있었고, 너무 추운 날이면 튀어 오른 물보라의 형태를 고스란히 유지한 채 얼어붙는 경우도 있다. 어쨌든 이제 봄이 가깝기도 한 만큼 얼음은 거의 없는 듯싶다.

강가에서 말에게 물을 먹이는 동안 승합 마차의 일행들은 잠시 내려서서 줄곧 앉아 있느라 굳어진 몸을 펴서 풀어주고 제각각 담소를 나눴다.

“그렇군! 좋아, 근처에 왔을 때는 꼭 들러주기를 바라네. 「흑발의 여검사」와 자리를 함께할 수 있다면 우리 가문의 이름도 높이 올라가지 않겠나!”

“응……. 긍정적으로 검토하겠습니다…….”

귀족의 삼남은 웃음 짓고는 멀어져 갔다. 가난한 귀족이라지만 일단 영지는 소유하고 있는가 보다. 에스트갈 대공에게서 훈장을 수여받은 안젤린의 이야기가 소문으로 퍼졌던 터라 이제는 귀족들까지 예의를 갖춰주는 듯싶다.

여행 도중에도 많은 사람들에게서 제안을 받았다. 대충 잇속이

나 채우려는 흑심을 가진 인물도 많았지만, 안젤린은 이미 익숙해졌기에 적당히 두루뭉술하게 척척 받아넘겼다. 뚱한 성격을 타고난 것이 이상한 데서 도움이 됐다.

한숨짓는 안젤린의 옆으로 야쿠모가 걸터앉았다.

"유명인은 많이 바쁘시군."

"전혀 기쁘지 않아……."

"그러한가? 자네는 욕심이 없군. 더 많이 벌겠다거나 이름을 떨치고 싶다거나 모험가라면 뭔가 목표를 가지는 게 당연할 터인데?"

"관심 없어……."

안젤린은 무릎을 끌어안고 한숨 쉬었다. 야쿠모는 쿡쿡 웃더니 손에 든 표주박을 들이켰다.

저쪽 건너편에서 샤를로테가 뛰어간다. 그 뒤를 루실이 느긋한 걸음걸이로 좇아다니고 있었다.

지난 며칠간의 여행 동안에 야쿠모와 루실은 기꺼이 친구라고 말할 수 있는 관계가 됐다. 여유작작하고 장난기 많은 야쿠모의 동방 이야기에는 모두가 귀를 기울였고, 처음에는 상대하기가 곤란했던 루실의 별난 성격도 지금 와서는 웃으며 받아넘길 수 있다. 틈날 때마다 시달리고 있는 샤를로테는 보통 난감한 눈치가 아니었다만.

소매로 입을 훔치고 야쿠모는 멍하니 공중 여기저기를 둘러봤다.

"이렇듯 욕심 없는 인물이 S랭크까지 올라온 게 놀랍구나……. 마실 텐가?"

"응……. 고마워."

받아 들어서 한 모금 마셨다. 화이트 와인이다. 차가워서 맛있다. 안젤린은 숨을 내쉬고 표주박을 돌려줬다.

"야쿠모 씨가 찾는 사람은 소중한 사람이야?"

"아니, 별 관계는 없다네. 의뢰거든."

"그래서 북부까지 왔구나……. 힘들었겠다."

"후후, 이를 말인가. 뜻밖에도 큰 힘이 드는 의뢰군. 사람의 마음만큼 어려운 것이 없으이."

"……무슨 뜻이야?"

"안제, 자네도 뭔가 망설이는 듯싶군."

덜컥 놀라서 안젤린은 무심코 얼굴을 외면했다. 야쿠모는 머리를 긁적거렸다.

"책망하려는 것이 아닐세. 삶 자체가 망설임의 연속 아닌가. 가끔 시달려보는 것도 괜찮은 경험일 테지."

"……야쿠모 씨도 망설여지는 때가 있었어?"

"아무렴, 물론이라네. 지금도 역시 망설이고 있고."

"어떤 고민인데……?"

"후후, 미안하게도 비밀이라네. 여인에게는 비밀이 있는 법이지."

야쿠모는 슬쩍 웃고는 입술에 둘째 손가락을 세워 보였다.

말을 매는 작업이 끝났는지 마부가 큰 목소리로 손님을 불러 모았다. 강가에 삼삼오오 서 있거나 앉아 있었던 승객들은 다시 마차에 올라탔다.

점점 보르도가 가까워졌다. 오늘 밤 잠들었다가 내일 저녁 무렵에는 도착할 수 있겠다.

일행은 올펜부터 이곳까지 중간에 한 번 마수와 싸웠을 뿐 달리 특별히 발이 묶이는 사고도 없이 순조롭게 여로를 나아갔다. 정작 마수의 습격도 안젤린과 카심 같은 파격적인 강자 때문에 싸움다운 싸움도 되지 못한 채 끝났었다만.

대략 한 시간을 달려서 오늘 밤 숙소에 도착했다. 대강 마차로 하루면 갈 만한 거리마다 역참 마을이 흩어져서 위치하는 모양새다. 눈이 녹아내리는 북쪽 지역에 어서 물자를 판매하고 싶은 행상인들이 많기 때문에 어떤 숙소도 떠들썩했다.

멈춰 선 마차의 옆을 샤를로테가 달려간다.

"놀아주게나, 아가씨……."

"싫어어! 자꾸 막 냄새 맡지 말란 말이야! 바보!"

코를 킁킁거리며 다가드는 루실을 피해 샤를로테는 아장아장 도망쳐서 벨그리프의 뒤로 숨었다.

"하하, 사이가 많이 좋아졌구나."

"사이좋아진 거 아니야! 꺄악, 왔어!"

샤를로테는 파딱파딱 달려갔다. 루실은 재미없다는 듯이 흥, 콧소리를 냈다.

"또 도망쳐버리네……."

"루실, 너무 괴롭히진 말아주렴? 섬세한 아이란다."

뭐, 진심으로 싫어하는 눈치는 아니었던지라 벨그리프는 쓴웃

음만 지었다. 기겁하며 도망치기를 즐거워하는 듯 보이기도 했다.

"옛날 사람들은 말했습니다. 올 유 니디즈 럽. 그치만 사랑만 갖고는 안 되는구나……."

"여전히 네 말은 통 이해가 안 되는구나."

"저 애는 무척 드물게도 좋은 냄새가 나거든, 벨 씨……. 귀족처럼 독한 향수 냄새가 나는 것도 아니야. 서민의 흙과 땀처럼 촌스러운 냄새도 아니야……. 동글동글 부드러워서 정말로 좋은 냄새야."

"그런가? 역시 너는 후각이 좋구나. 나는 잘 모르겠는걸."

벨그리프는 웃음 짓고는 짐을 내렸다.

"슬픔이 나를 덮친다……. 그러나 괴로울 때야말로, 고통스러울 때야말로 노래 부르리. 오~ 아가야~ 나를 떠나지 말게~."

루실은 손에 든 기타로 짜란짜란 소리를 냈다. 괴로움이 어쩌고 저쩌고 말해 놓고도 정작 곡조는 어안이 벙벙할 만큼 전혀 비장감이 없었다.

슬픈 노래를 밝은 곡조로 부르는지라 뭔가 뒤죽박죽이라는 느낌을 받는다만, 이 남부 출신 수인의 어딘가 생뚱맞은 명랑함은 노예 제도라는 어두운 과거를 극복했던 역사에서 비롯되었을 수도 있겠다는 생각을 잠시 해봤다.

숙소에 들를 때마다 짐을 내리는 작업은 번거롭다만, 마차에 가만 놔뒀다가 도둑맞는다면 큰 봉변이다. 이미 여러 번 반복하는 동안 익숙해졌기에 벨그리프는 요령 좋게 짐을 내렸고, 다른 사람들은 짐을 받아서 방에 가져갔다.

보르도와 가까워짐에 따라 아직껏 이곳저곳에 겨울이 남아 있는 듯 느껴졌다. 포근하게 불어 들었던 바람은 다시 매서움을 되찾았고, 눈 또한 아직껏 주변을 하얗게 물들이고 있었다.

그럼에도 북부를 뒤덮었던 겨울의 혹독함에서 얼마간 빠져나온 것 또한 분명했다. 이미 밭을 일구는 농가도 있는 듯싶다. 보리밭에서는 파릇파릇한 싹이 잔뜩 얼굴을 드러내고 있다. 저런 풍경을 보면 고향과 가까워지고 있단 느낌이 더욱 뚜렷해지기에 벨그리프는 어쩐지 안심되는 기분이었다. 이미 자신은 도시보다 시골의 생활이 더욱 잘 어울림을 새삼 깨달았다.

마지막 짐을 어깨에 얹고 야쿠모가 훌쩍 다가왔다.

"흐음, 벨 씨. 짐은 더 없는가?"

"그래, 야쿠모 씨. 덕분에 금방 끝냈군. 이게 마지막이라네."

"흣, 자네들은 행상인도 아니건마는 짐이 상당히 많군."

"하하, 시골 사람의 습관인지라 민망하군……. 자네들은 짐이 적어서 편하겠어."

벨그리프가 말하자 야쿠모는 웃음 지었다.

"부평초 신세는 몸이 가벼운 게 장점 아니겠나. 어차피 할 일도 없었겠다, 곤란할 때는 서로 도와야지."

"고맙네, 큰 도움이 됐어."

벨그리프는 씩 웃고 마지막 짐을 짊어졌다. 걸음을 떼자 야쿠모와 루시도 따라왔다. 같은 숙소를 쓴다.

"자, 내일은 보르도군. 자네들이 찾는 사람도 발견하면 좋을 텐

데…….”

벨그리프가 말하자 야쿠모는 득득 뺨을 긁었다.

“음……. 그러게나 말일세…….”

“……음? 무슨 일 있나?”

“끄응…….”

야쿠모는 난처해하며 웃었다.

“아무것도 아니라네.”

두 사람과 헤어져서 방에 들어섰더니 카심과 벡이 탁자를 사이에 둔 채 마주 바라보고 있었다. 벡은 눈을 꾹 감고 가만히 있다. 의족이 바닥을 두드리는 소리로 알아차린 듯 카심이 고개 돌렸다.

“오, 그게 마지막 짐이야?”

“그래. 명상인가?”

“그렇지, 뭐. 뭔가 숙련도가 꽤 올라왔어. 괜한 오기를 내려놨기 때문이려나?”

두 사람이 대화 나눠도 벡은 꿈쩍도 하지 않았다. 완전히 집중하는 분위기다. 벨그리프는 침대에 걸터앉았다.

“많이 늘었나 보군?”

“그러게. 이런 건 정신의 안정이 의외로 중요하니까 괜한 거부감이 사라져서 껍질이 깨진 게 아니려나.”

“하하, 이제야 부담감이 없어졌다는 말이군.”

“대충 막 넘겨짚고 떠들지 마라, 망할 노인네들아.”

고개 돌리자 벡이 한쪽만 눈을 뜨고 두 사람을 노려보고 있었다.

"잠자코 구경이나 해……."

"예이, 예이."

"미안, 미안."

"……칫."

벡이 혀를 차고는 다시 눈을 감았다. 벨그리프와 카심은 얼굴을 마주 보고는 소리 죽여서 웃음 지었다.

○

숙소에 병설되어 있는 주점에서 저녁 식사를 먹은 뒤 다시 제각각 방에 돌아왔다.

초저녁이고 바깥은 꽤 쌀쌀한데도 취한이 잔뜩 돌아다니는지 창밖의 거리에서는 기운찬 목소리가 이곳저곳을 오고 갔다.

안젤린은 샤를로테의 머리카락을 땋았다가 풀었다가 다시 땋아 주면서 놀고 있었다. 샤를로테는 졸린 표정을 짓고 가만히 손길을 받아준다.

샤를로테의 머리카락은 사락사락 감촉이 무척 좋았다. 냄새도 푸근푸근하게 달콤해서 확실히 루실이 정신없이 빠진 이유도 조금 이해가 된다. 개 수인이면 자신보다 훨씬 후각이 발달됐을 테니까.

밀리엄은 탁자 위쪽에 턱을 얹고는 보동보동 녹아버렸다. 배가 불러서 졸린가 보다. 안젤린도 어쩐지 졸린 기분이 든다.

그때 산책을 다녀오겠다던 아넷사가 돌아왔다. 찬바람을 쐬어서 발그스름한 뺨에 손을 가져다 대고 문지른다.

“벌써 졸려?”

“응, 눈이 좀 감기네……. 무슨 일 있었어?”

“아니, 걸어 다니는데 한증탕을 하는 가게가 있더라고. 같이 가고 싶어서.”

염석(焰石)을 조합해서 위쪽에 말린 향초를 깔아 영업하는 곳이라고 설명이 이어졌다. 맞아, 확실히 지난 며칠간 몸을 수건으로 닦아 냈을 뿐 뜨거운 물에 담그지는 못했다.

“가볼까……. 샤르는? 한증탕이래.”

“음냐……? 목욕탕? 갈래…….”

샤를로테는 느릿느릿 뒤돌아보면서 안젤린에게 안겨 들었다. 잠꼬대이든 뭐든 일단은 데려가기로 했다. 밀리엄도 일어나서 뺨을 찰싹찰싹 때리고 있다.

남자들 방에 들러서 물어봤더니 벨그리프는 필기할 것이 있어서 안 가고, 카심은 목욕을 싫어한다며 안 가고, 벡은 「내가 왜 가냐」라면서 쏘아붙였다.

카심이 껄껄 웃었다.

“한창때잖아. 미소녀들 틈에 남자가 혼자 끼여 다니려면 불편할 테지?”

“그런 거 아니다.”

“느긋하게 쉬다가 오렴. 목욕한 다음 추워서 감기 걸리면 안 되

니까 곧장 돌아오고."

안젤린은 고개를 끄덕거렸다.

"응, 알았어……. 다녀오겠습니다."

조금 섭섭하면서 조금 안심되는 뭔가 이상한 기분이라 영 어색했다.

바깥에 나왔더니 바람이 쌀쌀하다. 휭휭 맞바람이 불어오는지라 눈매가 찡그려졌다. 묘하게 눈이 내리지도 않는데 뭔가 얼굴에 자잘한 것이 맞닿는 감촉이 느껴진다. 샤를로테가 안젤린의 팔을 껴안았다.

"흐앙, 잠이 확 달아났어."

"그러게……. 빨리 가자."

아주 먼 거리는 아니었다. 목조 건물인데 뒤쪽에 있는 절벽을 파고드는 방식으로 지어 놓았다. 빈틈에서 수증기가 모락모락 피어오르고, 램프인지 황휘석(黃輝石)인지 아래 방향에서 비추는 빛 때문에 음영의 구도가 무척 입체적으로 보였다.

접수처에서 요금을 치른 뒤 들어갔더니 내부에는 딱히 손님이 많은 분위기가 아니었다. 어쩌면 이미 손님이 한창 많이들 찾아오는 시간은 지나갔는지도 모르겠다. 어쨌든 간에 느긋하게 목욕을 즐길 수 있겠다.

시골 한증탕치고 드물게 남자와 여자 공간이 나뉘어 있고, 뒤편의 절벽 안쪽 동굴처럼 트여서 널찍한 곳을 목욕탕으로 만들어 놨다. 이러면 열이 잘 빠져나가지 않겠다.

옷을 벗고 욕탕에 들어갔다. 조합에 따라 온도가 바뀌는 염석을 다수 활용해서 높은 온도를 유지하고 있고, 아울러 위쪽으로 뻗어 올라가는 물받이를 지하수가 지나오는 구조였다. 물이 담기는 곳에서 보글보글 소리를 내며 수증기가 뭉게뭉게 흩날린다. 신기하게 가득 차 있는 상쾌한 냄새는 돌 위에 놓아둔 향초 덕분일 테지.

천장에다가 램프를 달아 놨지만, 수증기가 짙은 까닭에 시야가 하얗게 물들어서 뭔가 잘 알아볼 수가 없었다. 간신히 몇몇 인영만 겨우 내다보인다.

"뭐야, 셋이 다 어디 갔어~."

뒤쪽에서 밀리엄이 말했다.

"이쪽이야. 발밑에 조심해서 걸어."

아넷사가 고개 돌려서 주의를 줬다.

목조 벤치가 벽면에 있다, 저기에 앉아 가만히 땀을 빼내면 되겠다.

들어왔을 때부터 꽤 덥다는 생각은 했었다만, 앉아서 가만 버티려니까 더욱 열기가 뜨겁게 느껴졌다. 수증기뿐 아니라 염석의 온도가 높은 까닭도 있을 테지.

수증기가 짙어서 맞은편에 앉아 있는 사람의 얼굴도 알아볼 수가 없다. 안젤린은 눈을 깜박거리다가 이마에서 흘러내리는 물방울인지 땀인지를 손등으로 훔쳤다.

그때 맞은편의 인영이 말을 건넸다.

"혹시 안제, 자네들인가?"

"……야쿠모 씨?"

얼굴 앞쪽으로 손을 흔들어 수증기를 걷어 냈을 때 맞은편에서 보인 얼굴은 역시 야쿠모였다. 옆쪽에는 루실도 앉아 있었다. 샤를로테가 꺅, 비명 질렀다. 루실은 흐흥, 콧소리를 냈다.

"예압, 운명……. 그런데 여기에서는 냄새를 못 맡는구나……."

"둘 다 여기 있었구나."

"그래, 때를 좀 벗겨 내고 싶더군."

야쿠모는 그렇게 말한 뒤 전라의 몸을 수건으로 문질렀다. 옷에 가려져서 몰라봤을 뿐 가슴이며 허리 따위가 나올 곳은 나왔고, 한편 탄탄하게 균형이 잡힌 신체였다. 다만 쓱 봐도 오래된 상처가 많다. 어깨부터 가슴에 걸쳐 베였을 듯한 큰 상처가 있고, 옆구리에도 꿰뚫렸던 상처가 있었다.

무심코 쳐다보게 된 시선을 깨달았을 테지, 야쿠모는 껄껄 웃었다.

"뭘, 옛날 의뢰를 수행하다가 실패를 좀 겪었을 뿐이라네. 흉터는 좀 심해도 이젠 아프지 않아."

"……무슨 의뢰였는데?"

"그래, 자네도 모험가지. 분수에 맞지 않는 마수에게 덤벼들었던 대가라네. 젊은 혈기의 자만이었더랬지."

그렇게 말한 뒤 젖은 앞머리를 쓸어 올렸다. 아넷사가 말했다.

"야쿠모 씨, 상당한 실력자인 것 같은데요……."

"후후, 그렇게 보아준다면야 기쁜 마음이군. 자네들은 깨끗한

몸을 가지고 있어. 부상을 당하지 않고 S나 AAA까지 올라간 것은 재능의 증거이지. 마음껏 자랑스러워하게나."

"응……."

안젤린은 눈을 내리깔았다. 모험가도 여러 사람이 있구나 생각했다.

루실이 일어서서 밀리엄의 곁에 앉았다.

"커다래……. 부럽다오, 키티."

"그래~? 어깨가 되게 결리거든, 이게."

"행복의 무게……. 주물러봐도 돼?"

"안 된다~ 돈 받을 테다~."

"시끄러운 녀석들이군……."

야쿠모는 한숨 쉬고는 이마의 땀을 훔쳤다.

"그나저나 내일이면 보르도구나……. 뭔가 순식간이었어."

"아직이야, 아네……. 톨네라는 아직 멀었어."

"그야 그렇긴 한데, 야쿠모 씨랑 루실이 찾는 사람은 아마 보르도에 있지 않겠어? 여기 둘이랑은 작별이잖아."

"옛날 사람들은 말했습니다. 여행은 길동무, 세상살이는 인정. 당신과 온더 로드 어게인."

"요 녀석아, 조용히 좀 하거라. 뭐, 섭섭하게 생각해주면 고맙긴 한데……."

"……둘이 찾아다니는 사람은 누구야?"

"그러고 보니까 물어본 적이 없었네~. 가르쳐주면 뭔가 도와줄

수 있지 않을까?"

"흠……."

야쿠모는 묵묵히 눈을 내리깔았다. 루실도 갑자기 조용해져서 고개 숙인다.

"……때가 되었구려, 야쿠몽."

"누구더러 야쿠몽이라는 게냐……. 뭐, 말이야 맞군."

야쿠모는 거칠게 머리카락을 긁적였다. 물방울이 이리저리 흩날렸다.

"……루크레시아 출신의 귀족 여아라네. 어느 추기경의 딸이라더군. 고향 나라에서 쫓겨난 뒤 수상쩍은 유세를 하고 다니면서 로데시아를 방랑하고 있다는 말을 들었지."

샤를로테의 표정이 굳어졌다. 안젤린은 자연스레 반격 태세를 갖췄다.

"……그런데?"

"루크레시아에서 정변이 일어났다는 소식은 들어 알 테지? 정세가 바뀌어서 말일세, 그 여아를 본래의 마땅한 지위로 다시 올려놓고자 획책하는 귀족이, 우리에게 찾아내서 데려오라는 의뢰를 맡겼다네."

야쿠모는 샤를로테를 바라봤다.

"발뭉크 경의 딸. 샤르, 너를 말하는 게다. 의뢰를 맡긴 사람은 로벨 경이고."

"거짓말……! 숙부님은 이미 죽었단 말야!"

루실이 흔들흔들 고개를 내저었다.

"보통이 아닌 아저씨더라고……. 죽은 건 대역이었대. 정변이 발생할 때까지 지하실에 숨어서 버텼다나 봐."

"말도 안 돼……."

"……로벨 경? 누군데?"

"발뭉크 경의 먼 친척이라네. 반교황파였던지라 한번은 이단 심문을 받았다더군."

"그게 아니라. 어떤 사람인데? 샤르를 소중하게 돌봐줄 만한 사람이야?"

"으음……."

야쿠모는 난처해하며 뺨을 긁적였다.

"솔직히 알 수가 없군. 정쟁에 여념이 없는 전형적인 루크레시아 귀족이니 말일세. 뭐, 딱히 홀대는 안 할 듯싶다만……."

"너희가 좋은 사람이어서……."

루실이 말했다.

"못된 사람들이었으면 가차 없이 때려눕히고 샤르를 데려갔을 텐데, 이렇게 됐네……."

"동감이군. 본래 귀족의 딸이었던 데다가 외모도 아름답지. 이상한 패거리에 붙들려 있다거나 이용당하는 입장이었다면 일 처리가 쉬웠을 게야. 하나 자네들은 우리가 걱정이 들 만큼 선량하더군. 솔직히 우리도 샤르를 루크레시아로 데려가는 게 맞긴 맞는가 망설이는 처지라네."

“그럼 의뢰를 내던지면 안 되는 거야?”

밀리엄의 물음에 야쿠모는 고개를 가로저었다.

“자네들도 모험가라면 알잖은가? 일단 수락한 의뢰를 사사로이 내팽개치면 신뢰가 곤두박질치지. 직접 살펴봤더니 차라리 안 데려오는 것이 좋겠다 판단했다는 말을 도대체 누가 들어주겠나. 게다가 로벨 경은 샤르와 혈연관계이지. 가족도 될 수 있을 게야. 최선인지야 알 수 없다만, 최악도 역시 아니라 여겨지는군.”

핏줄이라는 말에 안젤린은 덜컥 놀랐다.

그때 몸에 무게가 느껴졌다. 샤를로테가 기대어 서 있었다. 얼굴이 발갛다. 뜻밖의 소식을 들어 혼란스러운 까닭도 있어서인지 아찔 현기증이 솟은 듯싶다.

야쿠모는 민망해하며 눈을 내리떴다.

“……우리도 의뢰를 받은 처지일세. 강제하고 싶진 않으나 혹여 대립하게 된다면…….”

“……그때는 그때 가서. 미안, 샤르가 어지러워하니까 나가야겠어.”

“면목이 없군……. 괜히 채근하지는 않겠네. 보르도에서 아무쪼록 대답을 들려주게나.”

“잘 자요…….”

멍하니 밖에 나왔다. 후끈 달아오른 몸에는 찬바람도 기분 좋았지만, 도저히 즐길 만한 여유가 없다. 아넷사도 밀리엄도 근심에 잠긴 듯 말이 없었다.

등에 업은 샤를로테의 무게를 느끼면서 안젤린은 고민했다.

진짜 부모는 아닐지언정 친척이라면 샤르를 더 행복하게 돌봐 줄 수 있으려나? 그런데 샤를로테 본인은 어떤 생각을 갖고 있을까. 톨네라에서 흙투성이 생활을 할 바에야 루크레시아에 돌아가서 귀족 영애답게 살아가는 게 행복하지는 않을까.

방에 돌아와서도 아무도 의논다운 의논은 하지 않았다. 아마도 의견을 나눌 만큼 생각이 정리된 입장이 아니어서다. 야쿠모와 루실이 다짜고짜 샤를로테를 끌고 가겠다 덤벼드는 인물이었다면 차라리 편했겠다. 다만 저렇게 성의껏 뜻을 밝혀주었던 만큼 무력으로 해결을 볼 수도 없는 노릇이다.

벨그리프와 카심은 이미 잠자리에 든 기색이었기에 안젤린과 다른 친구들도 침상에 누웠다.

침상 위에서 이번에는 자신에게 생각이 미친다.

핏줄. 자신도 역시 마찬가지다. 이 때문에 벨그리프와 지냈던 나날이 바래지지는 않는다.

그러나 진짜 가족이란 도대체 뭘까. 벨그리프가 자신의 출생에 대해 무엇인가를 숨긴 채 표면적인 가족을 만들었다는 생각은 하고 싶지 않다. 그러나 애당초 신상 이야기를 나눈 적조차 없지 않았던가.

의문만 자꾸 부풀어 오르는지라 뜬눈으로 밤을 지새우던 중 어느덧 하늘이 밝아지고 있었다.

○

해가 살짝 떠올랐을 무렵, 일과로 검술 훈련을 위해 숙소의 바깥으로 나와 걸어가던 중 뒤쪽에서 안젤린이 달려오더니 등에 뛰어 안겼다.

"어이쿠."

벨그리프는 조금 비틀거리다가 곧 다리를 뻗어 버티며 중심을 잡았다.

"좋은 아침이구나, 안제. 무슨 일이니?"

"응……."

안젤린은 꾹꾹 목덜미에 얼굴을 갖다 문지르면서 흥흥 숨을 쉬었다. 간지럽기도 하고 어쩐지 안젤린의 태도가 묘한지라 벨그리프는 쿡쿡 웃었다.

"왜 이럴까? 응석꾸러기구나."

"……훈련하려고?"

"그래. 너도 같이 오겠니?"

"응……."

안젤린은 그대로 벨그리프의 등에 업혔다.

아침부터 벌써 출발하는 일행이 꽤 많았다. 거래를 마무리 지었는지 커다란 짐 꾸러미를 마차에서 마차로 옮겨 싣는 사람도 있다. 주변에는 아직 서리가 반짝반짝 빛나는데도 무척 활기차 생각하며 벨그리프는 하얀 입김을 내뱉었다.

조금 걸어간 곳에 공터가 있고, 잡동사니와 쓰레기가 흩어져 있는 탓인지 사람의 모습은 없다. 이곳이라면 검을 휘둘러도 민폐를 끼칠 걱정은 없겠다.

등에서 내린 안젤린은 검을 뽑지도 않고 벨그리프를 바라보고 있었지만, 벨그리프가 검 휘두르는 모습을 보곤 자신도 같이 따라 했다. 그러나 이상하게 검로에 예리함이 없었다. 몇 번인가 검이 왔다가 갔다가 한다.

딸의 상태가 이상함을 깨달아서인지 벨그리프는 검 휘두르기를 중단하고 의아한 표정을 지은 채 안젤린을 돌아봤다.

"무슨 일이니? 좀 이상하구나?"

"있잖아……."

"음?"

안젤린은 우물쭈물했다. 손을 맞잡은 채 무엇부터 이야기하면 될까 망설이는 몸짓이었다.

"……아빠는, 나한테 숨기는 거 없지?"

"음? 숨기는 것……. 없지 싶기는 한데……."

"……내 진짜 부모님의 소식, 알아?"

벨그리프는 눈살을 찌푸렸다.

"흠……."

안젤린은 검은 눈동자를 촉촉이 적시면서 벨그리프를 빤히 쳐다봤다. 벨그리프는 한숨 쉬었다.

"……미안하구나."

"——아! 그러면 역시!"

안젤린의 얼굴이 슬픔으로 일그러지는 동시에 벨그리프는 말을 꺼냈다.

"알 수가 없었어. 넌 혼자 바구니에 들어 있었고……. 그게, 주웠을 때 이곳저곳을 잠깐 찾아봤었지만……. 갓난아이를 품에 안은 채 무작정 숲을 헤매고 다닐 순 없는 노릇이었고……."

"……어?"

"음……? 그게, 뭐냐, 미안하구나. 혹시 알아낸 게 있었다면 어떻게든 만나게 해주고 싶단 생각은 몇 번이고 했다만……. 아빠가, 그 이야기는 역시 꺼내기가 좀 어려웠거든."

벨그리프는 민망해하며 머리를 긁적였다.

드디어 안젤린도 진짜 부모가 신경 쓰이게 됐군 싶었다. 결국은 의붓 부녀잖은가. 딸아이가 자신의 근본을 궁금해한들 어쩔 수 없겠다.

안젤린과 이제껏 많은 이야기를 나눠왔다만, 진짜 부모라는 화제는 별로 거론한 적이 없었다. 의도적으로 피했다는 생각은 스스로도 든다. 자신의 곁에서 안젤린이 떠나가 버릴 것 같아 두려웠을 테지.

그러나 이렇듯 안젤린이 먼저 이야기를 꺼냈다면 부모의 입장에서 딸의 마음에 보답해주는 것이 도리가 아니겠는가. 줄곧 피했던 문제와 자신 역시도 똑바로 마주할 때가 왔다.

"안제……. 네가 바란다면, 음……. 진짜 부모님을 한번 찾아보……."

그때, 벨그리프가 말을 마치기 전에 안젤린이 품속으로 뛰어들

었다. 똑똑 눈물을 흘리고 있다.
"괜찮아!"
"으음? 아니, 안제."
"괜찮아!! 내 아빠는 아빠뿐인걸!"
벨그리프는 눈물짓는 안젤린의 등을 살며시 쓰다듬어줬다.
"……뭔가 고민이 있었구나?"
"응……."
안젤린은 단어를 잘 골라 가면서 떠듬떠듬하는 말투로 이야기했다.
마르그리트와 대화를 나눈 이후부터 자신의 진짜 부모가 신경 쓰였다는 이야기, 아울러 벨그리프가 자신에게 뭔가 숨기지는 않았을까 의문을 품게 되었던 이야기, 샤를로테와 벡에게 자꾸 질투를 느꼈던 이야기, 가족이란 과연 무엇인지 알 수가 없어져버렸다는 이야기.
벨그리프는 조용하게, 가끔 맞장구를 치면서 말을 들어줬다. 그러다가 전부 이야기를 끝낸 안젤린의 머리를 쓰다듬어줬다.
"그랬구나……. 혼자 힘들었겠네."
"잘못했어요……."
"사과할 일이 아니란다. 미안, 먼저 알아줬어야 했는데."
"아냐, 내가 제멋대로 괜히……."
벨그리프는 살짝 자세를 낮춰 정면으로 안젤린을 바라봤다.
"안제, 분명히 너는 입양아란다. 그래, 핏줄이 이어지지는 않았

어. 다만 넌 틀림없이 아빠의 딸이고, 아빠한테는 무엇과도 바꿀 수 없는 가장 소중한 아이란다. 이 말만큼은 잊지 말아주렴. 알겠지?"

"응……."

"아빠도 말이다……. 네가 억지로 참는 건 아닐까 걱정했었어. 너도 벌써 열여덟인데 지나치게 아빠의 말에 끌려다니면 안 되잖니."

"……그래서 힘들지는 않냐고 물어봤단 거야?"

"그게, 그러니까……. 음, 그렇단다."

"에헤헤……. 나라고 아빠 말이면 무조건 다 듣는 건 아니거든!"

안젤린은 벨그리프에게 뛰어들었다. 목에 팔을 둘러서 매달린다.

"아빠! 말하고 싶은 게 있으면 전부 말해줘! 쓸데없이 우물거리면 불안해지잖아!"

"하하, 미안하구나……. 그런데 너도 마찬가지잖니."

"에헤헤……."

안젤린은 지면에 내려서고는 조금 진지한 표정을 지은 채 벨그리프를 마주 바라봤다.

"……그래서 말야, 중요한 이야기가 있어."

"응?"

안젤린은 어젯밤 야쿠모와 루시에게 들은 이야기를 전했다. 벨그리프는 눈살을 찌푸리고 팔짱을 꼈다.

저 너머에서 닭이 울고, 짐수레의 달그락달그락하는 소리가 들렸다.

67 방에 돌아와서 사정을 대강

방에 돌아와서 사정을 대강 들은 뒤 카심이 어처구니없다는 표정으로 웃었다.

"어이구, 웃겨. 장난하자는 거야? 이럼 무조건 거절이지."

"자네도 같은 생각인가."

벨그리프는 확인을 마쳤다는 듯 고개를 끄덕였다. 안젤린과 친구들은 고개를 갸웃거렸다.

"어째서?"

"잘 생각해보렴. 일단 그 이야기가 사실인지 아닌지 확증이 없지. 정변이 일어났던 것은 분명하지만, 자세한 내정까지 북부에 정보가 들어오지는 않아."

"즉 거짓부렁이어도 대충 넘길 수 있단 소리야. 어떻게 확인하고 싶어도 루크레시아까지 직접 찾아갈 순 없잖아?"

"……야쿠모 씨랑 루실이 거짓말을 했다는 말씀인가요?"

아넷사가 묻자 카심은 어깨를 으쓱거렸다.

"글쎄다~ 확실한 게 없네. 애초에 로벨 경이라는 사람이 진짜 살아 있기는 하고? 진짜 권력을 되찾은 귀족이라면 굳이 모험가한테 의뢰를 맡기는 대신 자기가 병사를 보내서 데려올 수 있지

않겠어?"

"동감이군. 로벨 경의 이름을 사칭한 다른 누군가가 의뢰를 맡겼을 가능성도 있어. 야쿠모 씨와 루실도 속아 넘어간 처지일 수 있단 말이지. 귀족에게 받는 의뢰는 봉랍 문장만 정확하다면 본인이 나타나지 않아도 쉽게 신용을 받을 수 있으니까."

"아니, 오히려 귀족이 맡기는 의뢰면 본인이 얼굴을 안 비추는 경우가 더 많아. 나도 비슷한 경험이 많았거들랑. 선금 넉넉하게 쳐주면 의뢰인의 정체 따위야 알 바 아니라는 인간은 많잖아. 굳이 귀찮게 벌집을 쑤실 필요가 있나."

"흠……. 안제, 야쿠모 씨와 루실은 로벨 경 본인과 만났다고 말했니?"

"어라, 글쎄……? 그래도 보통이 아닌 아저씨라고 루실이 말했으니까……. 만났을 수도…… 있으려나?"

"헤헤, 만약에 만났으면 그 로벨 경은 진짜였을까? 야쿠모랑 루실이 의뢰를 맡기 전 로벨 경의 얼굴을 알고 있었다면 모를까 이럼 수상하지……. 샤르. 로벨 경은 얼굴이 많이 특징적인가?"

샤를로테를 고개를 가로로 흔들었다.

"평범한 얼굴이야……. 머리 모양도 수염도 깔끔하지만, 별로 시선을 끌진 않았어. 아마도……."

"그렇단 말이지. 너는 그 아저씨의 얼굴을 또렷하게 떠올릴 순 있고?"

"……아니, 흐릿하게 살짝만."

"흐흠, 조금 교분이 있는 샤르조차 이런 처지라면 녀석들이 어딘가에서 만났다 쳐도 한두 번 스쳐본 게 고작일 얼굴을 아주 정확하게 기억할 순 없겠군. 그래, 어떻게 보나? 벨. 소문 자자한 정죄 기관이 한몫 끼었거나 아니면 반교황파의 다른 녀석들일 텐데."

"만약에 정죄 기관이라면 우리에게서 샤르를 떼어 내려는 책략. 로벨 경 이외의 반교황파 귀족이라면 꼭두각시로 내세우기 위한 목적이겠군. 다만 반교황파가 아닐 가능성도 있겠어. 권력 찬탈을 노리는 일당이 얼마나 더 있을지 모르잖나."

"헤헤헷, 정죄 기관인지 뭔지 몰라도 나랑 안제가 옆에 딱 붙어 있으면 손쓸 도리가 없단 말이지. 다른 귀족이라면 권위를 유지하기 위한 장식품으로 써먹을 테고. 어느 쪽이든 좋은 꼴을 못 보겠어."

"다만 판단하기에는 정보가 많이 부족하군……. 내가 받은 느낌으로 야쿠모 씨와 루실이 거짓말을 하는 기색은 아니었어. 게다가 애당초 진짜 사실만 말했을 수도 있지 않겠나?"

"뭐, 지금 단계에서는 모든 가능성을 의심하는 게 좋겠네. 서두르다가 이상한 방향으로 엇나가면 더 골치가 아플 거야."

"우선 우리도 야쿠모 씨와 루실과 이야기를 나눠봐야겠군. 고민은 그다음에 하지."

"찬성~. 우리끼리 떠들어 봤자 괜히 시간만 흘러가는 셈이야."

"다들 괜찮겠니?"

멍청히 지켜보고 있었던 안젤린과 친구들은 그저 끄덕끄덕 고개를 움직였다. 벨그리프도 고개를 끄덕이곤 일어섰다. 흠칫흠칫

불안해하는 샤를로테의 머리에 톡 손을 얹는다.

“걱정 말거라, 샤르. 무서워할 필요는 없어. 같이 가자꾸나.”

다정하게 머리를 쓰다듬어주자 샤를로테는 다소나마 안심해서 표정이 누그러졌다. 벨그리프는 미소 짓고는 얼굴을 들어 올렸다.

“애들아, 미안하지만 짐을 마차에 실어주려무나.”

그러고는 샤를로테의 손을 잡아서 카심과 함께 방을 나갔다.

남겨진 소녀들은 멍하니 얼굴을 마주 바라봤다.

“굉장하다……. 진짜 베테랑이라는 느낌이야…….”

“그러게……. 두 분 다 적은 정보만 듣고 순식간에 저기까지 추측을 하네…….”

“……더 노력해야겠어, 아빠랑 카심 아저씨가 비웃을 거야.”

안젤린의 말에 아넷사와 밀리엄은 쓴웃음을 짓고 고개를 끄덕거렸다.

“잠깐 정신이 나갔었나 봐, 우리. 고위 랭크라고 마냥 편하게 굴었던 거야.”

“응. 조금만 생각해도 이상한 말이었는데……. 으으~ 아직 멀었구나~.”

아넷사와 밀리엄은 거하게 숨을 내쉬었다. 안젤린도 입술을 삐죽거렸다.

검술이나 전장의 상황 파악 분야라면 물론 자신이 있었지만, 이렇듯 전투가 아닌 경우에서 판단을 내리기에는 아직 감정적으로 대응하는 부분이 많다. 개인적인 고민 때문에 불안정한 상태였다

면 더더욱 그렇다. 순진하게 상대의 말을 진실로 받아들일 만큼 야쿠모와 루실에게 마음을 터놓았던 까닭도 있었겠다.

비록 랭크가 높다 뿐이지 아직 자신들도 배워야 할 분야가 많다 싶어서 안젤린을 머리를 긁적거렸다. 또한 동시에 역시 벨그리프가 존경할 수 있는 아버지여서 기쁘다는 생각도 했다.

벡이 킥킥 웃었다.

"이런 게 고위 랭크 모험가라고? 기가 막히는군."

"시끄러워. 잠자코 구경만 했던 녀석이 왜 잘난 척이야."

웬일로 아넷사가 삐쳐서 벡을 쿡쿡 찔렀다.

○

문을 두드리자 품속에 손을 넣은 채 야쿠모가 맞이해줬다.

"슬슬 올 때가 되었다 생각했지."

"헤헤, 말이 통하면 서로 편하지."

침대에 루실이 오도카니 앉아 있었다. 탁자와 의자가 한 세트에 침상이 두 개. 작은 방이다. 샤를로테는 불안한 표정을 짓고 야쿠모를 올려다보다가 다시 벨그리프의 손을 세게 붙잡았다.

"의자가 부족해서 미안하구려."

야쿠모는 입가에 손을 가져다 대고 이리저리 시선을 돌렸다.

"대충 표정들을 보아 하니까 거절인 듯싶고."

"사정은 안제랑 아이들한테 듣고 왔어. 그런데 그 말만 들어서

는 도저히 받아들일 수가 없잖아."

"하하……. 아무렴, 당연하지. 아가씨들은 전적으로 믿어주는 내색이었건만 역시나 「적귀」와 「천개 파괴자」는 쉽지가 않아."

"뭐야, 안제랑 다른 애들을 시험했던 거야?"

"후후, 아무 말이나 덮어놓고 믿는다면 우리가 데려가는 게 차라리 안심이잖은가."

야쿠모는 미안해하지도 않고 미소를 지었다. 만만찮은 상대다. 벨그리프는 직감했다.

"아무튼 조금 더 자세하게 사정을 듣고 싶어서 왔는데."

"기꺼이 들려드려야지."

야쿠모는 루실의 옆에 걸터앉았다. 벨그리프는 의자에 앉아 샤를로테를 무릎에 올려줬고, 카심은 벽에 기대어 섰다.

"그래, 솔직하게 얘기해볼까? 의뢰주가 로벨 경이라는 확증은 있어?"

"물론 있지. 실제 본인이 의뢰를 갖고 찾아왔다네. 그게 아니었다면 우리도 결국 수락은 하지 않았을 게야."

벨그리프는 눈살을 찌푸렸다.

"그 사람은 확실하게 로벨 경 본인이었나?"

"후후, 의심이 많군. 뭐, 당연한 의심이겠네만."

야쿠모는 담뱃대를 꺼내 들고는 입에 물었다.

"애당초 우리는 이게 간단한 의뢰이겠거니 생각했었지. 자기 나라에서 쫓겨난 박복한 아가씨를 악인의 손에서 구출한 다음 데리

고 복귀하는 것……. 따라서 의뢰주의 신변 따위야 고려하지도 않았네."

"자세하게 설명을 듣진 못했단 말인가?"

"그래. 발뭉크 경의 따님이 살아 있는 것 같다는 말은 적당히 믿을 만하게 늘어놓았으니까. 어차피 세상이 좀 각박한 곳이던가? 세상 물정에 어두운 어린 귀족 영애를 아무 흑심도 없는 선량한 사람들이 보호해주었을 가능성 따위 초장부터 염두에 두질 않았고, 설령 로벨 경이 가짜일지언정 일면식도 없는 귀족 영애가 어찌 되든지 우리가 알 바는 아니었더랬지."

야쿠모는 연기를 뿜어내고 웃었다.

"거참, 자네들은 정녕 기막히고도 탄복할 만하더군."

참으로 모험가다운 사고방식이다, 벨그리프는 생각했다.

분명 모험가와 귀족은 사이가 나빴다. 어디까지나 의뢰를 맡기고 받는 관계로 구분을 짓고, 의뢰주가 선한 사람이든 악한 사람이든 의뢰비만 정확하게 지불해준다면 뒷일은 나 몰라라 하는 게 일반적인 경우다. 귀족의 정쟁에 굳이 나서서 끼어들고 싶어 하는 모험가는 일단 없겠다.

샤를로테가 머뭇머뭇하며 입을 열었다.

"못 찾았다고 말해주면 안 되는 거야……?"

"평범한 의뢰였다면 가능했을 테지."

"아하~."

카심이 턱수염을 쓸어 만졌다.

"뒷문으로 들어온 의뢰였군?"

"이미 짐작하셨는가. 그러면 알아줄 수 있겠나? 모험가 길드의 정규 알선으로 받은 의뢰였다면 실패한들 기껏해야 평판이 나빠지는 선에서 수습이 되지. 거점을 옮기면 딱히 먹고살 길이 막막해지지도 않아. 하나 비공식으로 뒷문을 통해 들어오는 의뢰가 있다네. 의뢰비가 파격적인 대신에 일단 실패가 용납되지 않지. 모험가 활동을 계속하는 것도 어려워질뿐더러 최악의 경우 우리들 목숨마저 위협을 받을 게야."

비밀리에 맡기고 싶은 의뢰 및 길드를 통해서는 수리되지 않는 비합법 의뢰 등 뒷문을 통해 형성되는 은밀한 조직망이 있는 듯싶다. 이득이 큰 만큼 위험도 높을 테지.

그쪽 세계는 잘 알지 못하는 벨그리프가 살짝 난처해하며 눈살을 찌푸렸다.

"일단 수락한 이상 결판을 내야 한다는 말인가……."

"그러하다네. 뭐, 의뢰주가 우리를 속여 넘겼다거나 정보 제공을 일부러 꺼린다면야 사정이 달라질 터이나 지금 상황에서는 딱히 증거가 없군. 불확정 요소 때문에 굳이 루크레시아까지 확인을 하러 되돌아갈 순 없는 노릇인 데다 우리도 괜한 위험을 감당하고 싶진 않구려. 게다가 적어도 우리는 로벨 경 본인과 만났었고……. 이 물건을 받아 가져왔다네."

야쿠모는 품에서 뭔가 꺼내더니 탁자에 올려놓았다. 반지였다. 샤를로테가 손에 들어서 보다가 숨을 죽였다.

"숙부님의 인장이야……."

"그래. 루크레시아 귀족 중 가주만 소유가 허락되는 물건이지. 로벨 경도 일가를 책임지고 있는 고위 귀족이지 않았나."

루크레시아의 귀족이라는 말은 곧 뷔에나 교의 성직자임을 뜻하기도 한다. 일가를 책임질 수 있는 높은 신분에 오르면 은총의 증거로서 특별한 반지를 하사받는다고 한다. 그것이 이 반지라는 설명이었다.

"가짜가 반지만 어찌 구해서 갖고 왔다면 우린 멍청이가 되는 셈이다만, 적어도 현재 상황에서 의뢰주의 진위를 판단하는 데는 충분히 족한 물건이지 싶군. 어떠한가?"

"글쎄. 우리는 루크레시아의 내정을 잘 모르는 입장이라서 말야. 너희가 자기들 유리한 대로 둘러댔을 가능성도 있지 않겠어? 헤헤헤."

"적어도 현 상황에서는 자네들의 말밖에 루크레시아의 소식을 알 방법이 없군. 따라서 아직 판단을 내릴 처지가 못 되겠고……. 우리 입장에서도 가볍게 다룰 문제가 아니니까."

야쿠모의 어깨가 축 처졌다.

"신중한 사람들이시군……. 뭐, 자네들을 쉽게 설득할 수 있단 생각도 안 했고, 하물며 실력 행사로 당해낼 자신도 없군. 다만 우리에게도 의뢰를 완수해야 할 이유가 있고, 악인은 아니라 생각하네만 딱히 선인도 아니지. 그쪽 사정을 마냥 받아들일 순 없네. 대답이 어느 쪽이든 간에 결론을 내려주면 좋겠군."

"……어쨌거나 우리는 샤르를 위험한 곳에 보내고 싶지는 않네. 안전이 분명하지 않는 한 고개를 위아래로 흔들지는 않을 거야."

"아버님……."

샤를로테가 기뻐하며 귀엽게 치뜬 눈으로 올려다봤다.

그때 뒤쪽에서 쭉 말이 없었던 루실이 입을 열었다.

"「패왕검」 퍼시벌."

벨그리프와 카심은 눈을 부릅떴다. 루실은 눈을 끔뻑거렸다.

"이 정보와 교환하자면, 어때?"

"……거짓부렁 아니야?"

"……저번에는 모른다고 말하지 않았나?"

루실은 흥흥, 콧소리를 냈다.

"정보는 모험가의 무기……. 대뜸 물어본다고 막 전부 가르쳐주지는 않아. 시크릿."

"괜히 아는 척해도 소용없어."

"회녹색 머리카락."

움찔, 눈살이 움직였다.

"……퍼시는 영웅담이 있는 모험가지. 누구든 알아내서 말할 수 있는 특징이군."

"목이 좀 나빠서 언제나 향주머니를 가지고 다녀. 카밀러, 알메아 풀, 대추 종류……. 그리고 에테르 오일을 아주 살짝만."

"……아직도 갖고 다니는 건가."

"어, 뭐야. 진짜였냐……."

카심이 중절모자를 아래로 꾹 눌렀다. 그때 방문이 열리더니 벡이 얼굴을 내밀었다.

"마차가 출발한다."

야쿠모가 일어섰다.

"우리는 서두르지 않을 걸세, 벨 씨. 좋은 대답을 기대하겠네."

"……로드 헤브 메르시."

두 사람은 방을 나갔다. 샤를로테는 달음박질쳐서 벡에게 매달렸다. 벡은 눈살을 찌푸리며 샤를로테의 머리에 손을 올렸다.

"뭐야, 이 녀석……. 이야기는 다 끝났나?"

"아니, 아직이군……. 샤르?"

샤를로테는 고개 돌려서 벨그리프를 보다가 타닥타닥 달려서 방을 나가버렸다. 벡은 의아해하는 표정을 짓고 그 뒤를 쫓아갔다.

벨그리프는 탄식했다. 카심이 벅벅 머리를 긁는다.

"못난 어른이구나, 우리는."

"……카심, 만약에 저 사람들이 퍼시의 정보를 갖고 있더라도."

"그만 말해라. 샤르와 바꾸자는 게 말이나 되나. 퍼시를 찾는 건 우리들 문제인데. 아무튼 제법 수완이 좋아, 저 녀석들. 몰아칠 때와 물러날 때를 잘 알잖아. 안제랑 다른 애들이면 확실히 감당이 어려웠겠어."

"……우리가 정신 똑바로 차려야겠군."

벨그리프는 일어섰다. 어떤 보상을 제시하더라도 불안 요소가 있는 곳으로 보낼 생각은 없다. 그 의지를 샤를로테 본인에게도

정확하게 알려줘야 한다.

카심이 중절모자를 다시 머리에 썼다.

"그나저나 아직껏 그 향주머니를 갖고 다니는구나, 퍼시 녀석."

"너와 사티가 조합해줬었지……. 물건 간수를 잘하는 녀석이야."

"헤헤, 어쨌든 아직 살아는 있단 소리잖아. 벌써 횡재한 거지, 뭐."

"동감이군……. 가지, 다들 기다릴 테니."

○

샤를로테는 안젤린의 무릎에 올라타서 줄곧 머리 숙인 채 입을 다물고 있다. 안젤린은 뭐라고 말을 건네야 할지 모르겠어서 안절부절 시선만 이리저리 움직였다. 아넷사도 밀리엄도 마찬가지였고 야쿠모는 물론 언제나 시끄러웠던 루실까지 조용하다.

오늘은 전원이 같이 마차에 탑승한 게 아닌지라 벨그리프와 카심도 야쿠모와 루실도 조금 떨어진 곳에 앉아 있었다.

벨그리프는 샤를로테를 내줄 생각은 없다고 단호하게 말했다. 분명 지켜줄 것이다. 야쿠모와 루실이 퍼시벌의 정보를 교환 조건으로 내세우더라도 결코 본인의 이득 때문에 의지를 꺾을 얄팍한 어른이 아니었다.

"……괜찮아."

안젤린은 샤를로테를 꼭 안아줬다. 샤를로테는 우물대는 목소리로 말했다.

"언니……."

"걱정하지 마. 너를 루크레시아에 돌려보내진 않아."

"……응."

그럼에도 샤를로테는 불안한 듯 고개 숙였다.

옆쪽에 앉은 아넷사가 걱정스럽게 샤를로테를 들여다본다.

"무슨 일 있으면 담아 두지 말고 말하자? 혼자 떠안아 봤자 괴롭기만 하니까."

"응……. 고마워, 아네."

샤를로테는 힐끔 벨그리프가 있는 방향을 쳐다봤다. 벨그리프와 카심은 나란히 앉아 무엇인가 서로 대화를 나누는 모습이었다. 안젤린은 머리를 쓰다듬어줬다.

"괜찮아……. 아빠랑 카심 아저씨한테 맡겨 놓으면 돼."

"……나 말야, 방해가 되는 게 아닐까?"

샤를로테는 고개를 푹 수그렸다.

"아버님이랑 카심 아저씨가 퍼시 아저씨를 만날 수 있는데 내가 방해하는 것 같아……. 내가 얌전히 야쿠모 씨를 따라가면 퍼시 아저씨의 정보도……."

"못써."

안젤린은 샤를로테의 뺨을 꼬집었다.

"나쁜 생각을 하면 안 돼. 너를 억지로 보낸 다음에 아빠가 기뻐할 것 같아?"

"그래도…… 그래도……."

샤를로테는 눈물을 글썽거리다가 두 손으로 얼굴을 덮었다. 안젤린은 가만히 샤를로테의 머리를 쓰다듬어줬다.

마음을 모르는 것은 아니다. 저런 생각을 떠올린다는 것이 샤를로테가 벨그리프를 정말 좋아한다는 증거다. 그래서 더더욱 당사자가 원하지 않는 루크레시아 복귀 따위는 안젤린 역시 결단코 용납할 수가 없었다.

루크레시아의 형편은 잘 알지 못하지만, 귀족의 정쟁이 심각하다는 말만 듣고도 안젤린은 불신감이 치솟았다. 에스트갈 대공의 저택에 잠시 머물렀을 때도 진절머리가 났었다. 아예 나라를 뒤흔들 수 있는 정쟁이라면 물론 못 견디게 끔찍하겠지.

힐끔 야쿠모와 루실이 있는 곳을 쳐다봤다. 야쿠모는 맞은편의 풍경을 멍하니 바라보고 있고, 루실은 뭔가 마른고기를 뜯어 먹고 있었다.

야쿠모와 루실을 딱히 싫어하지는 않는다. 이런 형태의 만남이 아니었다면 꾸밈없이 좋은 친구가 될 수 있었을 테니까. 그래서 오히려 더 괴로운 심정도 들었지만, 그렇다고 샤를로테를 넘겨주는 것은 말도 안 된다. 무의식중에 안젤린은 샤를로테에게 둘러놓은 팔에다가 꾹 힘을 주었다.

해가 지기 전에 보르도가 가까이 나타났다. 승합 마차는 이곳까지다. 보르도에서 톨네라 방면으로 눈이 얼마나 녹았나 상황을 확인한 뒤 다시 여행 계획을 짠다. 한동안 발이 묶일 수도 있고, 금방 출발할 수도 있다. 그러나 지금은 아직 알 수 없었다.

보르도 가문의 저택으로 가자는 생각도 떠올렸다만, 저택은 도시에서 조금 떨어진 곳에 있었다. 아직은 밝은 시간이지만, 짐이 많아서 또 움직이기에는 귀찮은 기분이 든다.

게다가 샤를로테와 벡은 보르도 가문에 사죄하는 것이 최중요 과제였다. 잠시 마음의 준비를 할 시간도 필요할 테지.

"……이런저런 문제가 겹치는구나."

짐을 내리면서 안젤린은 혼잣말했다. 그러나 자신은 결국 당사자가 아니었다. 어린 샤를로테의 두 어깨를 짓누르고 있을 중압감을 상상하면 왠지 가슴이 자꾸 먹먹해졌다.

그때 벨그리프가 다가왔다.

"이게 마지막이니?"

"응……. 있잖아, 아빠."

"불렀니?"

"……루크레시아에 안 보낼 거지? 샤르는 같이 톨네라에 갈 거지?"

"그래, 괜찮아."

벨그리프는 미소 짓고는 안젤린의 머리카락을 힘껏 주물렀다.

"안제, 너는 샤르의 곁에 있어주렴. 자기 잘못도 고백해야 할 텐데 아마도 많이 힘들 거야. 다른 문제는 아빠랑 카심한테 맡기도록 하고."

"……응, 알았어!"

분명 벨그리프에게 맡기면 잘 해결될 것이다. 안젤린은 종종걸음으로 숙소 안에 들어갔다.

68 입으로 내뿜는 연기가 흔들흔들 떠다니다가 조금씩

입으로 내뿜는 연기가 흔들흔들 떠다니다가 조금씩 녹아내리듯 사라져 갔다. 그런 광경을 멍하니 쳐다보던 야쿠모는 담뱃대의 재를 떨구고는 마음이 울적했는지 탁자에 팔꿈치를 대고 턱받침을 했다.

"난처하구나……."

"우리가 악역이니까. 힐, 베이베."

"쳇, 이딴 세상에 저토록 착한 녀석들이 있을 줄은 상상을 못했단 말이다……. 으음, 이따위 의뢰를 수락하는 게 아니었건만……."

"옛날 사람들은 말했습니다. 뒤늦게 후회한들 소용없다. 후회는 바보짓, 춤추는 게 이득, 이득이라오."

"시끄럽다. 제길, 이토록 뒷맛이 나쁜 의뢰는 오랜만일세……."

야쿠모는 조바심 가득 찬 태도로 다시 담뱃대에 담배를 채워 넣었다. 루실은 벌렁 침대에 드러누워서 옆을 향했다.

"카심 씨는 우리를 완전히 신용하던 게 아니었으니까 대충 비겼다고 치고……. 시험하려 했던 건 조금 미안하려나?"

"으음? 아, 벨 씨 말인가……. 뭐, 차라리 정보를 달라면서 샤르를 넘겨주는 부류의 인간이었다면 반대로 편해지지 않았겠느

냐……. 거참, 흑심이 없는 인간만큼 다루기 어려운 상대가 없어."

야쿠모는 가슴 한가득 연기를 빨아들였다가 살짝 숨이 막혔는지 컥컥 토해 냈다. 루실은 똑바로 누워 천장을 바라봤다.

이들도 모험가 경력은 길다. 정규 루트가 아니라 뒷문으로 돌아서 들어오는 의뢰를 맡을 만큼은 실력자로 인정받았고, 헤치고 나온 수라장의 몫만큼 배짱도 있다.

그러나 지난 경험들이 도리어 이번 곤경을 불러왔다.

뒷문으로 돌아 들어오는 의뢰는 대개 악인이 악인을 표적으로 삼는 경우가 많다. 그런 까닭도 있어서인지 사람을 구출하든 암살하든 딱히 마음이 동요됐던 적은 없었다. 지신들의 일 처리가 나중이 되어 귀족들의 정쟁에 파문을 일으키는 요소로 작용하더라도, 그 결과 유혈 사태가 발생하더라도 의뢰만 잘 끝내면 뒷일이야 싹 외면해버릴 수 있었다.

그런데 무슨 이유인지 이번만큼은 뒷맛이 씁쓸해서 곤란하다.

평소였다면 샤를로테를 루크레시아까지 데려가서 의뢰비를 받고 뒷일은 신경도 안 썼을 것이다. 루크레시아에서 누가 권력을 쥐든 샤를로테가 자기 미래와 자유를 빼앗긴 채 꼭두각시 지위에 오르든 분명 알 바가 아니었다.

그러나 나라 바깥으로 쫓겨난 뒤 사교(邪教)의 앞잡이로 전락했을 소녀는 신뢰할 만한 어른들에게 둘러싸인 채 행복하게 웃고 있었다. 루크레시아에 데려간들 훨씬 안 좋은 처지에 놓이리라고 여겨질 정도였다. 악인에게서 구해 내겠다는 자신에게 들려줄 변명

과 같은 대의명분조차 내세울 수 없다.

“차라리 로벨 경이 악인이라면 편해질 텐데.”

“바라는 대로 이루어질 리 있나. 그나저나 과연 「패왕검」의 옛 동료들답군. 도대체 만만하지가 않아. 샤르 본인이 떠나겠다고 말하지 않는 한…….”

“……아무튼, 벨 씨나 카심 씨의 말도 일리가 있어. 우리도 속아 넘어간 게 아닐까? 막상 샤르를 데려갔더니 로벨 경이 나쁜 사람이면 어떻게 책임질 거야?”

야쿠모는 탄식했다. 차라리 로벨 경이 가짜이기를 바라는 마음이 없지는 않다. 다만 루크레시아의 반지는 정당한 계승 의식을 치르지 않는 한 소유주의 생명과 연동된다. 로벨 경이 이미 죽었다면 반지는 없어야 했다. 따라서 그 반지는 로벨 경이 진짜라는 굳은 증거가 되어줬다.

“그런 말을 꺼내면 끝이 안 나잖느냐. 우리는 의뢰를 수행하는 게다. 포기할 건 포기해야지.”

“난 샤르가 좋아. 같이 쉐키럽 베이베, 하고 싶어…….”

“사적 감정에 자꾸 휩쓸리다가는 요절할 터인데?”

“라이프 이즈 베리 숏, 이 또한 로큰롤~.”

“……결국 넌 어쩌고 싶은 게냐.”

“확인하고 싶어. 체킷.”

루실은 바스락바스락 가슴께를 뒤적거려서 옷 안쪽에 넣어 두었던 목걸이를 잡아 꺼냈다. 파르께한 수정이 달려 있다. 야쿠모

는 얼굴을 찌푸렸다.

"그 물건은 일방통행이잖나. 저쪽에서 먼저 연락을 하지는 않을 터이고, 북부에 온 이후 한 차례도 연락이 없지 않았더냐."

"힘써볼게."

"관두지 못할까. 네가 나자빠지면 뒷수습은 전부 내 몫이니라. 게다가 어차피 힘만 빠져서 손해를 볼 것이 뻔하군."

"끙."

루실은 불만스럽게 입을 삐죽거렸지만, 역시 무리라는 생각이 들었는지 얌전히 원래대로 목걸이를 집어넣었다. 다만 끝끝내 포기하는 기색은 아니었다. 뭔가 상념에 잠긴 채 시선이 이리저리 좌우로 흔들거렸다.

"……카심 씨의 도움을 받는 방법은 어떨까? 그 아저씨랑 미리 냥냥이가 같이 도와주면 아마도 이쪽에서도 연결할 수 있어."

"어림없다. 설령 연결이 되더라도 결국 상대가 사실대로 말하리라는 보증이 전혀 없지 않더냐. 게다가 진실을 말해준다고 치고 결국에 어떤 곡해도 없는 의뢰였다면 어찌할 테냐? 정말로 싸울 수밖에 없게 될 터인데?"

"……아군으로 만들 사람을 잘못 선택하면 안 되잖아."

"금방 시골로 돌아갈 녀석들을 아군으로 만들어서 어찌하자는 게냐. 우리도 시골에 같이 틀어박히자는 말이더냐."

"으으……. 멍멍."

루실이 벌러덩 몸을 굴려서 베개에 얼굴을 파묻고 다리를 버둥

버둥 흔들어 냈다. 야쿠모는 한숨과 함께 연기를 내뱉었다.

"답답하기야 나도 마찬가지란다. 아무튼 저쪽에서 들려줄 대답을 가만 기다릴 수밖에 없지 않겠나."

창밖에서 보르도의 떠들썩한 밤이 깊어져 간다.

○

모험가 길드에 방문했던 벨그리프는 길드 마스터 엘모어를 동반해서 숙소까지 되돌아왔다. 보르도 가문의 저택까지 가기 위한 마차의 수배를 부탁하기 위해서였다.

엘모어는 재회를 기뻐하다가 사정을 듣곤 샤를로테와 벡을 동정했다. 지난 소동을 마르타 백작의 소행이라 생각하는지라 샤를로테와 벡에게는 특별히 나쁜 감정을 가지고 있지 않는 듯싶었다.

"죄송합니다, 엘모어 님. 어려운 부탁을 드리게 되었군요."

"무슨 말씀이십니까. 다른 사람도 아니고 벨그리프 님의 부탁이라면 도저히 거절할 수 없지요."

방문을 열자 안젤린과 다른 사람들이 이쪽을 쳐다봤다.

"아, 엘모어 씨."

"오랜만에 뵙습니다, 안젤린 님, 여러분."

엘모어는 여전히 온화하게 말을 건네며 빙긋이 미소 지었다.

"사정은 듣고 왔습니다. 그 사건은 무척 참혹했지만, 잘못된 길을 바로잡고자 하는 아이들을 밀어낼 이유가 되진 않습니다. 저

역시 말을 거들도록 하지요."

"고마워……. 이리 와."

안젤린은 살며시 샤를로테의 등을 토닥였다. 샤를로테는 주뼛주뼛 걸음을 뗐다.

샤를로테는 머리카락을 묶어 올리고 모자를 눌러써서 되도록 눈에 띄지 않도록 차려입었다. 보르도의 지난 소동 때 마르타 백작과 함께 휙 나타나서 허깨비 마왕을 물리치지 않았던가. 알비노의 외모도 거들기에 쓱 봐서 알아차리는 사람이 있을지도 모른다.

고개 숙인 채 머뭇머뭇하는 샤를로테를 안젤린이 다정하게 쓰다듬어줬다.

"괜찮아……."

"저기……. 나요……. 그러니까."

샤를로테는 살짝 머리를 수그렸다.

"잘못했어요……."

"씌었던 귀신이 떨어져 나간 얼굴이군요."

엘모어는 웃음 짓고는 샤를로테의 머리를 톡톡 토닥였다. 샤를로테는 똑똑 눈물을 흘렸다.

안젤린이 안심해서 표정을 누그러뜨리더니 이번에는 벡을 끌어냈다.

"너도 얼른 사과해야지……."

"……미안하다."

"더 진지하게."

"아닙니다. 괜찮습니다, 안젤린 님……. 음, 언젠가 제게 따끔한 맛을 보여줬던 소년이군요."

엘모어가 쿡쿡 웃음을 짓자 벡은 겸연쩍어하면서 뺨을 긁적였다.

"……내가 잘못했다."

"하하, 괜찮다면 나중에 자네 마법을 연구할 수 있게 기회를 주시게나……. 자, 마차를 준비해 두었습니다. 헬베티카 님은 저택에 계실 테니까 어서 찾아뵙시다."

샤를로테는 긴장한 표정으로 고개를 끄덕거렸다. 헬베티카가 가차 없이 샤를로테와 벡을 단죄할 것이라 생각하고 싶지는 않다. 그러나 영주의 책무가 있는 만큼 속단할 수는 없겠다. 경우에 따라서는 헬베티카라는 개인이 아닌 보르도 백작으로서 판단을 내릴지도 모른다. 그렇게 됐을 때 자신들은 어떻게 행동해야 할까.

"……될 대로 되지 않겠나."

어떻게든 가능한 한 힘을 쏟아야겠다. 샤를로테와 벡의 반성하는 마음이 과연 제대로 전달될 수 있을지는 본인들에게 달렸다.

샤를로테와 함께 가려는 안젤린을 벨그리프가 불러 세웠다.

"다른 마차로 가자꾸나. 샤르와 벡은 엘모어 님과 카심한테 맡기도록 하고."

"어째서……?"

"안제도 아빠도 이곳에서는 많이 유명한 사람이 됐지? 저 아이들과 함께 다니면 쓸데없이 주목의 시선을 받게 될 거야."

"……그렇구나. 확실히."

사샤의 호언에 더하여 지난 소동의 활약 때문에 안젤린과 벨그리프의 이름은 보르도에 널리 알려졌다. 어젯밤에도 이쪽을 아는 모험가들이 말을 건네는지라 조마조마한 심정으로 샤를로테와 벡만 서둘러 방에 올려보냈었다.

모두가 엘모어처럼 이해하고 공감해주지는 않는다. 지난 소동의 소문은 아직껏 현실감을 가지고 말이 오가고 있다. 알비노 소녀가 달리 얼마나 더 있겠는가. 사실이야 어쨌든 간에 감정이 선행한다면 침착하게 대화를 나눌 도리가 없다.

앞쪽 마차가 출발하는 것을 확인한 뒤 벨그리프는 안젤린, 아넷사, 밀리엄과 함께 뒤를 좇아서 다른 마차를 타고 저택으로 향했다. 보르도 가문에서 특히 귀하게 맞아주는 손님인 줄은 모두가 다 알고 있는 만큼 시선이야 좀 모이겠지만, 수상하게 생각하는 사람은 없을 것이다.

저택의 앞에 도착하자 샤를로테와 다른 사람들이 기다리고 있었다. 애시크로프트가 함께 서 있다. 뭔가 떨떠름한 표정이었다.

"여러분, 오랜만에 뵙습니다……. 그나저나, 정말 참 기이한 운명이로군요."

"죄송합니다, 애시크로프트 님……. 헬베티카 님을 만나 뵐 수 있겠습니까?"

"그야 물론……. 도무지 사정을 알 수가 없습니다만, 위험은 없는 게 맞겠지요?"

"예. 그 부분은 걱정하지 않으셔도 괜찮습니다."

“뭐, 엘모어 님도 계시는 만큼 괜찮기야 괜찮겠습니다만…….
거참, 귀하께서는 언제나 저를 놀라게 만들어주십니다.”

애시크로프트는 안경 위치를 고치고는 힐끔 샤를로테와 벡을 일별했다. 경호를 맡은 병사들도 당황하며 얼굴을 마주 바라보거나 소곤소곤 이야기를 나누고 있다. 샤를로테는 안절부절못하며 안젤린의 곁에 다가가 섰다.

“이리 오십시오, 안내하겠습니다.”

“난 여기서 기다릴게. 이런 저택은 좀 거북하거든.”

카심이 불쑥 말하더니 저택 앞 기둥에 기대어 섰다. 애시크로프트가 의아해하는 표정을 짓고 벨그리프에게 속삭였다.

“저 사람은 누굽니까?”

“저의 오랜 친구인데 말입니다……. 예의를 안 차리는 녀석인지라 민망스럽군요.”

“흠……. 뭐, 상관없겠지요.”

애시크로프트에게 안내를 받아 저택을 걸어간다. 처참한 전투의 흔적은 모두 지워졌고, 투박하면서도 품위가 있는 저택의 모습을 완전하게 되찾았다. 이런 광경을 보면 헬베티카의 인망과 수완을 짐작할 수 있다.

안젤린은 옆쪽에 선 샤를로테의 손을 다시금 잡아 쥐었다.

“……무서워?”

“……괜찮아.”

샤를로테는 한껏 숨을 들이마시고 앞쪽을 바라봤다.

서재로 안내받았다. 안쪽 집무용 책상에 헬베티카가 앉아 있었다. 옆쪽에는 셀렌이 서서 서류 따위를 검토하고 있다. 두 사람은 일행이 방문했음을 깨닫고는 살짝 놀라서 표정을 누그러뜨렸다가 곧이어 샤를로테와 벡에게 시선이 멈추더니 입을 다물었다.

"……벨그리프 님, 안젤린 님, 잘 찾아와주셨습니다."

"갑자기 방문하게 된 무례를 사죄드립니다, 헬베티카 님."

"상관없답니다."

헬베티카는 숨을 내쉬고 살짝 웃었다.

"설명해주시겠지요?"

"물론입니다. 그래서 이렇듯 찾아뵈었으니까요."

"어휴, 맙소사."

헬베티카는 난처하다는 듯이 한숨을 쉬고 장난스럽게 미소 지었다.

"부재중에 와주시기도 하고 놀라운 방문자를 데려와 주시기도 하고 벨그리프 님께서는 언제나 제 마음을 들었다 놨다 하시는군요."

"……민망스럽습니다."

벨그리프는 머리를 긁적였다.

"자리를 마련하도록 하죠. 셀렌…… 셀렌?"

뚫어져라 샤를로테를 노려보고 있던 셀렌이 퍼뜩 놀라더니 머리를 살짝 흔들었다.

"네, 금방 준비할게요."

셀렌이 대기 중이던 메이드 및 고용인에게 지시해서 서재 안으

로 인원수만큼 의자를 가져오도록 했다. 각자 자리를 잡고 앉았다.

헬베티카는 부드러운 표정을 짓고, 그러나 눈빛만큼은 예리하게 샤를로테와 벡을 주시했다.

"자, 어디 설명을 들어볼까요?"

벨그리프는 고개를 끄덕이고 샤를로테와 벡의 말도 보태면서 설명을 시작했다.

보르도의 소동 이후 샤를로테와 벡의 행적을 먼저 말하고, 루크레시아의 정쟁 및 정죄 기관의 위협, 올펜에서 발생한 습격 이야기, 어떻게든 속죄를 하고 싶은 마음을 갖고 이곳으로 찾아왔다는 목적까지.

"……이미 저지른 잘못이 사라지지는 않습니다. 그러나 이 아이들은 아직 어립니다. 무작정 책망하여 미래를 빼앗는다면 잠시간 울분은 풀어낼 수 있을 뿐 다른 의미가 없을 겁니다. 모쪼록 용서해주실 수 있는 방법을 같이 찾아봐주시면 안 되겠습니까."

"저도 동의합니다, 헬베티카 님. 게다가 지난 소동을 획책했던 자는 마르타 백작이지요. 이런 상황에서 어린아이들에게 죄를 묻는 것은 가혹하지 않을까 싶습니다."

엘모어도 말을 보탰다. 샤를로테를 덜덜 떨면서 머리 숙였다.

"제가…… 제가…… 그게, 잘못했어요……. 용서해주신다면, 뭐든 다 할게요……."

벡도 말없이 머리 숙였다.

헬베티카는 한숨 쉬었다.

“뭐든 다 하겠다는 발언도 참 난처하군요. 그 가녀린 팔로 무엇을 할 수 있을까요? 게다가 이미 저택과 도시의 복구 작업은 대강 완료됐습니다. 어린아이의 도움은 전혀 필요가 없군요.”

“으으…….”

샤를로테는 고개 숙이고 말을 잇지 못했다. 그때 안젤린이 도저히 가만히 서 있을 수가 없다는 듯이 한 발짝 걸어 나왔다. 깊숙하게 머리 숙인다.

“헬베티카 씨, 부탁이야. 샤르와 벡을 용서해줘. 나도 사과할 테니까. 부탁할게요.”

안젤린을 따라서 아넷사와 밀리엄도 머리 숙인다. 헬베티카는 눈을 내리떴다.

“……헬베티카 님, 저 또한 모쪼록 부탁드리겠습니다.”

쥐 죽은 듯이 조용한 와중에 헬베티카가 킥 웃었다.

“어휴, 보르도의 은인들께서 머리를 숙이게 만들다니……. 이러면 제가 나쁜 사람이 된 것 같잖아요.”

헬베티카는 똑바로 샤를로테를 마주 바라봤다.

“보르도의 영주 신분으로서는 가볍게 여러분을 용서할 수 없습니다. 그런 처사는 주민들을 우습게 보는 행동이자 무책임한 독단이기 때문입니다.”

“네…….”

샤를로테는 어쩔 줄을 몰라 하면서 몸을 움츠렸다. 헬베티카는 빙긋이 미소 짓고는 일어서서 샤를로테의 어깨에 손을 얹었다.

"……하지만 당신들이 저지른 잘못 이상의 올바른 행동을 쭉 계속하겠다면 일개인 헬베티카 보르도로서 당신들을 용서할게요."

"아…… 아으……."

샤를로테는 똑똑 눈물을 흘리면서 흐느껴 울었다. 안젤린은 안도하는 동시에 힘이 쭉 빠졌다.

"……고마워, 헬베티카 씨."

"후후, 보르도 가문의 은인들께서 이리 부탁하신다면 용서를 안 해드릴 수가 없잖아요? 여러분이 함께 계셔줄 테니까 분명 저 아이들도 잘못된 길을 나아가지는 않을 테고요."

"다만 도시에서 바깥출입은 되도록 삼가는 것이 좋겠습니다. 아직 기억이 희미해질 만큼 시간이 흐르지는 않은 만큼 소란을 일으키는 사람이 나타날 수도 있잖습니까."

애시크로프트가 말했다. 헬베티카도 고개를 끄덕였다.

"그렇겠죠. 불필요한 혼란은 저희도 바라는 바가 아니랍니다. 당분간 이곳에서 머무르도록 해요. 괜찮겠죠? 샤를로테."

"네……."

샤를로테는 거듭 고개를 끄덕였다. 헬베티카는 미소 짓고는 셀렌을 돌아봤다.

"방을 내어드리렴. 기쁜 손님이에요, 정성을 다해 대접해야겠죠."

"……이래도 되는 건가요? 정말로?"

"셀렌……?"

꾹 입술을 깨물고 있던 셀렌은 샤를로테와 벡을 쏘아봤다.

"분명 용서하는 게 맞을지도 몰라요. 하지만…… 하지만 저 아이들은 아버님의 유체를 욕보였잖아요?"

"아, 아, 제가, 제가……."

횡설수설하는 샤를로테의 눈에 눈물이 차올랐다. 안젤린이 서둘러 몸을 내밀어서 감싸줬다.

"아니야, 셀렌. 그것도 전부 마르타 백작이 시킨 바람에……."

"머리로는 알고 있어요!"

큰 목소리에 놀라 장내에 있던 모두가 숨을 죽였다. 셀렌은 뺨을 발갛게 물들이고 눈물을 뚝뚝 흘렸다.

"이런 건 어린애의 억지겠죠……. 그래도, 그 광경을 떠올리면…… 저는……."

"셀렌."

헬베티카가 늠름한 목소리로 잘라 말했다.

"셀렌의 마음도 이해가 돼요. 다만 결국은 자기 고집이잖아요. 우선 머리를 식히도록 해요."

셀렌은 머리 숙인 뒤 일어서서 빠른 걸음으로 방을 나갔다. 곧바로 따라가려고 일어서는 샤를로테의 어깨를 벨그리프가 붙잡았다. 말없이 고개를 옆으로 흔든다. 샤를로테는 눈물을 글썽이면서도 고개 숙이곤 털썩 주저앉았다. 헬베티카는 난처하게 웃음 짓더니 벨그리프를 바라봤다.

"제가 사과드릴게요, 못난 모습을 보였네요."

"아닙니다, 셀렌 님의 마음은 족히 이해가 됩니다. 또다시 괴로

운 기억을 떠올리게 만들었다는 게 죄송할 따름이군요."

벨그리프는 머리 숙였다. 헬베티카는 쓴웃음 짓고 눈을 내리떴다.

"정이 많은 아이니까요, 마음 정리가 어려웠을 거예요. 하룻밤 자고 일어나면 진정이 될 테니……."

그러나 벡이 일어서더니 샤를로테의 손을 붙잡아서 일으켜 세웠다.

"이런, 벡?"

벡은 여전히 불퉁한 표정으로 벨그리프를 돌아봤다.

"셀렌은 가만 놔두란 소리인가?"

"감정이 격해졌을 때는 차분하게 대화를 나눌 수 없잖니. 진정이 될 무렵에 내가 제대로."

"용서를 받아야 할 상대로부터 도망치면서 용서를 청할 수 있겠나? 상대가 화를 낸다면 이쪽은 더 성의껏 정면에서 사과하는 게 도리일 테지. 그런 게 책임이라고."

"음……."

예상외의 말이었기에 벨그리프는 저절로 말이 막혔다. 샤를로테와 벡이 상처를 받지 않도록 신경 써주고 싶은 마음이었다만, 아이들은 자신의 생각 이상으로 사리 분별을 잘하고 있었다.

"……그렇구나. 맞는 말이야."

"……당신이 우리에게 신경 써준다는 건 안다. 그래도 이건 나와 이 녀석의 문제잖나. 자기들끼리 책임을 지는 게 맞아. 가만히 앉아 도움만 받겠다면 꼴불견이지."

그렇게 말한 뒤 벡은 일어섰다. 벨그리프는 미소 지었다.

“어쩔 셈이니?”

“이야기한다. 이 녀석의 신상부터 전부 다 털어놔야지. 그다음에 사죄하겠어. 진심으로 마음을 터놓고 용서받으려면 이쯤이야 별것 아니지. 상대가 진정이 됐든 안 됐든 핑계를 대고 싶지는 않군.”

“나도 가겠어.”

안젤린이 일어섰다. 벡은 눈살을 찌푸렸다.

“못 들었나? 이 문제는.”

“너는 무뚝뚝하지. 샤르는 울지도 몰라. 걱정되니까 내가 따라 갈래. 샤르, 가자.”

벡이 무엇인가 더 말하기 전에 안젤린은 샤를로테의 손을 이끌고 방에서 나갔다. 벡은 혀를 찼지만, 그럼에도 빠른 걸음으로 뒤를 쫓았다.

“……괜찮으시겠습니까? 헬베티카 님.”

“네.”

헬베티카는 미소 지었다.

“방금 전 대화 덕분에 저 아이들은 용서받을 수 있다는 생각이 더욱 굳어졌습니다.”

“그런데 셀렌 님께서 괜히 상처를 받진 않겠습니까?”

“그럴지도 몰라요. 저 아이는 똑똑하고 다른 사람을 배려하는 마음도 강하거든요. 다만 그래서 더더욱 이런 상황처럼 감정을 노출해서 격정을 갖고 누군가와 마주할 수 있는 기회가 드물었

죠……. 벡과 샤를로테가 강한 아이라서 다행이에요. 마침 적당한 기회라는 생각이 드는군요."

"……아이는 언젠가 어른이 되는 법이니까요. 제가 쓸데없이 군걱정을 할 필요는 없었는지도 모르겠습니다."

벨그리프는 가만히 눈을 내리떴다. 어른의 배려가 때때로 아이의 성장을 막는 경우도 있다. 이번 방문은 벡과 샤를로테뿐 아니라 셀렌에게도 성장의 기회가 아니었을까. 그것을 빼앗으려고 했었다는 게 벨그리프는 무척 부끄러운 기분이었다.

어쨌든 간에 더 이상 자신이 나설 자리는 없겠다. 차분하게 대화를 나눌 수 있도록 안젤린이 분명 잘 중재해줄 것이다. 이다음은 두 아이가 성심을 다하면 된다. 셀렌도 분명 극복을 이룰 수 있을 테니까.

헬베티카는 후후 웃었다.

"그나저나 정말 놀랐어요, 어휴. 저 아이들을 위해 일부러 이곳까지 찾아오신 건가요?"

"아뇨, 아이들 때문만은 아닙니다. 톨네라로 돌아가는 길이었던지라……. 눈이 얼마나 녹았는지 상황을 알려주실 수 있으시겠습니까?"

"어디 보자, 이미 로디나까지는 왕래가 이루어지고 있는 상황이니까 아마 1주일쯤 더 지나면 톨네라에도 갈 수 있을걸요?"

"그렇습니까……. 잘됐군요."

"후후, 그때까지는 편안하게 쉬다가 가실 수 있겠네요? 또 재미

있는 이야기를 들려주셔요."

"예, 기꺼이……. 다만 아직은 조금 문제가 남아 있습니다……. 카심을 불러와야겠군요."

"아, 제가 갔다 올게요."

일어서려는 벨그리프를 말리고 아넷사가 방을 나갔다. 헬베티카는 궁금하다는 표정을 짓고 고개를 갸웃했다.

"무슨 일 있으셨어요?"

"실은 루크레시아의 정보를 좀 요청드리고 싶습니다. 반년쯤 전에 정변이 일어났었다더군요."

"네, 소식은 들었어요. 그나저나 루크레시아는 왜요?"

"샤를로테에게 문제가 생겼습니다."

샤를로테가 루크레시아 추기경의 딸이었다는 말을 들은 뒤 헬베티카는 입가에 손을 가져다 대고 눈살을 찌푸렸다.

"아하……. 반교황파의 숙청 이야기는 저도 들었어요. 설마 이렇게 연결되다니……. 애시, 루크레시아에 관한 정보는 얼마나 있죠?"

"반년 전 정변의 정보도 얼마간 들어왔습니다. 그러나 루크레시아의 소식은 보르도와 별 관계가 없지 않습니까……. 과연 얼마나 유용한 내용일지는 우선 검토부터 해봐야겠습니다."

"어서 검토를 시작하세요. 반교황파가 어느 정도의 권세를 갖고 있는가. 특히 발뭉크 경과 로벨 경 주변의 정보를 공들여서. 엘모어 님, 길드 쪽에도 뭔가 정보는 없으셨나요?"

"찾아보고 연락드리겠습니다. 바로 가보겠습니다."

애시크로프트와 엘모어가 나갔다. 엇갈려서 아넷사와 함께 카심이 안에 들어온다.

"하하, 이 저택은 갑갑하지 않아서 좋네. 대공가의 저택은 너무 휘황찬란해서 은근히 불편했단 말이지."

"……저분인가요?"

"예. 제 오랜 친구인 카심입니다. 카심, 이분은 헬베티카 님이시네. 보르도 가문의 가주이자 백작님이시지."

"어이쿠, 젊은 나이에서 벌써. 반가워요, 카심입니다. 잘 부탁합시다."

"헬베티카 보르도예요. 이렇게 만나 뵈어 반갑습니다, 카심 님."

헬베티카는 스커트를 살짝 붙잡아 자연스러운 동작으로 우아하게 인사를 했다. 카심은 쑥스러워하며 중절모자에 손을 가져갔다.

"이런 인사는 익숙해지질 않네……."

"무슨 소리인가, 나이도 제법 먹은 사람이……. 지금 막 루크레시아에 관한 정보 조사를 부탁드렸다네. 결과에 따라 우리도 방침을 고민해보자고."

"오호라, 이거 신세를 졌군. 그런데 루크레시아와 꽤 떨어진 북부 도시에서 쓸 만한 정보를 구할 수 있나?"

헬베티카는 살짝 자랑스럽게 웃었다.

"후후, 지난 1년 동안에 영지 안팎으로 곳곳에 사람을 보내 정보망을 펼쳐 놓았어요. 마르타 백작의 음모를 당한 이후로 조금 조심성이 많아졌거든요. 길드도 힘을 보태주는 덕분에 어지간한

정보상보다 정확한 내용을 확보할 수 있다고 자신한답니다?"

"……어, 무서운 아가씨네. 그런데 그런 걸 가르쳐줘도 되나?"

"어라……? 아차……. 비밀로 해주실 거죠?"

"헬베티카 님……."

벨그리프는 기가 막혀서 탄식했다. 아넷사와 밀리엄이 쿡쿡 웃는다. 조금 얼빠진 구석이 있는 탓인가, 이쪽 일행을 완전하게 신뢰하고 있기 때문인가. 어쨌든 간에 꽤 걱정이 된다.

헬베티카는 살짝 당황해서 이리저리 시선을 보내다가 곧 자세를 바로잡았다.

"으흠……. 우선 루크레시아의 권력 구도와 정치 상황, 그에 따른 반교황파 내부의 역학 관계까지 확보된다면 더할 나위가 없겠군요."

카심은 중절모자를 고쳐 쓰고는 히죽 웃었다.

"괜찮네. 눈치가 빨라 고마워. 그런데 거기까지 확보가 되려나?"

"후후, 귀족에게는 귀족의 방식이 있는 법이죠. 자, 정보가 들어올 때까지 잠시나마 쉬고 계셔요. 차를 내어드릴게요."

"감사합니다. 그러고 보니 사샤 님은 어디에 계십니까?"

"아, 그 아이는 헤이젤까지 순찰을 나갔어요. 아마 오늘이나 내일쯤이면 돌아올 거예요."

어쨌든 간에 조금은 이야기가 진전될 수 있을 듯싶다. 같은 귀족의 신분인 만큼 무엇인가 정보가 있을까 싶어 물어봤다만, 예상 이상으로 일 처리가 신속하다.

고마운 일이다, 벨그리프는 조금 힘을 빼내고 의자에 몸을 기

댔다.

샤를로테와 다른 아이들은 잘 대화 나누고 있을까. 우선 가만히 기다려야겠지.

○

문을 두드리자 생각했던 것보다 차분한 목소리로 대답이 돌아왔다. 조용히 열고 안으로 들어갔더니 셀렌은 창가의 의자에 앉아 있었다. 조금 울었는지 아직껏 눈이 촉촉하고 발갛다. 들어온 안젤린을 보고는 살짝 웃었다.

“죄송해요, 안젤린 님……. 못난 모습을 보여드렸네요.”

“아니야, 그렇지 않아. 셀렌 마음은 나도 잘 아는걸.”

그때 만약에 벨그리프가 언데드로 바뀌었다면, 상상만 했을 뿐인데 눈물이 멈추지 않던 기억을 떠올린다. 따라서 셀렌을 책망하려는 마음은 전혀 들지도 않았다.

그러나, 그렇다 해도, 안젤린은 우두커니 선 채로 잠시간 머뭇머뭇하다가 이윽고 입을 열었다.

“있잖아……. 샤를로테랑 벡, 도저히 용서를 못 하겠어……?”

셀렌은 눈을 내리깐 채 생각에 잠긴 듯 고개를 살짝 수그렸다.

“……모르겠어요. 머리로는 그 아이들을 원망해 봤자 화풀이라는 걸 알고 있거든요.”

“같이 데려왔어. 문 바깥에 있어.”

셀렌은 눈살을 찌푸렸다.

"……안 되겠네요, 저는. 항상 침착해야 할 텐데도, 이렇게……."

"샤르도 말야……. 아버지랑 어머니가 다른 사람의 손에 돌아가셨어."

셀렌은 눈을 커다랗게 뜨고 안젤린을 쳐다봤다. 안젤린은 똑바로 셀렌을 마주 바라봤다.

"나도 처음에는 용서할 수 없었어. 올펜에서 둘을 발견했을 땐 다짜고짜 죽이거나 병사들한테 넘기려는 생각이었거든……. 그런데 샤르의 이야기를 들은 다음은 얼마나 슬펐을까, 자꾸 망설이게 되더라……. 슬픔의 구렁텅이에 빠진 사람이 어떤 생각을 갖게 되는지는 나도 잘 모르고, 자기가 힘들었다고 무슨 잘못을 하든 괜찮다는 건 아니지만……. 그래도 저 아이들의 이야기를 들어주면 좋겠어. 그런 다음에 용서할지 용서 안 할지 결정해주면 안 될까?"

안젤린은 셀렌에게 머리 숙였다.

"부탁할게, 셀렌."

"안젤린 님……."

셀렌은 살짝 눈을 내리깔았다가 곧 고개를 끄덕였다.

"알겠습니다. 저도 자꾸 도망만 다녀서는 안 되겠죠."

"……미안해, 힘든 기억을 들쑤셔서."

"아녜요. 지금 또 도망치면 언니께서도 실망하실 테고요……. 저도 자신이 싫어질 것 같거든요."

안젤린의 문 바깥으로 손짓을 하자 샤를로테와 벡이 들어왔다.

벡이 깊숙이 머리 숙인다.

"……불쑥 몰려와서 미안하다. 사실은 둘만 오려는 생각이었다만."

"아녜요, 안젤린 님이 안 계셨다면 딱 잘라 쫓아냈을지도 모르니까요……. 아까는 미안했어요, 이제 소리치거나 외면하진 않을게요."

셀렌은 안경의 위치를 고친 뒤 샤를로테를 응시했다. 샤를로테가 주뼛주뼛 걸어 나와서 머리 숙였다.

"잘못했어요. 제가, 끔찍한 짓을……."

"저는 당신들을 아직 용서할 순 없는 심정이에요."

"네……."

"그러니까 용서할 수 있게 얘기해줘요. 어째서 그런 짓을 저질렀는지. 저지른 다음 어떠한 생각을 해서 이곳에 다시 오겠다고 결심했는지."

셀렌은 그렇게 말한 뒤 의자를 권해줬다.

"……당신도 부모님이 돌아가셨다고 들었어요. 천천히 얘기해줘도 괜찮아요."

샤를로테는 울먹거리면서, 그럼에도 또박또박한 말투로 자신의 삶과 겪었던 곤경을 설명했다. 가끔 벡이 말을 보태서 보충해줬지만, 거의 샤를로테가 설명을 도맡았다고 말할 수 있겠다.

아무 부족함 없이 풍족했던 생활이 싹 바뀌어서 부모님과 죽음으로 작별한 뒤 비참한 유랑 생활이 이어졌던 이야기. 그 때문에 복수심과 증오에 사로잡힌 채 흐린 시야로 다른 사람을 마냥 원망

했던 이야기.

그러나 보르도에서 패배를 겪음으로써 자신의 잘못을 깨달았고, 후회가 마음을 가득 뒤덮었다는 이야기. 안젤린과 함께 지내게 된 이후는 자기 나름대로 속죄를 계속했다는 이야기. 어떠한 벌을 받아도 괜찮으니까 보르도에 사죄를 하러 가겠다고 결심했던 이야기…….

이야기가 끝에 가까워짐에 따라서 굳어 있었던 셀렌의 표정이 점점 누그러졌다. 그 대신이라고 말할 수 있을까, 말을 쭉 꺼내던 샤를로테는 눈물에 젖어 얼굴이 엉망진창으로 구겨졌다.

"그때는, 무작정 모든 사람이, 전부 다 미워서, 어째서 나는 행복할 수 없냐고. 그러다가, 그렇게, 끔찍한 짓도……. 잘못했어요."

셀렌은 미소 짓고는 가만히 샤를로테의 머리에 손을 얹어줬다.

"……저도 당신들이 미웠어요. 마르타 백작도 물론 미웠죠. 어제까지 품에 있었던 행복이 하룻밤 새에 다 부서지는 기분……. 간신히 자기 마음속에서 정리를 마쳤던 아버님의 죽음도, 그날의 사건 때문에 다시 또 겪어야만 했던 느낌이었으니까요."

샤를로테는 비창한 표정으로 뚝뚝 눈물만 흘렸다. 그러나 셀렌은 담담하게 말을 이었다.

"……증오가 시야를 흐린다는 게 정말이네요. 지금도 당신들을 미워하는 마음 때문에 생각의 폭이 좁아졌어요. 저도 당신과 같은 입장이었다면……. 행복하게 사는 사람들을 부조리하게 미워하고 잔인한 짓에도 손을 담갔을지도 몰라요."

"그래도, 그래도……."

"저지른 잘못은 사라지지 않죠. 그렇지만 제가 당신들을 미워할 이유는 아마 사라진 것 같아요. 샤를로테, 많이 힘들었죠."

"셀렌, 니임……."

샤를로테는 울면서 셀렌에게 안겨 들었다. 셀렌은 미소 짓고는 등을 문질러주다가 벡에게 시선을 보냈다.

"당신도 고생이 많았겠네요, 벡."

"……나는 솔직히 죽인다 해도 불만은 없군. 이 녀석만 용서해 준다면 충분하니까."

"찬물 끼얹는 소린 하지 마."

안젤린이 벡의 머리를 딱 때렸다. 셀렌이 쿡쿡 웃었다.

"당신이 사과해야 할 분은 작은언니겠죠. 제가 이러쿵저러쿵 말할 입장은 못 돼요."

"……그렇군."

벡은 겸연쩍어하며 머리를 긁적였다. 안젤린이 안도한 표정으로 셀렌에게 가까이 달려가서 어깨에 손을 올리고 어루만졌다.

"고마워, 셀렌. 둘을 용서해줘서."

"아뇨, 저야말로 감사합니다, 안젤린 님. 덕분에 저도 두 사람을 용서할 수 있었어요."

용서를 베푼다는 것은 어떤 의미로 용서받기보다도 어려울지도 모른다. 그러나 양쪽 다 어려움을 극복해 냈다. 안젤린은 장벽이 허물어졌다는 데 안도하고 힘껏 심호흡했다.

하나는 해결했다. 그러나 아직 하나가 더 남았다.

이 아이들이 이토록 힘을 내줬다. 이번에는 자신들이 힘을 내야겠지. 안젤린은 굳게 입을 다물었다.

○

다음 날 밤이 되도록 아무 소식이 없던 터라 야쿠모는 답답한 기분으로 방을 왔다가 갔다가 했다. 기다림은 비록 익숙하다지만, 도저히 심란해서 못 버티겠다. 설마 자신들을 내버린 채 톨네라로 도망친 걸까 싶은 생각도 들었다만, 벨그리프의 성격상 가능성은 희박하다는 생각이 들었기에 퍼뜩 놀라서 고개를 가로저었다.

"……아이고, 이런. 그분도 참 대단한 사람이시군."

짧은 교류임에도 불구하고 신기하게 벨그리프를 신뢰하고 있는 자신이 야쿠모는 쓴웃음만 나올 따름이었다. 이제껏 여러 인간들과 만나왔지만, 불과 며칠간의 교류로 자신이 이렇게까지 마음을 터놓게 되는 상대는 거의 없었다. 그게 다 연기였다면 상당한 배우다. 루실이 의자로 끽끽 소리를 냈다.

"옛날 사람들은 말했습니다. 서두르면 오히려 일을 망칠 것 같다오."

"왜 끝맺음이 애매해지는 게냐……. 흐암……."

거하게 하품이 쏟아졌다. 뭔가 진정이 되지 않아서 어젯밤에는 선잠을 거듭했었다. 옆에서 커다랗게 코를 골았던 루실을 흔들어

깨워줄까 생각했을 정도다. 그래서 잠이 부족하다는 느낌을 받는다. 머리가 어지러운 것도 수면 부족의 탓이 아닐까.

막상 대화가 틀어진다면 어떻게 해야 할까, 야쿠모는 벽에 기대어 섰다. 물론 목숨은 아깝다. 그러나 안전을 도모하자고 이 의뢰를 내팽개치면 추후 한동안 모험가로 생활하기는 순탄하지 않을 것이다. 그뿐 아니라 습격받아 죽을 수도 있다.

어둠 속 조직망은 상상 이상으로 그물의 눈이 촘촘하고, 또한 체면을 중시한다. 확실하게 의뢰를 알선한 이상 실패하는 인물에게는 제재를 가해야만 위세를 유지할 수 있다. 로벨 경에게 자신들 두 사람의 목을 바치고 대체 인재를 제공하는 정도의 조치는 아무렇지도 않게 해치울 것이다.

그렇다고 무력을 써서 샤를로테를 데려갈 수 있을 것 같지도 않다. 자신들도 만만한 실력자는 아니라는 자부가 있다지만, S랭크 모험가 두 사람이 상대여서야 도저히 당할 도리가 없다. 어느 한 사람에게도 승리할 수 있다고 장담을 못 한다.

돈과 타산을 따라 움직이는 상대였다면 차라리 편했을 텐데. 그러나 달리 속셈이 없는 선의로 움직이는 상대, 게다가 손꼽히는 실력자와 맞서 싸워야 한다면 제아무리 수많은 수라장을 헤치고 살아남았던 야쿠모일지라도 힘겨웠다.

앞쪽에 호랑이, 뒤쪽에는 늑대. 고민하고 고민해봐도 최악의 궁지에 몰리는 듯한 기분이었다. 전력을 쏟아 기습의 이점을 취한다면 샤를로테만이라도 납치해서 도망칠 수 있을까? 루실의 마법으

로 눈을 현혹시켜서 도망치는 데만 전력을 기울인다면…….

"……상대에게 최고 수준의 검사와 마법사가 다 갖춰졌는데 가능할 리가 있나, 얼간이야."

그럼에도 최악의 경우에는 별수없다. 야쿠모는 안달복달하는 기분으로 담뱃대에 담배를 채워 넣다가 잔량이 얼마 안 남았기에 얼굴을 찌푸렸다. 할 일이 없던 데다가 그렇다고 외출을 다닐 수도 없는 처지인지라 무료함을 달래고자 자꾸 담배만 피우게 된다. 소모 속도가 빠르다.

"……이 도시에서 담배를 팔긴 하려나."

입에 물어서 불을 붙였을 때 방문이 열렸다. 움찔 놀라서 몸을 낮췄는데 안젤린이 서 있었다.

"콜록, 콜록……! 뭐, 뭐냐. 자네였나……. 깜짝 놀랐잖나."

연기가 이상한 데로 들어가서 야쿠모는 눈에 눈물을 맺은 채 잠시 기침을 했다. 루실이 쓱 일어선다.

"진전은 좀 있으셨습니까……?"

"응. 같이 와줘야겠어……."

거절을 용납하지 않는 분위기로 안젤린이 말하자 야쿠모와 루실은 서로 얼굴을 마주 바라봤다.

"……싫다, 고 해도 안 들어줄 테지."

"응."

야쿠모는 한숨 쉬었다. 눈앞에 서 있는 소녀의 빈틈없는 자세가 잠깐 희미하게나마 고려했었던 실력 행사의 노선을 덧없이 지워

버렸다. 역시 S랭크 모험가는 격이 다르다. 설령 저항해 봐야 소문이 자자한 「흑발의 여검사」가 상대라면 둘이 한꺼번에 덤빈들 감당이 되지 않는다.

“……알겠네, 동행하지.”

“응.”

안젤린에게 재촉을 받아 두 사람은 방을 나섰다. 설마 아니겠지만 이 소녀가 자신들을 비밀리에 처분하려는 의도는 아니기를 기원하면서.

69 보르도 가문을 방문한 이후 하룻밤이

보르도 가문을 방문한 이후 하룻밤이 지난 아침부터 조금씩 정보가 모여들었다.

헬베티카가 가슴을 펴고 장담한 정보망의 기능은 분명 경탄하기에 충분했던지라 바로 최근의 정보까지야 비록 없어도 반년쯤 이전의 기간이라면 루크레시아의 소식이어도 상당히 많은 내용이 확보됐다.

보르도는 큰 도시이기에 이곳에 있는 뷔에나 교 교회도 크다. 루크레시아의 권력 다툼과 직접 관계는 없을지언정 역시 당대의 권력자에게 얼마간 비위를 맞춰주는 경향도 있는 까닭에 총본산인 루크레시아의 정보는 정확하게 파악해 두고 있었다.

또한 엘모어가 수정 통신을 써서 올펜의 길드에 연락을 취한 결과로 올펜에서도 정보가 들어왔다. 유력한 거래처인 루크레시아의 정변 소식은 행상인들도 주시하는 사안이었는지 번성하는 가문이나 반대로 앞날이 보이지 않는 가문 등 다양한 정보를 올펜에서도 풍부하게 수집할 수 있었다.

그것들을 총합해서 살펴보는 한편 막후의 상황을 이것저것 서로 이야기하고 추측하던 중 해가 기울어지기 시작할 무렵에 헤이

젤로 순찰을 나갔다가 돌아온 사샤가 나타났다. 여장을 풀고 올 짬도 아쉬웠는지 서둘러 방 안에 뛰어들더니 기쁨에 차서 얼굴을 반짝거린다.

사샤는 벨그리프와 안젤린과의 재회를 펄쩍 뛰면서 기뻐했고, 벡의 얼굴을 보자마자 희희낙락하며 칼자루에 손을 얹었다.

"네 녀석과 다시 만나다니 주신의 인도이신가! 이번에는 지지 않겠다, 덤벼라!!"

"사샤……."

"음? 뭡니까? 안제 님!"

"대련은 나중에, 지금은 참아줄래……."

"작은언니, 게다가 이곳은 저택 안이잖아요."

사샤는 쓱 주위를 둘러보고는 살짝 뺨을 붉혔다.

"죄, 죄송합니다. 얼결에……."

벡이 탄식했다.

"미안했다……. 나중에 때리는 대로 다 맞아줄 테니까 잠깐 참아줘라."

"무슨 소리냐, 날 바보 취급하나! 진심을 다한 승부가 아니라면 의미가 없거늘! AAA로 승격한 내 검법을 보여주마!"

벨그리프는 어라, 놀라곤 턱수염을 쓸어 만졌다.

"승격하셨던 겁니까? 잘됐군요. 축하드립니다, 사샤 님. 부상도 다 회복되신 듯하고……."

"흐앗?! 가, 감사합니다, 스승님! 보고도 못 드리고……. 그렇지

만 안제 님이나 스승님과 어깨를 나란히 하려면 아직 멀었습니다."

사샤는 더더욱 뺨을 발갛게 물들인 채 민망하다는 듯이 꾸물꾸물 몸을 움츠렸다.

벌써 저 멀리 앞서 나가는구나 싶어서 벨그리프는 쓴웃음을 지었다. 카심이 재미있다는 표정을 짓고 있었다.

"또 상당히 활기찬 아가씨가 왔군."

"으음? 그쪽 분께서는……. 평범한 분이 아닌 듯합니다."

"이쪽은 카심 아저씨……. 아빠의 친구이고 S랭크 모험가야."

"아, 아니?! 과연 스승님이십니다. 일찍 은퇴하셨는데도 S랭크 모험가를 친구로 두셨단 말입니까……. 응? 카심? 아니, 설마……. 저기, 실례지만 한 말씀 여쭙겠습니다. 혹시 「천개 파괴자」라고 불리시는……?"

"엉? 난데."

껄껄 웃는 카심의 손을 감동에 찬 얼굴로 사샤가 꽉 잡아 쥐었다. 눈이 반짝반짝 빛나고 있다.

"설마하니 이런 곳에서 만나게 될 줄이야……. 저 사샤 보르도, 감격의 극치입니다!"

"어, 고마워. 그런데 용케 이름만 듣고 알아봤네. 칭호밖에 모르는 녀석들이 더 많을 텐데."

유명한 모험가는 본명보다 칭호가 더 널리 퍼져 나가는 경우가 많다. 그 때문에 이름만 들었을 때는 당사자를 못 알아보는 경우도 많았다. 사샤는 가슴을 쭉 폈다.

“S랭크 모험가의 칭호와 이름은 거의 다 머릿속에 넣어 놨습니다!”

“……아가씨, 별종이구나.”

카심은 기막혀하며 웃었다. 애시크로프트가 넌더리를 내며 안경을 밀어 올렸다.

“사샤 님, 논의가 진행되지 않는 관계로 잠시 조용히 해주십시오.”

“논의? 무슨 논의를 하고 있었나? 그나저나 여기 두 녀석은 왜 이곳에 있고?”

사샤는 샤를로테와 벡을 가리키며 고개를 갸웃거렸다.

대화가 도중에 가로막히는 듯싶기는 한데 어쨌든 간에 정보를 정리하자는 의미에서라도 다시 처음부터 사안을 쭉 이야기해주는 것은 나쁘지 않다. 샤를로테와 벡의 처지를 간추려서 설명해주자 사샤는 흠흠, 고개를 끄덕거렸다.

“그런가, 고생 많았구나……. 제대로 사죄의 뜻을 전하기 위해 돌아왔다니 훌륭한 마음가짐이다.”

“저기, 그때는, 정말 죄송했어요…….”

“상관없다! 게다가 패배한 것은 오로지 내 실력이 미숙했기 때문이 아니었나! 설욕을 노릴 뿐 원한은 없다! 조만간 다시 대결을 요청할 테니까 기다려라, 벡!”

“어휴, 작은언니도 참…….”

어디까지나 무인답게 처신하는 사샤를 보고 셀렌은 어이없어하면서 숨을 내쉬었다.

사샤는 샤를로테의 어깨를 토닥이고 웃었다.

"나중에 죽은 병사들의 묘로 안내해주지. 꽃이나 한 송이 올려다오."

"네, 네에……. 그게, 혹시 유족분들하고도."

"그건 안 되겠군. 다들 지금은 자기 나름대로 매듭을 지은 처지이니까. 그런 사람들에게 불필요한 혼란을 불러일으킨들 오히려 곤란할 거야."

"그, 그래도……."

"죗값을 치르고 싶은 마음이 있다면 괴로움을 짊어지는 것도 속죄가 되는 법이다, 샤를로테. 자기 한 사람이 만족하기 위한 사죄라면 차라리 안 하는 것이 낫다. 스스로 범한 잘못의 무게를 짊어지고 저질렀던 죗값만큼 다른 사람들을 위해 살아가면 되는 거야."

"……알겠, 습니다."

샤를로테는 고개 숙였다. 사샤는 미소 짓고는 소녀의 머리카락을 꾸깃꾸깃 헝클었다.

"그런 표정은 짓지 마라! 병사들은 용감하게 싸우다가 죽음을 맞이했다! 언니와 셀렌을 끝까지 지켜 냈지. 이보다 더한 영예는 없다!"

샤를로테는 고개를 끄덕였다. 눈가는 살짝 촉촉했지만, 무엇인가 마음속에서 결의를 다진 것 같았다. 셀렌이 살며시 어깨를 안아줬다. 한때 반목하다가 결국은 가슴속을 서로 터놓은 까닭인지 오히려 샤를로테에 대한 애정이 깊어진 듯한 모습이었다.

벨그리프는 살며시 웃고 탁자 위쪽의 서류를 손에 들었다.

이것저것 정보를 총합했을 때 아마도 로벨 경의 가문 자체는 이미 무너졌다는 것이 주된 견해였지만, 정작 본인은 아마 교황청의 직위에 임명되었음을 대강 짐작할 수 있었다. 높은 지위는 아니어도 어쨌든 권력 다툼에 참가할 수 있는 신분에는 들어가는 듯하다.

"여하튼 로벨 경이 살아 있다는 말은 확실한 것 같네."

"뭐, 루크레시아 귀족의 반지를 들고 왔는데 살아 있었겠지."

"그렇지만, 그래서 더욱 이상합니다."

그때 셀렌이 말했다. 카심은 턱수염을 비비 꼬았다.

"흐음, 어떻게 이상한 건데?"

"반지는 소유자의 생명과 연동된다죠. 로벨 경은 처형당했다고 들었습니다만, 그때 반지가 없는 상황이었다면 어떻게 대역을 세울 수 있었을까요?"

"흠, 샤르? 반지를 빼앗을 순 있는 건가?"

샤를로테는 잠시 생각하며 말이 없다가 고개를 끄덕였다.

"확실히…… 아마 가능할 거야. 이단자가 된 이상, 주신에게서 하사받는 반지는 압수되는 게 맞을 테니까."

"흐음, 그래서 반지가 가문의 문장을 넣어 세상에 딱 하나인가……. 그럼 확실히 대역을 세울 순 없겠네. 아무도 못 알아차릴 수가 있나?"

"미리 거래를 했던 게 아니었을까요?"

아넷사가 말했다. 벨그리프의 눈에 힘이 들어갔다.

"거래라……. 아네, 너는 어떤 거래가 있었다고 생각하니?"

"그냥 짐작인데요, 로벨 경은 교황파로 전향한 아닐까 싶어요. 아마 이단 지정을 받았을 때 자기 목숨과 맞바꿔서 다른 반교황파의 신병을 팔아넘기지 않았을까요? 그래서 처형 때 대역을 세워 놨는데도 보고 못 본 척을 했다면 말이 되니까요……."

"아항, 앞뒤가 맞네. 나쁘지 않은 추측이야. 확실히 인과가 잘 갖춰졌어."

카심이 턱수염을 쓸어 만졌다. 애시크로프트가 말했다.

"아니면 애초부터 계획적이었을 수 있겠습니다. 몸담은 곳이 반교황파였을 뿐 교황파 내부에다가 더욱 유리한 지위를 획득하기 위해서 다른 반교황파의 신병을 팔아넘길 수 있는 사람이었던 겁니다. 처형 자체가 낭설이었을 가능성도 있겠군요."

"……숙부님이 아버님과 다른 사람들을 배반했다는 뜻?"

샤를로테의 말에 벨그리프는 눈을 내리떴다.

"……그럴 리 없다는 말은 못 하겠구나……. 이런 소리를 들으면 괴롭겠지만."

"그렇구나……."

고개 숙이는 샤를로테를 안젤린이 뒤에서 꼭 안아줬다.

"괜찮아, 그런 사람이 있는 곳에다가 널 넘겨주진 않을 테니까."

"응……. 고마워, 언니."

샤를로테는 뒤에서 안아주는 팔을 꼭 붙잡았다.

밀리엄이 의자에 몸을 기댔다.

"근데 지금은 반교황파가 주류잖아~? 배반했는데 다시 한 패거

리가 될 수 있는 거야~?"

"어지간히 처세술이 뛰어나다고 가정할 수 있겠군……."

"아니면 배반했던 전력을 잘 숨기고 있을 수도 있겠지요."

"루크레시아는 권력 구조가 좀 복잡하잖습니까. 단순히 대립 구도만 봐선 판단하기 어려운 부분도 있을 겁니다."

"동감. 아마 반교황파라는 녀석들도 전부 다 같은 편은 아닐 것 같아. 샤르를 다시 주변에 데려다 놓으려는 건 자기 권력을 높이기 위해서겠지. 지금 주류파 내부에도 분파가 많이 있지 않겠어?"

"그렇겠군. 누가 대표자 역할을 맡을 것인가 알력이 있을 만하지. 로벨 경은 지금 시점에서는 유력한 수단이 부족할 테고."

"물밑에서 샤르를 확보하고 싶은 목적으로 모험가한테 일을 맡기는 번거로운 방법을 선택했다는 말이네. 아이고, 복잡해라."

"……그렇게 보면 샤르를 노리는 게 로벨 경 말고도 더 있지 않을까?"

안젤린의 말에 벨그리프는 고개를 끄덕였다.

"그렇겠지. 야쿠모 씨와 루실 말고도 다른 귀족에게 의뢰를 받은 일당이 혹시 나타난다면……."

"쟁탈전이네요……."

"……귀찮아."

"어휴, 진짜~."

"흠……. 누가 나타나든 싹 베어버리면 되는 것 아닙니까?"

"작은언니, 그냥 치고받는 얘기가 아니잖아요……."

"자, 자아~ 어떻게 할까. 아마 발뭉크 경의 딸이라는 신분은 반교황파의 입장에서 꽤 많이 권력을 강화해주는 수단이 되는 것 같은데. 이놈이고 저놈이고 자기 손아귀에 넣고 싶어 할 테고, 그러면서도 다른 녀석의 손에 넘겨주고 싶지는 않을 테고……."

일동은 지친 얼굴로 의자에 몸을 기대거나 기지개를 켰다.

샤를로테를 쓰다듬고 있었던 안젤린이 문득 얼굴을 들어 올리더니 입을 열었다.

"있잖아……."

"응? 안제, 말해보렴."

"……그냥 샤르를 죽이면 해결되는 거 아냐?"

○

안젤린과 동행해서 방에 안내받은 야쿠모와 루실은 쟁쟁한 면면들에 둘러싸인 처지가 불편한 듯 몸을 움츠렸다.

"……어떻게, 이야기는 마무리된 겐가?"

"킬 미 베이베?"

"샤르를 죽여달라고 부탁하고 싶어서……."

야쿠모와 루실은 딱 입을 벌렸다.

"도대체 무슨 소린가……. 자네들, 샤르를 지켜주려는 게 아니었나?"

"물론 지켜줄 거네."

벨그리프가 빙긋 웃고는 대답했다. 두 사람은 영문을 모르겠다는 듯이 얼굴을 마주 바라봤다. 카심이 히죽히죽하면서 턱수염을 쓸어 만졌다.

“너희도 같이 공범자로 만들자는 계획이지, 헤헤헤.”

“……진심인가?”

“응. 샤르.”

안젤린이 이름 부르자 방 안쪽에서 샤를로테가 걸어 나왔다. 손에 자루를 들고 있다. 야쿠모와 루실은 눈을 커다랗게 떴다.

샤를로테는 수줍게 웃음 지었다.

“에헤헤, 어울려……?”

길었던 머리카락이 싹둑 잘려 나갔다. 어깨 높이만큼 짧아진 머리카락은 그럼에도 깔끔하게 다듬은 터라 귀여웠다.

샤를로테는 아장아장 걸어와서 손에 든 자루를 내밀었다.

“이거…….”

내용물을 봤다. 알비노의 하얀 머리카락이 들어 있다. 야쿠모는 머리를 마구 긁으면서 침음했다.

“이제 알겠네……. 꽤 거친 방법을 떠올리셨군.”

“뭐, 현 상황에서는 가장 무난한 수단이지 않겠나.”

“자네들 협력이 필요하거든. 도와주겠어?”

“……이런 상황에서 어찌 거절할 수 있겠는가.”

루실이 기뻐하며 콧소리를 내고 일어서더니 샤를로테에게 안겨들었다. 머리카락에 코끝을 파묻고 킁킁 냄새를 맡는다.

"귀엽구나, 키티……. 쉐키럽 베이베, 합세다."

"아으, 이러지 마아……."

샤를로테는 뺨을 붉히곤 몸을 비틀었다. 야쿠모는 자루를 손에 들고 팔짱을 낀 채 의자에 몸을 기댔다.

"이 자루를 들고 복귀해서 샤를로테는 죽었다 말하라는 건가. 뭐, 알비노의 하얀 머리카락이 썩 흔하진 않을 테지. 다만 지금 단계에서는 우리가 감수해야 할 위험이 너무 크구려. 자네들에게 협력해 달란 말이야 받아들인다 쳐도 계획은 조금 더 보완이 필요하겠군, 우리도 횡액은 면해야지."

"물론. 협력해주는 것만도 감사해야 할 입장이니까."

"……거참, 자네들은 매번 우리를 혼란스럽게 만드는군."

샤를로테를 죽인다.

안젤린이 말을 꺼냈던 이 계획은 요컨대 정보 교란이다.

설령 지금 야쿠모와 루실을 어떻게든 쫓아 보낸들 현 상황을 감안하건대 제2, 제3의 불청객이 분명 찾아올 것이다. 그런 인물들 모두가 야쿠모와 루실처럼 대화가 통하리라는 보장은 없다.

따라서 샤를로테를 죽은 사람으로 만들고 그 증거를 루크레시아에 들려 보냄으로써 더 이상 자객이 습격하는 사태를 막아 내자는 목적이었다.

"쟁탈전 비슷하게 상황이 악화되면 손에 넣지 못할 바에야 죽여버려라, 이렇게 폭주하는 파벌도 나올 테니까……."

안젤린의 말에 야쿠모는 고개를 끄덕거렸다.

“나올 만하지. 다만 해치란 말은 듣지 못했다네. 어찌해서든 신병을 확보하여 데려오라는 말만 들었을 뿐.”

“그렇지만 권력 다툼에서 주도권을 쥐고 싶다면 경쟁 상대에게 주요 인물을 넘겨주는 상황도 피하고 싶을 거야. 최선은 아니겠지만 최악도 아니지. 과격한 수단을 동원하는 경우도 충분히 일어날 수 있지 않으려나.”

“그리할 테지. 다만 결국에 로벨 경을 납득시키지 못하면 되레 우리가 책임을 추궁당할 걸세. 그러면 조금 골치가 아파지거든. 자네들의 편을 들어주고 싶기는 하나 우리도 불필요한 위험을 감당하고 싶진 않아서 말이지.”

“흠……. 어찌한담. 그런 건 우리도 바라는 바가 아닌데.”

“허허, 참……. 정말 선량한 사람이로군…….”

“자, 방법을 마련해야지. 다른 추기경 파벌의 자객이 들이닥쳤다는 변명은 어때?”

“상대가 납득해준다면야 괜찮겠지만……. 루크레시아는 먼 곳이잖나. 너무 뻔한 변명이 되지 않도록 앞뒤를 잘 맞춰야 할 터인데…….”

꾹꾹, 루실이 벨그리프를 손으로 찔렀다.

“이거, 써먹을 수 있을까?”

“으음?”

루실이 목 아래쪽에서 목걸이를 꺼내 들었다. 구체 형태로 정제된 작은 수정구가 매달려 있다. 카심이 오호라, 소리 높였다.

“수정 통신이냐? 그런 걸 갖고 있었다면 빨리 말하라고.”

"일방통행이라서……. 저쪽에서만 연결이 돼."

"연결이 되긴 한다는 말이지? 마지막으로 연결된 게 언제였고?"

"에스트갈을 떠날 무렵이었더랬지. 북부에 들어온 다음부터는 한 번도 받지 못했네."

"흐음, 이쪽에서 연결하면 부자연스러울까?"

"아마도. 북부에서 루크레시아까지 연결하려면 상당한 마력이 필요한 데다가 일방통행식 물건이면 쓸데없이 더 많이 소모되니까……. 뭐, 나라면 가능은 한데. 어떻게 할래?"

아마 상당히 어려운 일일 텐데도 아무렇지도 않게 카심이 장담하자 벨그리프는 쓴웃음을 지었다. 사정을 더 자세하고 알 만한 밀리엄은 눈빛이 마구 흔들리고 있다.

안젤린이 말했다.

"통신은 마력량이 문제……?"

"음? 뭐, 맞아. 연결 자체는 별로 어렵지가 않거든. 마력을 흘려 넣으면 기동할 테니까."

"……샤르가 직접 연결시키면 어떨까?"

밀리엄이 「아」 말했다.

"확실히……. 샤르는 마력량이 상당하잖아."

"맞아, 샤르의 신병을 확보한 김에 실제로 로벨 경과 대화를 나누기 위해 연결시켰다고 둘러대면……. 카심 아저씨, 이게 앞뒤가 안 맞는 건 아니죠?"

아넷사가 물었다. 카심이 껄껄 웃었다.

“거뜬해, 거뜬해. 샤르의 마력량이 많다는 건 루크레시아의 녀석들도 다 안다며? 안제, 너 오늘따라 되게 똑똑하구나.”

“S랭크인걸……. 굉장하지? 아빠.”

자랑스럽게 가슴을 쭉 펴는 안젤린에게 벨그리프는 솔직한 감탄의 말을 전해줬다.

“그래……. 정말 대단하구나. 아빠도 깜짝 놀랐어.”

“에헤헤…….”

방침이 결정되었기에 어떤 방식으로 대화를 진행시켜야 할까 논의가 이루어졌다.

이미 죽여 버렸다고 넘어가면 얘기가 복잡해질 것이다. 이래서는 애당초 샤를로테에게 통신을 직접 연결시킨다는 방법도 성립이 안 된다. 이쪽에서 먼저 죽여야 한단 발언을 꺼내는 상황도 피하는 것이 좋겠다. 왜 굳이 살려서 데려가야 하냐고 귀찮아 한다는 인상을 주면 역효과다. 따라서 로벨 경 본인이 샤를로테의 존재를 불안 요소로 판단하도록 유도해야 한다.

중요한 것은 샤를로테였다. 야쿠모와 루실은 경험이 많아 익숙하지만, 아마 샤를로테에게는 큰일일 테니까. 그러나 샤를로테는 신기할 만큼 차분한 모습이었다.

“……이래 보여도 이곳저곳에서 유세를 하며 돌아다녔거든? 연기를 할 배짱은 충분히 있어.”

샤를로테는 뺨을 찰싹찰싹 때리고 등을 반듯하게 폈다. 그동안 분명 나이에 맞는 어린아이로 돌아왔었던 분위기가 신기할 만큼

딱딱하게 굳어지는지라 마치 안젤린과 함께 지내기 이전으로 되돌아간 것 같았다. 얼굴 생김새까지 바뀐 듯 보인다.

손바닥 위에 수정구를 올려놓고 샤를로테가 눈을 감았다.

죽여라.

한마디 말을 끌어내기 위하여.

○

『……음? 뭐냐. 이봐— 무— 속셈인가. 어째서 통신을.』

"으음, 미안하오. 그러나 전혀 연락이 없었던 터라 살짝 신경이 쓰이더구려. 혹여 의뢰주가 실각했다면 헛수고를 하는 셈이잖소이까."

"책임자 부재는 싫어요……."

『억지 부리지 마라. 네 녀석들, 샤를로테는 붙잡았나? 애당초 어떻게 수신용 수정구로—.』

"나야, 숙부님."

『—음! 너구나, 샤를로테……! 무사했었더냐.』

"응, 덕분에. 잘 지냈는데 이렇게 붙잡혔네."

『이런, 삐치지 말거라. 말이 좀 헛나왔을 뿐…….』

"보다시피 일이 좀 꼬였다오. 이 녀석을 붙잡는 데까지는 별 문제가 없었건만 루크레시아에 돌아가기 싫다며 고집을 부리질 않나, 미네르바 경이나 휘틀록 경의 수하가 기웃거리질 않나. 어서

돌아가야 할 텐데 진전이 좀체 안 되는구려."

『뭣이라……. 제길, 놈들이 어디에서 냄새를 맡았다는 말인가…….』

"당신이 파악할 수 있는 정보라면 물론 다른 일파에서도 알아냈을 테지. 우리들 또한 쉽사리 빼앗기지는 않을 터이나."

『당연하다! 잘 들어라, 어떤 방법을 쓰든 데려와라!』

"허허, 참, 무척 쉽게 말하는구려……."

"옛날 사람들은 말했습니다. 말하기는 쉬움, 실천하면 깔끔함."

"너는 조용히 좀 해라."

『군소리들 말거라. 무엇 때문에 비싼 금액을 지불해서 네 녀석들을 고용한 줄은 알아야지.』

"싫어. 숙부님, 나는 루크레시아에 절대로 돌아가지 않아."

『……무슨 소리를 하는 게냐? 샤를로테. 루크레시아는 너의 고향이잖느냐. 나 역시 너를 맞아들이기 위해서 준비 중이란다. 베인의, 발뭉크 가문의 명예를 회복할 기회가 아니더냐.』

"흥……. 그나저나 용케 살아남으셨네."

『거기 두 사람에게 들었을 텐데? 대역을 세워서 말이다……. 간신히 목숨을 부지했단다.』

"가짜인 줄 알았지. 틀림없이 처형당한 줄 알았어."

『그게 무슨 소리냐. 두 사람에게 반지를 들려 보냈잖나? 내가 죽었다면 있을 리 없는 반지다.』

"그러게 말야, 참 이상하지. 숙부님, 어떻게 처형 때 반지를 빼앗기지 않았던 거야? 그건 특별한 의식을 거쳐 주신에게서 하사

받는 신성한 물건이야. 이단으로 지정된 사람의 손에 멀쩡하게 남아 있을 리 없잖아.”

『…….』

“어머? 왜 이러실까? 내가 이상한 말이라도 했나? 있잖아, 숙부님. 혹시 아버님과 다른 사람들을 팔아넘긴 건 아니었겠지? 혼자 태평하게 살아남은 주제에 이제 와서 나를 무슨 자리에 올려놓겠다는 거야?”

『오해란다, 샤를로테. 말을 들어…….』

“어머나, 어떤 변명을 들려주시려나? 운이 좋았다고? 아니면 처형인을 매수했다는 말로 둘러댈 셈이야? 당신이 어떤 방법으로 지금 지위를 얻어 냈는지 잘 모르겠는데 털면 얼마든지 먼지가 나올 것 같네. 만약 강제로 날 루크레시아로 데려가겠다면 꼭 조사해줄 테야. 당연하지. 숙부님, 전혀 신용할 수 없는걸.”

『……입을 막아라.』

“예압.”

“무, 무슨 짓이야! 으극! 으읍~!”

『……난처한 계집이군. 잔머리만큼은 부모를 쏙 빼닮았어.』

“그래, 어찌할 심산이신가? 이대로 데려가도 괜찮은 게요?”

“여긴 보르도……. 아직 갈 길이 멀다오……. 베이베.”

『……감당이 되겠는가. 쳇, 귀찮군, 죽여 버려라. 보아하니 어차피 내 말은 듣지도 않겠군…….』

“아이를 죽이라는 말씀이신가. 이런, 참, 별 끔찍한 처사를 떠

넘기시는군."

『닥쳐라. 죽여서 증거를 갖고 돌아와라. 잘 사용하면 그것도 도구가 되지.』

"목을 잘라줄까? 아니면 손가락? 코나 눈알도 오케이~ 베이베……. 아, 도중에 썩어버릴 텐데. 조금 냄새는 나더라도 갖다 드리겠습니다, 베이베."

『피, 필요 없다! 알비노잖느냐, 머리카락이면 충분하지!』

"흠……. 의뢰 내용을 바꾸겠다면 나중에 추가 요금을 받아야 하지 싶소만."

『알겠다, 알겠어. 얼른 해치워라……. 그나저나 딱한 아이군, 샤를로테. 차라리 조금 멍청했다면 안온하게 살아남을 수 있었을 것을…….』

"으읍~! 푸핫! 시, 싫어! 이러지 마! 싫어엇!"

『……주신께서 가호를 베풀어주시길. ……네 녀석들은 어서 돌아와라.』

○

수정구의 옅은 빛이 사라진 뒤 야쿠모는 바닥에 주저앉아서 어깨를 축 늘어뜨렸다.

"……쿠워어, 이토록 바짝 긴장하기는 참 오랜만이구나."

"해냈다~! 성공이다~!"

밀리엄이 옆에 서 있던 아넷사의 손을 붙잡고 폴짝폴짝 뛰었다.

한껏 숨을 내쉬는 샤를로테에게 안젤린이 달려가서 있는 힘껏 끌어안았다. 손바닥으로 머리를 꾸깃꾸깃 거칠다 싶을 만큼 잔뜩 쓰다듬었다.

"해냈어……! 고생했구나, 샤르."

"응……!"

긴장의 실이 끊어졌는지 샤를로테는 뚝뚝 눈물을 흘리면서 안젤린에게 매달렸다.

방에 가득 차 있었던 바짝 긴장된 분위기가 불식되면서 소녀들은 샤를로테를 둘러싼 채 쓰다듬거나 어깨를 토닥여줬다.

"……어떻게 해결이 됐군."

"그러게 말야. 헤헤, 너무 잘 풀려서 반대로 불안해지지만, 오늘은 암튼 괜찮겠지. 안제의 작전이 제대로 먹혀들었잖나."

"그래……."

정말 훌륭하게 잘 자라줬다, 벨그리프는 안젤린을 바라봤다.

70 남풍이었다. 북쪽에서 내려오는

남풍이었다. 북쪽에서 내려오는 찬바람과 달리 따뜻한 바람이지만, 큰 구름을 같이 데려왔기에 점점 주변이 흐려지더니 결국 아침부터 사락사락 축축한 눈이 흩날렸다.

보르도 가문의 저택 안 방에서 벨그리프는 카심을 동반하여 야쿠모와 마주 보고 앉아 있었다.

"후유, 참 맛있는 술을 마셨군……. 안제의 어리광이 아주 굉장했으이. 뒤에 가서는 벨 씨의 등에 달라붙어서 떨어지질 않더군."

실소하는 야쿠모에게 벨그리프도 쓴웃음 짓고 뺨을 긁적였다.

"평소에는 착한 아이인데 말일지……. 아무래도 아버지한테 자립이 잘 안되는 것 같아."

"흐흠, 자네도 썩 싫어하는 눈치는 아니더만?"

"하하……. 나도 아이한테서 자립이 잘 안되더군. 난처하게도."

"에이, 괜찮아. 벨이랑 안제는 사이좋은 게 어울린다고."

카심이 껄껄 웃었다. 벨그리프는 머리를 긁적이고 새삼 야쿠모를 마주 바라봤다.

"아무튼…… 당장 돌아갈 텐가?"

"그래, 어서 떠나야겠지. 짐작건대 로벨 경도 아직 지위가 안정

되지는 못한 낌새였거든. 곧바로 샤를로테를 포기하지 않았나. 아마도 외줄 타기에 가까운 상황일 게야. 이득을 추구하는 대신 불안을 제거하는 것이 먼저라면 토대가 튼튼하다고 말할 순 없겠지."

"루크레시아의 정세도 딱히 안정을 맞이한 게 아닌 상황이니까……."

"아무렴. 기껏 돌아가봤더니 벌써 실각한 상황이면 헛수고만 한 셈이잖은가. 쫓겨나려거든 우리가 의뢰비를 잔뜩 뜯어낼 때까지는 기다려주기를 바라고 싶군."

"헤헤, 솔직하구나. 그런 거 싫지는 않아, 나도."

야쿠모는 히죽 웃고는 담뱃대를 꺼냈다가 남은 담배가 얼마 안 되는지라 얼굴을 찌푸렸다. 그럼에도 입에 물고는 연기를 뿜어내면서 새삼 두 사람의 얼굴을 바라봤다.

"어디 보자…….「패왕검」의 소식이 궁금하댔나?"

"그래."

벨그리프는 고개를 끄덕이고 조금 몸을 움직여서 자세를 바로 잡았다.

로벨 경을 상대하여 한바탕 연극을 벌이고 날이 바뀌었다. 어제 성공을 축하하는 의미로 가진 술자리가 한밤중까지 이어졌던 탓에 소녀들은 다른 방에서 아직껏 잠들어 있었다. 완벽하게 술을 못 마시는데도 끝내 강권을 피하지 못한 벡까지 죽은 사람처럼 침상에 푹 엎드려 있다.

술에는 강한 카심과 어찌어찌 적당히 자제할 수 있었던 벨그리

프는 이렇듯 깨어나서 야쿠모와 마주 앉았다. 「패왕검」 퍼시벌의 정보를 알고 있다는 이 여인에게서 이야기를 듣기 위하여.

야쿠모는 담뱃대의 재를 떨구고 손가락으로 빙글빙글 돌렸다.

"자아, 무엇부터 말을 해드리면 되려나?"

"흠……. 퍼시는 살아 있다는 말이지? 잘 지내던가?"

"글쎄. 적어도 우리가 그 녀석과 헤어졌을 때는 멀쩡했고 기운도 넘쳐났었지. 뭐, 말수도 적고 무표정한 남자여서 말일세. 잘 지내냐는 표현은 조금 어색한 듯싶기도 하군."

카심이 씁쓸하게 한숨 쉬었다.

"그 녀석, 아직도 책임감을 갖고 있구나……."

"……야쿠모 씨와 루실은 퍼시와 어떻게 안면을 트게 되었나?"

"짧은 기간이었다만 전투를 함께했었지. 그래 봤자 평범한 모험가처럼 파티를 짜서 행동했던 건 아니네. 단순하게 싸운 장소가 같았을 뿐, 이렇게 설명해야겠군."

야쿠모는 손끝을 마주 대고 문질렀다.

"틸디스와 다단의 사이에 산맥이 있네. 닌디아 산맥이지. 험준하고 가파른 벼랑이며 유속이 빠른 골짜기가 많은 곳이라 말일세, 평범한 인간들은 일단 접근을 하지 않아. 그 안쪽의 땅에 『구멍』이 있단 사실을 알고 계시는가?"

"…아니, 모르겠군. 카심, 자네는 알고 있었나?"

"소문은 좀 들어본 적이 있는데. 분명 전인미답의 산속 깊숙한 곳에 뭔 마계와 연결된 큰 구덩이가 하나 있다고……. 수상쩍은

잡설인데, 그게 왜?"

야쿠모는 고개를 끄덕거렸다.

"옳아, 그곳의 큰 구덩이를 말함일세. 아는 사람들은『대지의 배꼽』이라 부르지. 물론 진짜로 마계와 연결된 곳은 아니야. 대지가 커다랗게 함몰되어서 마치 구덩이처럼 보일 뿐이네만, 놀랄 만큼 거대한 마력이 괴여 있다네. 그곳 주변에서는 재해급 마수가 잔뜩 출현하지……. 위험도는 당연하거니와 채집 가능한 소재의 높은 수익 때문에 일부 인물들밖에 알지 못하네."

"퍼시가 그곳에 있단 말인가?"

"그래. 강력한 마수인 탓에 그곳에서 채집 가능한 소재도 양질이거든. 소식에 밝고 실력에 자신이 있는 녀석들만 일확천금을 노리고 그야말로 전 대륙에서 모여든다네. 나와 루실도 그중 하나였지. 그곳에서는 시시한 자존심에 얽매였다간 목숨을 부지할 수 없어. 일단 온 녀석들끼리 총력을 쏟아 마수를 쓰러뜨린 뒤 소재를 사람 숫자대로 나눠 가지네. 그런 와중에 다른 사람들과 전혀 협력하지 않고 단 한 명인데도 마수와 싸워 살아남는 남자가 있었지. 그자가 바로「패왕검」이었어."

"……퍼시 녀석, 설마 아직도 벨의 다리를 치료하겠다고 방법을 찾아다니는 건가……?"

카심이 중얼거리자 야쿠모는 잠시 상념에 잠겨 있다가 허공을 바라봤다.

"……글쎄. 그 녀석은 소재에는 전혀 흥미가 없는 모습이었다

네. 무작정 마수를 도살하는 데 집중하더군. 상대가 AAA랭크든 S랭크든 그 녀석은 전혀 겁내지 않고 맞상대해서 정면으로 곧장 분쇄했더랬지. 잔재주는 일절 없이 마치 자신을 더욱 몰아붙이려는 듯한 전법을 구사하는 남자여서 말일세. 아군인데도 뭔가 두려운 마음에 들었다네……"

"그나저나 이상한데. 그럼 소문이 퍼져서 이야기가 전해져야 하지 않나……? 비밀의 땅에서 파격적인 전투를 거듭하는 「패왕검」의 영웅담이면 음유시인이나 소문 좋아하는 녀석들이 덥석 달려들 만도 할 텐데."

야쿠모는 고개를 옆으로 흔들었다.

"그 녀석은 자기 이야기를 전혀 늘어놓지 않았거든. 따라서 같이 『구멍』에서 싸우는 패거리도 「패왕검」인 줄 알질 못했고 이름조차 알지 못했네. 게다가 『대지의 배꼽』에 관한 이야기를 되도록 바깥에 퍼뜨리지 말자는 게 암묵적으로 합의된 사안이라네. 게다가 단순하게 관광 기분으로 올 만한 장소도 아닌 데야."

"……그럼 자네들은 어떻게 퍼시를 알게 되었나?"

"하하……. 루실이 들러붙었더랬지. 고 녀석은 여태껏 봐왔던 대로 성격이 특이한지라 마음에 든 상대면 제아무리 귀찮아한들 전혀 굴하질 않아. 쉐킷이 어쩌고저쩌고 주위에 쫄랑쫄랑 따라붙던 중 결국 저쪽에서 먼저 손을 들었던 걸세. 그래서 아무에게도 말하지 말라 약속한 다음 본인의 내력을 밝혀주었지……. 설마하니 이런 곳에서 다시 인연이 닿을 줄은 예상하지 못했네만."

묘한 운명이다. 벨그리프는 침음했다. 만약 야쿠모 및 루실과 적대했었다면 이 소식을 알 방법이 없었겠다.

"그래, 너희는 언제까지 그『구멍』이란 곳에 있었어?"

"불과 1년쯤 전이었지. 지저분한 의뢰를 받아 고생할 바에야 편한 곳이지 않나 기대하고 가봤었네만, 둘 다 별다를 게 없더만……. 그래도 뭐, 이번 의뢰의 경우처럼 복잡하지는 않아 마음이 편했지. 마수만 해치우면 그만 아니겠는가."

"……아직도 있을 것 같나?"

"그래. 그 녀석은 전투에 몸을 던져서 자기 자신을 확인하려고 드는 부류더군. 달리 몸담을 곳이 있을 것 같지도 않았고, 분명 아직껏 머물러 있을 게야."

"그런가……."

살아 있다는 소식을 전해 들은 것만도 기뻤다. 그렇지만 퍼시벌은 마치 자기 자신에게 고통을 주려는 듯이 날마다 전투에 몸을 던지는 것 같다. 죄책감 때문에 비롯된 행동일까, 아니면 다른 무엇 때문일까. 어느 쪽이든 별로 달가운 인상은 받을 수 없었다.

"……야쿠모 씨, 자네들은 루크레시아에 간 다음 예정이 어떻게 되나?"

야쿠모는 벅벅 목 부근을 긁었다.

"음……. 잠시『대지의 배꼽』에 돌아가서 일이나 할 생각이었네. 이번 의뢰가 좀 골치 아팠잖은가. 당분간 숨을 죽이고 지내자는 계획이지. 그곳은 몸을 숨기는 데도 딱 적당한 곳이거든."

"헤헤, 대충 알겠군. 사태가 대충 수습되기를 기다리겠단 건가."

"뭐, 맞네. 어쨌든 의뢰주를 속인 입장인 만큼 경계를 늦출 순 없잖은가."

"……미안하게 됐군. 자네들이 위험한 모험을 하게 만든 것 같아."

"되었네, 우리는 자네들의 인품에 반했으니까. 싸우지 않고 마무리가 잘되어 진심으로 안심했다네. 게다가 우리도 이미 납득을 한 일이잖은가. 뒷일은 알아서 감당해야지."

야쿠모는 슬쩍 웃더니 상의 안쪽으로 팔짱을 끼고 몸을 앞으로 조금 기울였다.

"그래, 「패왕검」에게 어떠한 말을 전해주면 되겠나?"

카심은 힐금 벨그리프를 돌아봤다. 맡기겠다는 뜻인 듯싶다. 벨그리프는 잠시 눈을 내리깔고 고민하다가 곧 입을 열었다.

"……아무런 말도 말아주게나. 우리 얘기도 할 필요는 없어."

"음? 괜찮겠나?"

"괜찮은 거야? 벨. 톨네라에 있다는 말을 전해줘야지. 그게 아니더라도 만나러 가겠다고 미리 말을 전하면……."

"말을 전한들 그 녀석은 만나러 와주지 않을 거야. 우리가 직접 찾아간다는 소식을 듣는다면 도망칠지도 모르지."

"……그런가. 확실히 맞군."

죄책감 때문에 줄곧 싸우고 있는 남자가 과연 죄책감의 근원이 된 자신을 만나고 싶어 할까? 벨그리프는 의문이었다. 긴 시간이 흘러갔던 동안 퍼시벌의 마음에 어떤 어두운 감정이 자리 잡았을

지 상상이 어렵지는 않았다.

그러나, 그래서 더더욱 꼭 만나고 싶다. 기억 속에 있는 쾌활한 소년의 얼굴을 떠올리면서 벨그리프는 살짝 눈을 감았다. 야쿠모는 어깨를 으쓱거렸다.

"자네들, 친구끼리 어찌 하나같이 답답이들만 모였나……."

"하하, 미안하게 됐군……. 어쨌든 간에 조만간 『대지의 배꼽』이라는 곳에 직접 가보도록 하지."

"그런가……. 음, 다시 재회할 날을 즐겁게 기다리도록 할까."

야쿠모는 미소 짓고는 꿈실꿈실 몸을 움직거렸다.

○

루실에게 붙잡힌 샤를로테가 으햑으햑 소리치면서 발버둥 치고 있다. 그러나 뒤쪽에서 배에 팔을 둘러다가 단단히 붙잡은 터라 도망칠 수가 없다. 루실은 짧게 잘라 둔 샤를로테의 머리카락에 코끝을 파묻고 킁킁 숨을 내쉬고 있다.

"굿 스멜이라네, 키티……."

"꺄앙, 진짜 이러지 마아……. 흐앗!"

숨결이 머리카락을 밀어 헤쳐서 살갗에 닿는 느낌이 무척 간지러운지 샤를로테는 잇따라 몸을 비틀면서 달뜬 목소리를 쏟아 냈다.

침대에 누워 있던 안젤린은 몸을 뒤척여서 그쪽을 봤자.

"지겹지 않아……?"

"지겹지 않아……. 엄청 행복해……. 러블리 해피."

루실은 만족스럽게 미소 짓고는 킁킁 콧소리를 냈다. 늘어져 있던 귀가 파닥파닥 움직인다. 샤를로테는 발버둥 치다 지쳐서 축 늘어졌다.

안젤린은 「후후」 슬쩍 웃었다. 루실에게 시달리는 처지라 쓸데없이 시름에 잠길 여유도 없다는 것이 지금의 샤를로테한테는 좋을 수도 있겠다는 생각이 든다.

창밖을 내다보던 아넷사가 한숨 쉬었다.

"안 되겠는데, 오늘은 안 멎을 것 같아."

"제법 날이 따뜻했는데 말이야……. 아, 오히려 따뜻했기 때문일까냥~?"

의자에 앉아 포동포동 흔들거리고 있던 밀리엄이 말했다. 바깥에서는 습기를 머금은 눈이 줄곧 내리고 있다.

어젯밤 거하게 연극을 마친 뒤 사샤와 다른 사람들도 다 함께 술잔치를 벌였다. 뭔가 이것저것 어깨에 실려 있었던 부담감에서 해방된 느낌을 받고 신나게 기분을 내다 정신을 차렸을 때는 침대에 나자빠져 있었다. 술기운을 빌려서 벨그리프에게 양껏 어리광을 부렸던 기억이 남아 있었고 지금 떠올려봐도 기뻤기에 안젤린은 히죽히죽 웃었다.

다시 벌러덩 드러누워서 천장을 쳐다본다. 의장에 잔뜩 공을 들인지라 새겨져 있는 문양을 눈으로 좇기만 해도 묘하게 재미있다.

헬베티카의 말에 따르면 앞으로 며칠 안에는 톨네라에 갈 수 있

다고 했다.

가도 정비의 안건도 진전이 있을 듯하니 공사가 완료되면 교통편도 좋아진다. 더 부담 없이 고향에 돌아올 수 있게 될 것이다.

어쨌든 간에 더 이상 톨네라까지 자신들을 막는 장애물은 없다. 이런저런 사건이 있었지만, 안젤린은 무사히 다 같이 톨네라에 돌아갈 수 있다는 것이 가장 기뻤다.

"……마음이 놓여. 아무 걱정도 없이 톨네라로 돌아갈 수 있어."

불쑥 중얼거리는 안젤린의 배 위에 이제야 루실의 손에서 벗어났던 샤를로테가 꾸물꾸물 기어 올라왔다.

"언니, 너무해. 날 버렸어……."

"미안, 미안……. 근데 조금은 기뻐 보였는데……?"

"기, 기뻐하지 않았거든……."

샤를로테는 뺨을 발갛게 물들인 채 안젤린의 배에 이마를 가져다 댔다. 짧아진 머리카락이 사락사락 흔들렸다.

그때 문이 열리고 야쿠모가 들어왔다.

"어이, 슬슬 출발하자고."

"괜찮겠나? 야쿠몽. 오늘은 퀘인드롭 킵 폴링 온마이헷이다만……?"

"입 다물거라. 우리한테 속 편하게 쉴 시간이 있다 생각하지 마라."

"옛날 사람들은 말했습니다. 급할수록 돌아가라, 비잉글빙글……. 아차차, 눈이 돌아가네."

"시끄럽다. 얼른 준비나 해라."

야쿠모는 아주 정나미가 떨어진다는 표정을 짓고 있었다. 도저히 상대를 못 해주겠나 보다. 안젤린은 벌떡 상체를 일으켰다. 샤를로테도 같이 일어났다.

"벌써 가려고……?"

"아무렴. 아직 우리의 의뢰는 끝난 게 아니잖나."

창을 짊어지고 짐을 어깨에 멘 야쿠모는 뚝뚝 소리를 내며 목을 돌렸다. 루실도 악기 케이스를 들고 배낭을 등에 멨다. 밀리엄이 탁자에 턱을 얹었다.

"뭔가 허전해지네……. 이상한 얘기지만."

"아주 동감일세……. 후후, 참 별난 운명도 다 있는 법이군."

"심플 트위스트옵 페잇. 베이베."

"그래도 샤르를 찾으러 온 사람이 야쿠모 씨랑 루실이라서 정말 다행이었어. 대화가 안 통하는 상대였다면 어떻게 됐겠어……."

아넷사의 말에 안젤린도 고개를 끄덕거렸다.

"이렇게 샤르가 죽었다고 착각해주면 정죄 기관도 손을 쓰지 않을 테니까……. 너희 덕분에 아무 걱정도 없이 톨네라에 갈 수 있어……. 고마워. 루실도."

"다음에 또 느긋하게 쉐키럽 베이베 하자, 안제……."

"응. 쉐키럽."

"베이베~."

"……왜 말이 통하는 거야."

몸을 흔들어 대는 두 사람을 보고 아넷사가 어이없어하면서 팔

짱을 꼈다.

야쿠모와 루실을 배웅하기 위해 바깥에 나왔더니 벨그리프와 다른 사람들도 기다리고 있었다. 마차를 알아봐주고 있었나 보다.

“이만 실례하지, 언젠가 다시 만나세.”

“아윌 비 벡…….”

축축한 눈발 너머로 진흙을 밟아 흩뿌리면서 마차가 달려 떠나갔다. 안젤린은 거하게 하품을 한 뒤에 부르르 몸을 떨었다. 옆에서 있던 벨그리프의 팔을 붙든다.

“춥니?”

“조금…….”

“음……. 이래저래 일이 많아서 지쳤을 거야. 안에 들어가자.”

○

보르도에서 머무르는 동안 소금과 설탕을 큰 자루로 사고, 이것저것 준비를 하고, 대략 1주일쯤 지났을 무렵에 출발했다. 헬베티카가 쓴 가도 정비 관련의 서찰을 받은 뒤 마차를 한 대 빌려서 다시 더 북쪽으로 향한다.

드디어 가도 정비도 착수 단계에 들어섰다. 로디나에 거점을 두고 톨네라 측과 로디나 측 양방에서 공사를 진행할 계획이다. 톨네라도 농한기인지라 마침 괜찮은 일거리였다.

눈은 아직껏 남아 있지만, 추위는 한결 누그러졌고 녹아내린 눈

아래에서는 초록색 싹이 살짝살짝 보였다. 마차에서 내다보는 보르도 주변의 밭에서도 봄철 보리밟기 등 작업이 시작되었기에 벨그리프는 저절로 올봄 밭일은 무엇부터 해야 할지를 생각했다.

로디나에 도착해서는 이미 톨네라와 길이 뚫렸다는 말을 듣고 안심했다. 매년 이 시기에는 길이 뚫리는 것이 보통이었다만, 어떤 해에는 추위가 덜 가셔서 지나다니지 못하는 때도 있었다. 조금 염려했다만 대강 예년과 마찬가지였기에 벨그리프는 안심했다.

달력을 살펴보니까 이제 1주일 조금 더 지나가면 절기상의 봄이 찾아온다. 조금 시간이 걸렸던 탓에 예정보다 약간 지체됐지만, 로디나에서 톨네라까지는 순조롭게 갔을 때 하루면 도착한다.

"그럭저럭 봄맞이 축제에는 참가할 수 있겠구나……."

"아빠, 돼지고기 사서 가져가자. 다들 기뻐할 거야……."

"좋은 생각이구나……. 준비를 못 도와준 만큼 선물이라도 사 가야겠지."

로디나는 돼지고기의 산지다. 주변 숲에서 실컷 도토리를 먹고 자라난 돼지고기는 맛있다고 정평이 났다. 이 계절이면 생고기여도 부패되지 않을 것이다.

벨그리프는 생고기에 더하여 소금절이와 훈제를 각각 마을에 가져다줄 선물로 잔뜩 사들였다.

로디나에서 하룻밤을 지낸 뒤 다음 날 아침 일찍 출발해서 눈 녹은 길을 북상했다. 올펜은 물론 보르도보다 바람이 차갑게 느껴졌다만, 눈 사이로 드문드문 나온 검은흙에서는 파릇파릇한 풀의

새싹이 얼굴을 내밀고 있었다.

바위 그늘에서 종다리가 한 차례 높은 목소리로 울고 날아갔다. 공기가 차가운 만큼 하늘은 파랗게 탁 트였기에 보고 있다가 빨려 들어갈 것만 같았다.

카심이 두 손을 들어서 한껏 기지개를 켰다.

"흐아, 뭔가 마음이 느긋해지네. 공기가 참 달아."

"응, 맞아~. 카심 아저씨도 속이 시원해요~?"

"그래, 괜찮네. 가슴이 뻥 뚫려서 좋은 기분이야……. 어이쿠."

수레바퀴가 돌을 밟았는지 덜커덩 크게 흔들렸다.

멀리 보이는 푸른 산줄기에 남아 있는 눈이 줄기처럼 내리 달려 온다. 눈은 대부분 다 녹은 듯싶다만, 산꼭대기 부근은 아직 새하얬다. 가끔 바람에 섞여서 흩날리는 눈은 산의 잔설이 내리 불어오는 까닭이겠다.

아침 일찍 출발했던 이유도 있어서 해가 기울어지기 시작할 무렵에는 톨네라가 가까워졌다. 이곳저곳 밭에서 보리를 밟거나 땅을 일궈서 감자를 심고 있었다. 마을 사람들은 마차를 쳐다보다가 벨그리프가 타 있음을 알아보고는 「잘 다녀왔나!」 커다랗게 손을 흔들었다.

마을 주변에는 눈을 쭉 밀어 놓았고, 그 눈의 산더미가 단단하게 얼어붙은 곳을 제외하면 지면이 드러났다. 양과 염소가 메에메에 울며 울타리 안쪽에서 왔다 갔다 하고, 닭이 길을 가로질러서 바닥을 할퀴고 있다.

카심이 짐칸의 테두리에 손을 짚고는 뭔가 기뻐하면서 이곳저곳을 둘러봤다.

"여기가 벨이 태어나 자란 고향이구나."

"그래."

마차를 덜컹덜컹 울리면서 집 앞까지 왔다. 문은 활짝 열려 있었고 그라함은 외출 중인지 인기척이 없다. 아무것도 바뀐 부분이 없는 듯 보인다. 고작 겨울을 한 번 비웠을 뿐이니까 당연하다. 그러나 뭔가 상당히 오랜만에 돌아온 듯한 기분도 들었다.

마차에서 내린 뒤 짐을 바스락바스락 내리던 중에 인영이 훌쩍 나타났다.

"돌아왔는가, 벨……."

"음? 아, 그라함. 집을 잘 지켜줘서 고맙…… 고맙네?"

벨그리프는 떡 입을 벌렸다. 눈앞에 서 있는 그라함은 긴 머리카락을 바짝 잡아서 묶었고, 게다가 똬리를 틀어 올린 뒤 그것을 가리기 위해 머리에다가 수건을 둘러 놓았다. 작업복 같은 옷 위쪽에 앞치마를 맸고 등에는 끈을 묶어서 젖먹이를 한 명, 가슴 앞에도 젖먹이를 한 명 안아 들었을 뿐 아니라 주위에 작은 아이들이 잔뜩 모여 있었다.

"……뭘 하는 건가?"

"……음? 아이 돌보미잖나?"

그라함은 곧장 답하곤 고개를 갸웃거렸다. 아이들이 「할부지, 놀자~」 떠들어 대며 앞치마의 천 자락을 잡아당긴다. 마르그리트

가 봤다면 아주 포복절도를 했겠구나, 벨그리프는 저도 모르게 웃음을 터뜨렸다.

안젤린이 집 안에서 쏙 얼굴을 내밀더니 눈을 깜빡거렸다.

"누구셔……?"

"아, 소개하마. 엘프, 그라함이란다. 마르그리트의 큰숙부이지. 그라함, 내 딸아이 안젤린과 오랜 친구라네……."

젖먹이를 안아 든 그라함은 고개만 움직여서 인사했다.

"그라함일세……. 이런 차림이라 미안하군. 벨에게 신세를 많이 졌다네."

"「팔라딘」……?"

"지, 진짜……? 와아……. 그런데 뭔가……. 후훗."

전설 속 영웅의 등장에 웅성거리다가 아주머니 같은 차림을 한 채 아이들을 잔뜩 데리고 있는 모습을 봐도 좀 뭔가 위엄이 느껴지지 않았는지 곧 소녀들에게서 쿡쿡 웃음이 새어 나왔다.

"그나저나 복장이 꽤 많이 변했군."

"머리카락을 말이지……. 자꾸 잡아당기더군."

"아하……."

아이들이 재미있어하며 긴 머리카락을 잡아당기는지라 이렇게 바짝 묶어 놓았나 보다. 그러고 보니 자신도 머리카락을 자꾸 잡아당기는지라 고생했던 기억이 나서 벨그리프는 쓴웃음을 지었다.

카심이 턱수염을 쓸어 만지다가 한숨을 쉬고 중얼거렸다.

"대단해, 대단하네……. 이길 가망을 점칠 수 없는 상대가 얼마

만이람…….”

“카심 아저씨도……? 나도 마찬가지야.”

“열 번 붙어서…… 잘해야 한 번이나 이길까 말까? 아이고.”

“응……. 지는 처지를 상상할 수 있는 사람은 만나봤지만, 어떻게 이겨야 하나 상상이 안 되는 사람은 처음이야…….”

갑자기 구름 위쪽의 대화를 나누고 있는 S랭크 모험가들을 곁눈질한 뒤 벨그리프는 짐을 내려서 집 안에 들여놓다가 문득 떠오르는 생각이 있어 그라함을 돌아봤다.

“미토는?”

“혼자서 뛰어다니더군.”

“음? 아니, 이보게, 아이를 혼자…….”

그때 아장아장 가벼운 발소리가 나더니 검은 머리카락을 나부끼며 누군가가 달려왔다. 소년인지 소녀인지 불분명한 중성적인 용모의 아이였다. 벨그리프는 눈이 휘둥그레졌다.

“아니……. 미, 미토?”

“다녀오셨어요, 아빠.”

미토는 동글동글 까만 눈동자로 벨그리프를 봤다. 어째서인지 키가 쑥 자랐고 말투도 성장한 듯싶다. 벨그리프가 여행에 나설 때에는 분명히 기껏해야 다섯 살 안팎이었던 용모가 지금은 대략 열 살쯤 되어 보인다.

이게 무슨 일인가 이해할 수 없었던 벨그리프가 그라함을 쳐다봤더니 그라함은 어깨를 으쓱거렸다.

"쑥쑥 자라더군……."

"아니……. 이 짧은 기간에?"

고작 겨울을 한 번 났는데? 당황하는 벨그리프를 보고 미토는 고개를 갸웃했다.

"무슨 일 있어?"

"아니, 음……. 그래, 잘 다녀왔단다."

"아빠……. 아빠! 혹시 저번에 말한 남동생이 이 아이야……?!"

"그래, 음……. 미토 네 누나란다."

"누나?"

"맞아! 내가 누나야!"

"미토, 예요……. 잘 지내자, 누나."

"귀, 귀여워……. 우후후후."

안젤린은 눈을 반짝반짝 빛내면서 미토에게 안겨 들었다. 미토는 눈을 끔뻑거리면서도 가만히 포옹을 받아준다. 아넷사, 밀리엄, 샤를로테도 미토를 둘러싸고 뺨을 찔러보거나 머리카락을 손으로 만지작거렸다.

벡이 눈살을 찌푸리면서 벨그리프에게 속삭였다.

"……저 녀석이 마왕인가?"

"으음, 뭐……. 그라함, 어떻게 된 건가?"

"미토는 엄밀하게 보면 인간이 아니잖은가……. 더 나아가서 말하면 남자도 여자도 아닐세. 아무래도 자기 기분에 따라 바뀌는 듯싶군. 이런저런 사람들과 교류를 하는 동안에 학습해서 몸을 성

장시켰을 게야."

벨그리프는 머리를 감싸 쥐었다. 이래서는 마을 사람들에게 미토가 인간이 아니라는 사실을 들키는 것도 시간문제가 아닌가.

그때 케리가 다가왔다. 작업 도중에 왔는지 작업복에 진흙이 튀어서 묻어 있었다.

"오오, 잘 돌아왔네, 벨! 올펜은 어떻던가?"

"아, 케리……. 덕분에 친구와 잘 만났다네……. 내가 없는 동안에 고생 많았겠군."

"뭘, 별거 아니야! 그나저나 자네도 참 섭섭한 사람이군! 미토가 인간이 아니었다면 얼른 말해주면 좋았을 텐데 말이야!"

"……뭐?!"

벨그리프는 눈이 똥그래져서 그라함을 돌아봤다. 그라함은 태연하게 마주 바라봤다.

"그라함……. 다른 사람들한테 말한 건가?"

"으음……. 당연하지 않나? 어차피 이렇게 쑥 성장하면 숨길 방법이 없잖은가."

"그야 그렇긴 한데……."

벨그리프가 당황하던 때에 케리가 껄껄 웃더니 말했다.

"이 친구야, 이제 와서 자네가 인간이 아닌 아이를 좀 데리고 있는다고 이러쿵저러쿵 떠들 녀석은 없단 말일세! 톨네라에 돌아온 이후 자네가 한 행동에서 잘못된 게 하나라도 있었나? 다들 자네를 신용한다고, 괜히 숨길 필요가 없다니까!"

"……하, 하하, 그런가."

"좋은 마을이구나, 벨."

카심이 히죽히죽 웃으며 벨그리프의 어깨를 두드렸다. 벡이 어이없어하며 한숨 쉬었다.

톨네라의 마을 사람들은 과거에 저질렀던 냉대를 후회하는 마음도 있고 아울러 이제껏 벨그리프가 마을에 크게 공헌한 것을 잊지 않았기에 어떠한 행동을 하든 전폭적으로 신뢰하는 듯했다.

고민하고 숨겼던 자신이 바보 같다고 생각되었기에 벨그리프는 힘이 쭉 빠져버렸다. 이래서는 괜히 경계심을 가졌던 자신이 마을 사람들을 신용하지 못한 것 같지 않은가.

"……케리, 로디나에서 돼지고기를 사 왔다네. 봄맞이 축제 때 써주게나."

"오, 고맙네! 그쪽이 친구분인가? 뭐야, 아이들도 불쑥 늘어났군."

"뭐, 조금……. 아무튼 일단 좀, 쉬었다가 얘기하세나. 갑자기……지치는군."

벨그리프는 쓴웃음 짓고 머리를 긁적거렸다. 렌트 잎 차를 마시고 싶었다.

○

경사면을 내려가며 풀의 새싹을 밟지 않도록 조심스럽게 숲속을 걸어간다. 그늘진 곳에 아직껏 남아 있었던 눈이 알갱이가 큰

얼음처럼 지금지금 소리를 낸다.

안젤린은 나무에 기대어 서서 숨을 내쉬었다.

아직 잎사귀가 자라나지 않은 나무들 가지를 누비고 이른 아침의 햇살이 지면에 비스듬히 비쳐 들어온다. 갈색으로 칙칙한 색의 수풀도 바짝 말라붙은 잎 아래쪽에서 새로운 싹이 얼굴을 내밀고 있었다.

봄맞이 축제 당일이었다. 아침부터 준비로 소란스러운 마을 안을 빠져나온 뒤 안젤린은 혼자서 숲을 걷고 있었다.

귀성한 지 1주일 남짓, 새롭게 늘어난 가족이며 낯익은 마을 친구들과 지낸 시간은 기분이 좋았기에 역시 자신의 고향은 이곳임을 강하게 인식했다.

"……주워줘서 고마워, 이런 인사는 좀 이상하려나?"

안젤린은 중얼거렸다.

이 부근이 벨그리프가 자신을 주운 장소였다. 톨네라에 돌아온 이후 곧바로 벨그리프에게 가르쳐달라고 한 곳이다.

벨그리프는 안젤린은 주운 며칠간 근처에 쓰러져 있는 사람이 혹시 있을까 이리저리 돌아다녀 봤다면서 이 장소도 잘 기억하고 있었다. 결국은 산 사람도 죽은 사람도 발견하지 못했다니까 아버지가 친부모에 대해서 말을 머뭇거렸던 이유도 납득이 간다.

안젤린은 주위를 둘러봤다.

완만한 경사면의 숲은 낙엽수와 활엽수가 한데 뒤섞여 있다. 무릎쯤 되는 관목 수풀도 여기저기에 있고, 그 그늘에 자신이 놓여

있었다고 들었다. 천에 감싸여서 등나무 덩굴로 짠 바구니에 들어 있었다. 약초를 엮은 물건도 같이 넣어 두었다던데, 그러고 보니 비슷한 냄새가 기억 속에 희미하게 남아 있는 것 같기도 하다.

불현듯 눈앞에서 색채가 사라졌다. 풍경이 세피아색으로 바뀌고 역광 너머에 인영이 보이는 기분이 들었다.

"으윽……. 끙……."

안젤린은 관자놀이를 꾹꾹 누르면서 눈에 힘줬다. 이미 평소와 같은 풍경이었다.

"……됐어, 충분해."

머리 장식에 손을 가져갔다. 손가락에 서늘한 감촉을 느끼면서 안젤린은 얼굴을 들어 올렸다.

기슭 방향에서 떠들썩한 목소리가 들린다. 해가 점점 높아지고, 이미 마을에서는 축제 분위기가 가득 차오른 듯싶다.

안젤린은 빠른 걸음으로 숲을 나가서 집에 돌아왔다. 벨그리프를 비롯한 남자들은 이미 외출했지만, 소녀들이 남아 있었다. 막 돌아온 안젤린을 보고 밀리엄이 웃었다.

"이제야 돌아왔네~."

"미안……. 오래 기다렸어."

"그게 아니라, 이때를 기다렸다는 느낌일까냥~?"

"그러게."

아넷사가 고개를 끄덕거렸다. 샤를로테가 의기양양해서 일어섰다.

"언니를 예쁘게 꾸며줄 거야!"

"어……? 무, 무슨 소리야……?"

밀리엄이 히죽히죽 웃으며 드레스를 꺼내 들었다. 안젤린이 에스트갈 대공가에 갔을 때 리젤로테에게서 받아 온 드레스다. 잘 차려입은 모습을 벨그리프에게 보여주고 싶은 마음이었다만, 막상 입을 수 있게 된 단계에서는 묘하게 쑥스러워졌던 바람에 무슨 축제도 아닌데 어떻게 입겠냐고 변명하면서 이제껏 안 입고 모른 척했다는 사연 있는 드레스였다.

안젤린은 뺨을 발갛게 물들이고 우물쭈물했다.

"그, 그래도……. 역시 부끄러운데. 나 혼자만 너무 열심히 꾸미는 것 같아서……."

"좀 열심히 꾸미면 어때, 축제잖아! 나도 보고 싶거든~!"

"맞아, 언니! 기껏 예쁜 드레스를 갖고 왔으면 한번 입어줘야지!"

"자, 군소리 말고 빨랑빨랑 벗어."

"꺄앗."

안젤린은 금세 옷이 홀라당 벗겨졌고, 입는 방법을 잘 아는 샤를로테의 지도를 따라 드레스를 차려입은 뒤 머리 모양을 가다듬었다. 에스트갈이든 올펜이든 톨네라든 여자아이가 다른 누군가를 예쁘게 꾸미는 데 정열을 불태우는 것은 똑같은가 보다.

이윽고 옷 갈아입기가 끝났다. 화장만 안 했다 뿐이지 세 가닥 땋기로 묶어 놓았던 머리카락은 거침없이 풀어헤쳐서 가지런히 빗었고, 신발도 평소와 똑같기는 해도 드레스와 맞춘 것처럼 딱 어울린다.

샤를로테가 와아, 탄성을 흘렸다.

“예뻐…… 굉장해! 굉장히 멋져!”

“귀여워라~ 좋겠다…… 부러워라.”

“응. 진짜 잘 어울리네.”

“그, 그래……?”

안젤린은 우물쭈물 손을 비비적댔다. 입어 버릇하지 않은 팔랑거리는 옷인 데다가 장소가 톨네라인 것도 어쩐지 쑥스러운 마음을 부추겼다.

광장 방향에서 악기 연주가 들려온다. 벌써 연회가 시작되었나 보다.

아직껏 미적지근하게 구는 안젤린은 세 사람에 붙들린 채 광장으로 끌려갔다. 경쾌한 음악이 울려 퍼지면서 젊은이들이 쾌활하게 춤추고 있다. 술을 마시며 웃고 있었던 마을 사람들도 문득 안젤린이 시야에 들어왔을 때 말을 잃어버리고 눈이 휘둥그레졌다. 그런 반응이 묘하게 부끄러워서 안젤린은 빨갛게 물든 볼을 두 손으로 감쌌다. 에스트갈에서는 이런 기분이 들지 않았었는데.

저편에서 벨그리프가 앉은 채 촌장 호프만과 뭔가 대화를 하고 있었다. 근처에는 카심과 그라함도 같이 앉아서 사과주를 마시며 입맛을 다시고 있다.

“여기요~ 벨 아저씨~.”

밀리엄이 소리치면서 손을 흔들었다. 벨그리프가 이쪽을 본다.

안젤린은 두근두근하며 앞에 다가가 섰다. 카심이 「오오」 소리

를 냈다.

"그 드레스를 받아 왔었구나. 역시 잘 어울리는데."

"에, 에헤헤……."

안젤린은 쑥스러워서 상기된 채로 주뼛주뼛 벨그리프를 쳐다봤다.

벨그리프는 멍청한 표정으로 안젤린을 바라보고 있었다. 넋이 나갔다.

잘 안 어울려서일까? 어이없어서일까? 안젤린은 무의식중에 입을 다물었다.

그때 또르르, 벨그리프의 두 눈에서 눈물이 넘쳐흘렀다. 꾸깃꾸깃 표정이 허물어진다. 웃는 얼굴인지 우는 얼굴인지도 알 수가 없고 오로지 환희에 감격하는 듯한 표정이다.

"안제……. 예쁘게…… 잘 자라줬구나……. 정말 잘 어울린다……. 미안하다, 예쁜 옷 한 벌도 못 사주고……."

벨그리프는 눈을 꾹 누른 채 흐느껴 울고 있다. 카심과 호프만이 웃음을 터뜨리면서 등을 퍽퍽 두드렸다.

부끄러움, 쑥스러움이 순식간에 녹아 없어지면서 안젤린은 가슴 한가득 기쁨이 차오른 채 벨그리프에게 달려가 손을 잡았다.

"춤추자! 아빠!"

"어, 잠깐, 기다려봐라, 아빠가 춤은……."

"괜찮아! 빨리!"

안젤린에게 이끌려서 벨그리프는 춤추는 사람들의 원 안에 섞여 들어갔다. 마을 사람들이 와아, 환성을 지른다.

안젤린이 벨그리프의 손을 꼭 붙잡은 채 경쾌하게 스텝을 밟는다. 딸에게 맞춰주기 위해 열심히 땀 흘리며 껑충껑충 춤추는 벨그리프를 보고 너 나 할 것 없이 너털웃음을 터뜨렸다.

구름 한 점 없는 봄 하늘에 솔개가 한 마리 춤추듯 원을 그리면서 날고 있었다.

특별 수록

번외편

MY DAUGHTER
GREW UP TO
“RANK S”
ADVENTURER.

EX 고양이 꼬리와 산책

그날은 두꺼운 구름이 떠내려가고 오랜만에 햇살이 올펜의 거리에 내리쏟아졌다.

길 옆쪽에 치워 둔 눈 더미 아래쪽에서 물이 흐르고, 돌바닥의 선을 따라서 낮은 위치로 떠내려간다. 그 물줄기를 피하며 아넷사와 밀리엄은 거리를 걷고 있었다. 밀리엄은 모자챙을 가볍게 손에 붙잡은 채 반짝거리는 햇살을 받아서 기분 좋은 듯 눈매가 휘어졌다.

"날씨 참 좋다~."

"그러게. 오랜만에 햇볕이 따뜻하네."

겨울의 햇빛은 귀중하다. 겨울철 북부는 기본적으로 하늘에 구름이 끼어 있다만, 때때로 푸른 하늘을 내다볼 수 있다. 이런 날이면 누구든 바깥에 나와 햇빛을 양껏 쬐고 싶어지는 법이다. 그뿐 아니라 오늘은 바람도 잔잔한지라 평소의 살을 찌르는 듯한 찬바람은 어딜 갔는지 따뜻하게 살갗을 어루만져주는 푸근함만 가지고 불어 들었다.

그래서 오늘은 거리를 오가는 사람들의 숫자도 꽤 많은 듯싶다. 아이들은 얇은 옷차림으로 뛰어다니고, 햇볕이 잘 드는 곳에는 노인들이 잔뜩 모여서 잡담을 즐기고 있다.

두 사람도 거리에 나와 있었다. 딱히 목적이 있진 않다만, 일단은 구실 삼아서 식료품 및 잡화 따위를 구입하자는 것이 명목이다. 다만 거리를 걷는 데 짐이 될 테니까 아직 아무것도 사지 않았다. 그 때문일까, 발걸음도 가벼웠다.

특별히 목적도 없이 거리를 걷다가 상점가의 노점을 구경하고 튀김빵 등 군것질거리를 손에 들고 돌아다니면 그야말로 휴일이라는 느낌이 들기에 괜히 기분이 좋아졌다. 곧 봄이 온다. 안젤린의 귀성에 동행하여 톨네라에 갈 예정이니까 이렇게 올펜에서 휴일을 보내는 시간이 어떤 의미로는 귀중할지도 모르겠다.

"이 튀김빵 말야, 살짝 녹다가 만 설탕의 식감이 참 좋아. 닌 어때~?"

밀리엄이 손가락에 묻은 설탕과 기름을 할짝거리면서 말했다. 아넷사는 고개를 끄덕거렸다.

"나도 어쩐지 마음에 드네. 이게 참 맛있지. 좀 목이 마르지만."

아넷사는 튀김빵을 감싸고 잇던 종이를 꾸깃꾸깃 뭉친 뒤 팔에 걸어 둔 장바구니에 넣었다. 다시 손에 든 바구니는 텅텅 비어 있었다.

"장은 돌아갈 때 보기로 하고……. 뭐할까?"

"점심밥 먹으러 가자~ 배가 살살 고프거든."

"지금 막 튀김빵 먹었잖아……. 으음."

아넷사는 배의 상태를 확인하려는 듯이 시선을 가볍게 움직이다가 곧 하늘에 떠 있는 태양의 위치를 살폈다.

"그러게, 시간도 마침 적당한데 밥이나 먹자."

결정이 났다면 다음 단계는 가게 선정이다. 두 사람은 거리를 걸어 다니면서 양옆의 가게에 눈길을 보냈다.

"뭐 먹고 싶어?"

"케이크가 좋아~. 생크림 올라간 걸로!"

"아니, 점심 식사 얘기하는 중에 뭔……. 미리, 또 조금 살찌지 않았어?"

"으앗! 살 안 쪘거든! 겨울털이야!"

"웬 겨울털이래, 너는 꼬리야 어쨌든 간에 몸털이 없잖아."

"끄앙~!"

밀리엄이 뿡뿡 화내며 아넷사를 찔러 댔다. 조금 정곡을 찔린 부분도 있는 듯싶다.

남부의 다단 제국 같은 곳에는 더욱 짐승의 모습과 가까운 수인도 있다 들었다. 그런 사람들은 몸털이 겨울이면 복슬복슬 자라난다던데 북부 쪽은 피가 좀 옅은 것인지 밀리엄처럼 귀와 꼬리만 달린 수인이 대부분이다. 또한 숫자가 많지도 않고.

아무튼 밀리엄이 통통해진 것과 몸털은 별 관계가 없다.

다만 좀 통통해진다고 단것을 포기할 밀리엄이 아니다. 디저트가 충실할 것 같은 가게를 찾자는 방침에는 변함이 없었다.

무작정 어슬렁어슬렁 걸어 다니던 중에 갑자기 밀리엄이 눈을 커다랗게 떴다.

"앗, 고양이다!"

사람들 발 주변을 누비면서 고양이가 한 마리 뒷골목으로 가로질러 갔다. 털이 긴 흑백의 얼룩 고양이였다. 밀리엄은 쫑쫑 달려가며 뒤를 쫓았다. 아넷사는 눈을 깜빡거렸다.

"야, 가게 찾아야지."

"나중, 나중에! 고양이야~!"

고양이가 고양이를 쫓아다녀서 어쩌자는 건데, 아넷사는 쓴웃음을 지으면서도 빠른 걸음으로 뒤를 따라갔다.

고양이가 들어간 뒷골목은 높은 건물들 틈에 끼어서 어둑어둑했다. 건물의 벽면으로 눈을 치워 놓았는데 햇볕이 들지 않는 까닭에 녹다가 말고 딱딱하게 굳었다. 모처럼 햇빛 따사한 날에 올 곳이 아니지 싶어 아넷사는 살짝 얼굴을 찌푸렸지만, 밀리엄은 아랑곳 않고 척척 더 안쪽에 들어간다.

조금씩 왼쪽으로 꺾여서 나아가는 골목길 저편에 달랑 네 개짜리 계단이 있고, 그쪽은 햇빛이 들어오는 듯 제법 밝았다. 그 너머에서 일순간 고양이의 꼬리가 흔들거리다가 시야 밖으로 사라졌다.

막 달려간 밀리엄의 뒤에서 아넷사가 계단을 한꺼번에 뛰어올랐더니 햇빛 비치는 그곳에서 밀리엄이 두리번두리번 주위를 살펴보고 있었다.

"어라~ 어디에 갔담?"

"놓쳤네. 뭐, 야생 고양이가 쉽게 잡혀주지는 않겠지."

대화 나누는 도중에도 이런 장소가 있었던가 싶어서 아넷사는

주위에 시선을 줬다. 건물에 둘러싸여 있는 조그만 광장 비슷한 분위기인데, 한가운데에 잎사귀가 다 떨어진 물푸레나무 자라나 있다. 눈은 꼼꼼하게 치워 놓아서 벽돌 무늬가 잘 보였다. 위를 올려다보면 푸르른 하늘에서 태양의 빛도 비쳐 들어온다. 어쩐지 비밀 장소에 온 듯했기에 신기하게 고양되는 기분이었다.

"앗, 가게가 있어."

밀리엄이 말했다. 입간판에 메뉴를 써 놓은 레스토랑이 있었다.

"앗, 카탈라나가 있어! 어때? 아네, 여기에서 먹자."

밀리엄은 까불거리며 아넷사의 소매를 잡아끌었다. 고양이가 데려다준 곳 같은걸, 아넷사는 신기하게 생각하면서도 이런 우연에 가만 맡겨보는 것도 나쁘지 않겠다 싶어 밀리엄에게 동의한 뒤 낡은 나무 문을 밀어 열었다.

난로에서 숯불이 연기를 내고 있기에 안쪽은 따뜻했다. 비록 평소와 비교해서 따뜻한 날이었다지만, 이렇게 난방이 되는 공간에 들어오면 역시 추운 날씨였음을 실감하게 된다.

가게 안을 둘러보면서 밀리엄이 중얼거렸다.

"이런 가게가 있었구나~."

"올펜도 넓은 곳이잖아. 가본 적 없는 장소가 당연히 있을 만하지."

점심시간이기 때문일까, 의외로 자리가 제법 차 있었던지라 앉으려면 조금 기다려야 할 듯싶었는데 불현듯 귀에 익은 목소리가 들렸다.

"어라, 오늘은 둘만 나왔나 봐."

"어? 아앗, 길 씨다."

두 사람을 눈을 돌렸더니 탁자 하나에 길메냐가 앉아 있었다. 빈 접시가 몇 장씩 쌓여 있다. 벌써 식사를 마쳤나 생각하던 차에 점원이 다가와서 식기를 치운 뒤 탁자를 닦고 갔다.

"나도 지금 막 앉은 참이야. 괜찮다면 어떨까? 같이 먹자. 후후후."

길메냐는 그렇게 말한 뒤 손짓했다. 2인용 탁자여도 의자를 하나 더 가져오면 셋이서 못 앉을 만큼 좁지는 않다. 기꺼이 호의를 받아들여서 아넷사와 밀리엄은 빈 의자를 잡아끌어다가 같은 탁자에 앉았다.

"후유, 다행이다. 더 많이 기다려야 하는 줄 알았거든요~."

"이 가게는 미인계가 잘 통하거든. 나도 살짝 가슴을 강조해준 다음에 알랑거리는 눈빛으로 요렇게……. 훗."

"어, 설마……. 진짜로요?"

"거짓말. 후후후."

아, 맞다. 길메냐는 이런 사람이었지. 아넷사는 털썩 머리를 수그렸다. 밀리엄은 깔깔 웃고 있다.

"그나저나 안제도 마리도 안 보이네. 별일이네."

"안제는 벨 아저씨랑 같이 나갔고요, 마리는 일하러 갔답니다~."

"저희는, 뭐, 휴일 비슷하게 보내던 참이에요. 리더가 부재중이니까요."

"역시나. 모험가 활동보다 아빠가 먼저구나. 과연 안제다워, 후후후."

두 사람은 웃으면서 메뉴 북을 펼쳤다.

얼마 전 카심도 함께 수행했던 변이종 조사 겸 토벌 의뢰를 끝낸 이후로 안젤린은 벨그리프와 함께 지내는 생활에 푹 빠져서 딱히 의뢰라고 할 만한 의뢰는 아무것도 하지 않았다.

최고위 등급 S랭크 모험가는 한 건의 의뢰로 상당한 금액의 의뢰금이 들어온다. 게다가 본래 돈 씀씀이가 헤프지 않았던 안젤린은 작년 마수 대발생 때 벌었던 돈이 아직 남아 있기에 별로 악착같이 의뢰를 처리하지 않아도 되는 입장이었다.

같이 혜택을 봤다 표현한다면 듣기는 좀 나쁘지만, 어쨌든 안젤린의 파티 멤버로서 의뢰를 함께 수행했던 덕택에 두 사람의 호주머니도 풍족하다. 딱히 안젤린이 부재하는 중 의뢰를 받아선 안 된다는 규칙이야 없다지만, 두 사람도 안젤린이 없는 동안에 의뢰를 받아 떠나기는 어쩐지 허전한 마음이었다.

길메냐가 히죽히죽 웃으면서 메뉴 북을 덮었다.

"그럼 따돌림당한 후배에게 맛있는 걸 사줘야겠네. 뭐든 다 주문하렴."

"와아~ 길 씨, 인심도 넉넉하셔라!"

"미리만큼 넉넉하지는 않아, 후후후."

그렇게 말한 뒤 길메냐는 밀리엄의 배를 주물렀다. 밀리엄은 「그런 의미가 아니거든요~!」라며 볼을 불룩거렸다. 아넷사는 절로 웃음이 터져 나와서 깔깔거리다가 겨우 숨을 가다듬었다.

"그런데 괜찮으시겠어요? 뭔가 죄송한데."

"괜찮아. 나중에 청구서를 보낼 테니까."

"엑."

"거짓말. 그렇게 점잖지 못한 짓은 안 해, 후후후."

"무얼 주문할까냥~."

밀리엄은 옆에서 뭐라 떠들든 아랑곳 않고 메뉴를 들여다본다. 길메냐를 직접 상대하기에는 자신은 좀 머리가 딱딱한 것 같아서 아넷사는 쓴웃음을 지었다. 아니면 단지 밀리엄이 아넷사를 방패로 내세웠기 때문일 수도 있겠다만.

주문을 마친 뒤 잠시 기다리자 딱 알맞게 눌어붙은 그라탱 과 키슈 파이, 구운 고기 따위가 서빙되면서 탁자 위쪽이 회사하게 채워졌다. 아넷사는 그라탱에 스푼을 찔러 넣었다. 어쩌면 화상을 입을 만큼 뜨거운 음식을 후후, 불어 가면서 입에 집어넣자 눌어붙은 치즈의 맛이 꽤 절묘한지라 무척 맛있다.

"뜨거……. 후유……. 처음 왔지만 이 가게 당첨이야. 맛있어."

"응~. 우후훗, 고양이한테 감사합시다냥~. 다음에 안제랑 마리도 같이 데려와주자."

집요할 만큼 불어서 식힌 키슈 파이를 베어 물면서 밀리엄은 고개를 끄덕거렸다. 길메냐는 와인잔을 흔들거렸다.

"화창한 날의 휴일이란 게 참 좋아. 마음이 풍요로워지거든."

"길 씨도 오늘은 휴일이세요?"

"휴일이라고 말하자면 맞기도 하고, 휴일이 아니라면 아니기도 하네."

"요컨대?"

"취미와 실익, 인간 관찰이야. 후후후."

그렇게 말한 뒤 길메냐는 와인을 쭉 들이켰다. 아넷사와 밀리엄은 얼굴을 마주 바라보다가 포기한 뒤 다시 식사를 시작했다.

요리를 담은 접시가 비고, 식후의 차와 과자가 차려졌다. 밀리엄이 적극 지명한 카탈라나는 부드러운 커스터드의 반죽 위쪽에 설탕을 뿌려서 굽고 녹이는 요리이다. 식어서 굳은 설탕은 잘금잘금하는 식감이 무척 맛있다. 느긋하게 차를 홀짝이는 아넷사와 길메냐의 앞에서 밀리엄은 한눈도 팔지 않고 스푼을 입에 가져가며 칠칠맞지 못하게 표정이 풀어졌다.

"이거, 맛있어~. 아아, 이 가게에 들어온 게 진짜 정답이었네~."

"얘, 입가, 크림 묻었어."

"냠냠."

밀리엄은 허둥지둥 손가락으로 입술 주위를 닦았다. 길메냐가 히죽히죽 웃다가 컵에 차를 따랐다.

"사이가 참 좋아서 보기 좋아. 맞아, 너희 둘은 옛날부터 쭉 함께였다며?"

"네, 같은 고아원 출신이니까요……. 뭔가 이런 식사 자리도 옛날 생각을 나게 하네요. A랭크로 막 승격했던 무렵이라든가."

"아~ 축하하려고 처음으로 비싼 가게에 과자를 사러 갔었지. 그리워라~."

"맞아, 맞아. 그 녀석들은 잘 지내고 있을까?"

아넷사와 밀리엄은 잠시 눈빛이 아련해졌다.

아직 안젤린과 알게 되기 전, 소녀들은 다른 파티에서 활동했었다. 신출내기 무렵부터 몇 차례 파티를 다시 편성했지만, 고위 랭크로 승격한 것은 안젤린과 같이 다니기 얼마 전이었다. 그때 멤버는 AAA의 승격을 계기로 더욱 분발하자며 제도로 이동할 것을 주장했었는데 아넷사와 밀리엄이 올펜에 애착을 갖고 있어서 거절했던지라 소녀들을 제외한 다른 멤버는 제도 로데시아로 떠나갔다. 이후 소식은 없었지만, 분명 다른 모험가를 멤버로 받아서 힘차게 활동하고 있을 것이다.

그때 제도로 함께 떠나갔다면 어떻게 되었을까 상상한 적도 있었다. 다만 만약에 같이 이주했다면 안젤린과 파티를 이루지도 못했을 테고, 친구가 된 인연으로 벨그리프와 만날 수도 없었을 테다. 톨네라라는 마을 역시 모르는 채로 끝났을 가능성도 있다. 그랬다면 아마도 무척 허전했을 것 같았다.

상념에 잠겨 있는 아넷사와 밀리엄을 보고 길메냐가 쿡쿡 웃었다.

"과거에 잠기기에는 너무 젊은 게 아니지 싶네."

"그, 그럴까요?"

"길 씨는 옛날 추억 같은 거 없어요~? 응, 길드 마스터랑 유리 씨랑 에드 씨랑 같은 파티로 다닐 때라든가."

"이렇다 할 추억은 없지만 말야. 뭐, 올펜에서 이래저래 활동했던 시절은 떠들썩해서 꽤 괜찮았어."

"아, 맞다. 길 씨가 제도에서 왔지만, 옛날에는 올펜에 계셨다

고 했죠."

"그렇단다. 출신은 요벰의 상인 집안이지만 말이야."

"어, 길 씨가 상인의 딸이었던 거예요? 의외인데……. 그래도 뭔가 납득이 되네."

"아니? 거짓말인데? 뭐가 납득인 거야? 후후."

"너무해!"

아넷사는 뺨을 물들인 채 입술을 삐죽거렸다. 밀리엄이 쿡쿡 웃고는 컵을 손에 들었다.

"그 무렵은 어떤 분위기였어요~? 할멈이랑 영감님들도 현역이었죠?"

"맞아. 당시는 마리아 씨도 아직 주룡의 저주에 당하기 이전이어서 지금보다 훨씬 굉장했어. 안 믿어질 수도 있겠지만, 도르토스 씨랑 체보르그 씨도 지금보다 단연코 굉장했었지."

"흐아아."

잘 생각하자면 방금 언급된 세 사람은 이미 일흔에 접어드는 나이의 노인이다. 어떻게 생각해도 지금이 최전성기일 리 없었다. 젊은 무렵은 더욱 굳세게, 기력도 가득 차올랐을 테지.

"그 밖에도 몇 사람인가 S랭크 모험가가 있었거든. 길드도 경기가 좋았고 말야. 젊은 청년들도 기운 넘쳐서 같은 세대에 천재 소리를 듣는 사람이 잔뜩 있었어. 벨 씨의 동료도 마찬가지였네, 후후후."

"어라, 길 씨. 카심 씨라든가 다른 분들이랑 아는 사이였어요?"

"일방적으로 말이야. 저쪽은 우리를 딱히 알지도 못했지, 뭐. 리오는 혼자 뒤에서 라이벌 행세하고 꿍얼꿍얼 떠들었지만, 원래 소심한 녀석이라 말을 걸어보지도 못했어. 여전히 못난 남자라니까."

길메냐는 가만히 말한 뒤 찻잔을 입에 가져갔다.

벨그리프 및 길메냐와 함께했던 파티원들은 대부분 같은 세대다. 아마 벨그리프와도 어딘가에서 스쳐 지나갔던 경험 정도는 있을지도 모르겠다만, E랭크를 벗어나지 못한 채 자격을 반납한 뒤 톨네라로 돌아갔던 의족 젊은이를 아는 사람을 많지 않을 것이다. 고위 랭크와 하위 랭크는 사는 세계가 다른 법이니까. 그것은 지금도 옛날도 다를 게 없다.

그럼에도 누구든 맨 처음에는 하위 랭크에서 시작한다. 또한 당시의 추억은 훗날까지 쭉 남는 경우가 많다.

벨그리프와 카심의 추억담을 몇 차례 들을 기회가 있었는데, 초보 시절의 시행착오 및 실패 경험은 자신들과도 겹치는 부분이 있었던지라 묘하게 기쁜 마음이 들었었다. 매사에 간절함을 갖고 임하는 심정은 하위 랭크였던 무렵이 더욱 커다랬던 듯싶다.

목숨을 뺏고 빼앗기는 전투마저도 결국 적응이 되는 법이라 맨 처음 무렵에는 마음을 동요케 했던 사건들도 점점 아무것도 느끼지 않게 된다. 모험가로서 살아남기 위해서는 매번 감상적이 될 수는 없다지만, 가끔 떠올리면 어쩐지 서글픈 기분도 든다.

"길 씨도 초보 시절에는 실수하거나 이것저것 일이 많았죠~?"

"그야 당연하지. 이것저것 일을 겪어서 고위 랭크가 된 거야. 파

티도 몇 번인가 바뀌었고."

"아, 역시나 다들 비슷하구나. 길드 마스터랑 같은 파티가 된 건 어제였어요?"

"에드하고는 꽤 오래 다녔는데……. 리오랑 유리가 원래 같은 파티였거든? 무슨 일이였더라, 합동 의뢰를 받아 공동 전선을 펼치게 되었다가 그때 협력했던 게 인연으로 같이 파티를 편성했단다."

"와아, 그런 계기가 있었구나."

"그때 에드만 빼고 다른 동료들이 다 죽어버렸지만 말이야."

"어……? 앗, 또 농담이죠? 이번에는 안 속아요."

길메냐는 갑자기 눈을 내리깔았다.

"뭐, 내가 평소 언동은 이런 식이니까 못 믿어도 어쩔 수 없겠네."

"어휴, 아네……."

"어, 앗, 죄, 죄송해요. 제가 착각을……."

"아냐, 괜찮아. 거짓말이니까."

"……진짜 너무해!"

아넷사는 뺨을 발갛게 물들인 채 홱 고개 돌렸다. 밀리엄은 쿡쿡 웃었다.

"아네는 길 씨를 못 당한다냥~."

"시끄러워. 바보."

톡 머리를 얻어맞고 밀리엄은 혀를 나름 내밀었다.

길메냐는 히죽히죽 웃으며 일어섰다.

"난 이만 가볼게. 돈은 알아서 낼 테니까 느긋하게 있다가 오고,

후후후."

그렇게 말한 뒤 두 사람이 뭔가 말하기 전에 휙 떠나갔다. 두 사람은 얼굴을 마주 바라보다가 눈을 깜빡거렸다.

"굉장하네."

"응."

무엇이? 굳이 말을 안 해도 저절로 같이 통하는 뜻이 있었다.

길메냐에게 감사하는 마음으로 차를 즐기며 잠시 수다를 떨다가 가게에서 나왔다. 살짝 엷게 구름이 끼기 시작했지만, 그럼에도 아직 화창한 날씨다. 밀리엄이 두 팔을 벌려서 힘껏 기지개를 켰다.

"흐앙~ 배가 꽉 차니까 뭔가 졸음이 확 밀려오네."

"돌아가서 잘까?"

"싫거든, 아깝잖아. 이왕 나왔는데 산책이나 더 하자. 골목길 탐방! 모르는 장소가 잔뜩 있을 거야, 분명히."

그렇게 말한 뒤 밀리엄은 걸음을 뗐다. 넓은 올펜의 골목길은 위험한 장소도 있을 테지만, AAA랭크 모험가에게는 아마 관계없겠다. 아넷사는 쓴웃음을 지으면서도 친구의 등을 보면서 따라갔다.

이 주변은 비교적 정비가 잘 이루어졌기에 한적한 분위기인데도 부랑자나 불량배의 낌새는 없었다. 돌바닥의 지면이 이어지고 길가에 쓸어다 모은 눈이 그늘에서 굳어졌다. 양쪽 옆에는 전부 3층 이상의 높은 건물뿐이고, 이쪽 창문에서 저쪽 창문으로 걸어둔 줄에 세탁물이 펄럭거리는 곳도 있었다. 그런 광경을 올려다보

던 중 난간에서 몸을 둥글리고 누운 고양이와 눈이 마주칠 때도 있었다.

그러고 보니까 옛날 파티를 빠져서 안젤린과 새로 파티를 편성하기 전 한가한 시간이면 이렇듯 둘이서 걸어 다니던 때가 있었더랬지. 아넷사는 새삼 떠올렸다.

그 무렵은 곁눈질로 봤을 뿐 천재라고 이름이 난 과묵한 소녀와 함께 싸우게 될 줄은 꿈에도 상상하지 못했었다. 자신들도 젊은 나이에 AAA까지 승격했던 터라 자신감은 갖고 있었지만, 더욱 위쪽에서 활약하는 안젤린에게 가벼운 질투심을 느꼈던 경험마저 있다. 지금 와서는 티끌만큼도 딴생각이 없긴 하지만.

꼬불꼬불 구부러지는 길을 나아가다가 짧은 계단을 올라갔다 내려갔다, 골목길이 끝없이 이어지는 듯한 느낌을 받았다. 뭔가 탐험이라도 하는 기분이라 이것도 나름 즐겁다.

"오!"

앞쪽에서 걷고 있었던 밀리엄이 무엇인가를 발견하고 달려 나갔다.

"뭐야, 뭐야?"

"고양이!"

쭉 내다봤더니 햇볕 내리쬐는 곳에서 고양이가 몸을 동그랗게 말고 있었다. 갈색의 호랑이 무늬다. 사람에게 익숙한 녀석인지 혹은 수인이 상대이기 때문인지 밀리엄이 달려가도 도망칠 낌새를 안 내비쳤다. 아주 살짝 귀를 쫑긋댈 뿐이다. 반들반들한 털의

윤기를 보면 이곳의 주변 주민이 먹이를 주고 있는지도 모르겠다. 밀리엄은 쪼그려 앉아 살며시 고양이의 머리를 쓰다듬었다. 고양이는 가만히 손길을 받아준다.

"와아, 겨울털이 복슬복슬해~."

신난 밀리엄은 두 손을 뻗어 고양이의 털을 조물조물 주물러 댔다.

"왜 굳이 고양이 털을 쓰다듬는 거야? 자기 게 있잖아."

"전혀 다르답니다~. 아네도 쓰다듬어보면 알걸."

"흐음?"

아넷사는 손을 뻗어서 밀리엄의 모자를 쏙 빼냈다. 「냐앗!」 놀라는 밀리엄의 머리를 쓰다듬는다. 익숙한 감촉이었다. 아직 고아원에서 지내던 무렵, 쌀쌀한 밤은 이 복슬복슬한 털을 꼭 안은 채 잠들었던 기억이 난다.

"여전히 폭신폭신하네."

"아니거든~ 얘, 얘를 만져야지."

밀리엄은 고양이를 안아 들어서 아넷사에게 내밀었다. 편안한 잠을 방해받은 고양이는 슬쩍 언짢은 표정을 짓고 있었지만, 발버둥도 도망도 치려고 하지 않았다. 아넷사는 쿡쿡 웃다가 이번에는 고양이를 쓰다듬어봤다. 밀리엄과는 역시 감촉이 달리 느껴졌다.

"맞네, 확실히 달라."

"그렇지? 얘가 더 기분이 좋단 말이야~. 털이 반질반질하구나~ 이 녀석."

흐뭇하게 말한 뒤 밀리엄은 고양이와 뺨을 맞대고 비볐다. 슬슬

싫증이 난 듯 고양이는 몸을 비틀어서 밀리엄의 팔을 벗어나 내려서더니 빠른 걸음으로 도망쳐버렸다.

"앗."

"어라라. 뭐, 야생이니까 어쩔 수 없지……. 자."

아넷사는 주위를 둘러봤다. 해는 살짝 서편으로 기울어졌다. 적당히 걸어왔던 곳이라서 이곳이 어느 주변인지 전혀 알 수가 없었다. 딱히 곤란한 것은 아니지만 이제는 어떻게 할까.

"어떡할래? 미리."

"으응? 어떡하냐니?"

"어휴, 네가 걸어 다니자고 말을 꺼냈잖아."

"그렇긴 한데. 앗."

밀리엄이 보는 방향으로 시선을 돌리자 또 고양이가 있었다. 뚱뚱한 삼색 고양이다. 짧은 꼬리를 흔들흔들하며 걷고 있다. 밀리엄은 눈을 빛내며 파닥파닥 손을 흔들었다.

"우왕~ 뚱냥이!"

"네가 뚱냥이라고?"

"아냐! 잠깐, 잠깐만~."

밀리엄은 또 달려 나갔다. 삼색 털 고양이는 움찔 밀리엄을 쳐다보더니 통통한 몸에 어울리지 않는 민첩함으로 도망쳤다. 불러세워도 듣지를 않고 밀리엄은 고양이를 따라가버렸다. 이런저런 의미에서 고양이에게 마구 휘둘리는 날이구나 싶어서 아넷사는 다시 뒤를 쫓았다.

꾸불꾸불하는 뒷골목을 빠져나간 뒤 그늘진 곳의 눈을 밟아 디디다가 어느 틈인가 몇몇 개 돌계단을 올라서 높은 지형에 와 있었다. 올펜은 평지에 건설된 도시지만, 물론 여기저기에 기복은 있기 마련이라 이렇듯 거리가 쭉 내려다보이는 장소도 있다. 물론 아넷사도 밀리엄도 직접 오기는 처음이다.

"와~ 이런 곳이 있었네."

"고양이는 어쩌고."

"놓쳐버렸어."

아넷사는 절레절레 고개를 가로젓고는 거리 쪽으로 눈길을 줬다.

오후의 거리는 오전 중과는 또 다른 얼굴을 보여주는 듯싶다. 햇빛에 살짝살짝 붉은색이 짙어지는 것이 큰 이유인지도 모르겠다. 하늘로 쭉 뻗어 나가는 느낌이었는데 지금 와서는 둔중하게 살짝 무게감을 가지고 도시에 살몃살몃 덮어씌워진다. 어쩐지 졸려졌다.

이 주변은 햇살도 잘 들어오기에 발밑을 물이 몇 줄기나 흘러다니고 있었다. 아넷사는 가까운 곳에 쌓여 있었던 나무 상자의 눈을 쳐내서 떨어뜨린 뒤 걸터앉았다. 두 팔을 들어서 한껏 기지개를 켰다.

"흐암……. 뭔가 김이 쭉 빠지네."

"꽤 높은 곳까지 왔네~. 조금 지쳤어."

"그나저나 여기에서 태어나 자랐는데도 올펜은 아직도 모르는 장소가 되게 많구나."

아넷사는 머리 뒤쪽으로 깍지를 끼고 먼 도시의 풍경을 바라봤다. 깃발이며 연기가 바람에 흔들거리고 거리를 흘러 다니는 사람들이 작게 보인다. 밀리엄이 지팡이에 기댄 채 중얼거렸다.

"뭔가 여기에서 태어나 자랐다고 생각하자면 묘하네."

"그래?"

"응. 왜냐면 고향이란 말이잖아? 안제가 톨네라를 고향이라고 말하는 건 물론 이해가 되는데……. 올펜은 고향이라는 느낌이 안 들지 않아~?"

"으음……. 그럴지도 몰라."

고향이라, 아넷사는 눈을 내리깔았다. 언제나 올펜에서 생활하는 처지인데 향수를 품을 겨를이 있냐 묻는다면 더 받아칠 순 없겠지만, 확실히 고향이라고 말하려니까 뭔가 마음에 걸린다.

밀리엄은 한껏 하품을 하고 아넷사의 옆에 걸터앉았다.

"시골이 아니어서일까? 톨네라가 더 그립단 느낌이 들어."

"응. 그러게. 확실히."

이 말에는 아넷사도 동감이었다. 그러나 아넷사도 밀리엄도 도시에서 나고 자랐다. 고아원의 가정 채소밭을 돌보는 방법이야 알고 있지만, 숲이나 산에 둘러싸여서 밭을 일구는 생활에는 어떤 친숙함도 없었다. 그렇다면 이렇든 신기하게 편해지는 마음과 묘한 그리움의 감정은 대체 무엇일까, 아넷사는 고개를 갸웃거렸다.

밀리엄이 장난스럽게 웃었다.

"의외로 벨 아저씨가 있기 때문이 아닐까?"

"으음, 그런가?"

이렇게 말이 나왔을 뿐 왠지 부정을 미처 못 하겠다는 기분도 든다. 지난번 보르도에서 헤어졌을 때 들었던 진짜 친가로 생각하라는 말도 이러한 기분을 조장하는 듯 여겨졌다. 이번에 다시 안젤린을 따라가서 톨네라에 가는 이유는 왠지 고향을 방문하는 것 같단 기분도 있어서였다.

그래 봤자 딱 한 번만 갔던 게 전부인데, 지나치게 착실한 아넷사는 톨네라에 향수를 느끼는 마음에 대해 어떻게든 분석하고자 머리를 쓴다. 그러나 역시 결론이 나지 않았다.

고민해봐도 알 수가 없다지만, 모르겠다는 입장에서 나름 더 고민하던 때에 불현듯 어깨에 무게감이 느껴졌다. 고개 돌렸더니 옆쪽에 앉아 있었던 밀리엄이 어느 틈인가 흠냐흠냐 숨소리를 내며 아넷사에게 기대서 잠이 들었다.

"……무겁잖아, 어휴."

아넷사는 손을 뻗어서 밀리엄의 옆구리를 붙잡았다. 말랑말랑해서 촉감이 좋다. 밀리엄은 「흐갸」 이상한 소리를 냈지만, 살짝 몸을 움직였을 뿐 일어날 낌새가 없다. 정말 속 편한 녀석이라니까, 아넷사는 어이없어하면서도 가만히 놔두었다. 이런 상황이 딱히 드물었던 것도 아니다.

졸음은 곧잘 전염되는 법이라 아넷사도 눈꺼풀이 점점 무거워졌다. 햇살이 포근하다.

그렇게 두 사람이 같이 사르르 졸음기에 져서 눈을 감고 있었던

때에 바람의 방향이 바뀌었는지 불현듯 냉풍이 목덜미를 쓸어 만지는지라 잠에 취한 채 밀리엄이 온기를 찾아 아넷사에게 안겨 들었다. 거기에 놀란 아넷사는 무의식중에 펄쩍 뛰어서 일어나려고 했고, 다만 밀리엄이 안겨 있었기에 하마터면 나자빠질 뻔했다.

밀리엄이 반만 뜬 눈으로 주변을 두리번두리번 둘러봤다.

"뭐야, 뭐야, 뭐야. 깜짝 놀랐잖아."

"내가 할 말이야, 바보."

어느 틈인가 태양이 꽤나 기울어졌다. 더욱 붉은색이 짙어진 빛이 서쪽 하늘을 발갛게 물들여 가고 있었다. 다만 또다시 구름이 드리워지고 있어서 별이 반짝이기 전에는 다시 하늘이 막혀버리겠다. 내뱉은 숨도 살짝 하얗게 떠다니고 있었다.

밀리엄이 조금 벗겨진 모자를 고쳐서 썼다.

"좀 추워졌네~ 돌아갈까?"

"그러게. 후유……. 뭔가 낮잠을 자러 온 느낌이야."

조금 굳어진 몸을 쭉 펴서 풀어주고 두 사람은 나란히 걸어 나아갔다. 해가 저물고 있는 뒷골목은 또 다른 표정을 보여줬다. 얼룩 고양이가 재빨리 가로질러서 가나 싶더니 그 뒤를 쫓아서 호랑이 무늬 고양이가 달려갔다.

"이제 쫓아다니지 마라?"

"안 쫓아가거든~."

밀리엄은 뺨을 뾰룩거렸다.

막 방금 전까진 밝았는데 두레박 떨어지듯 훅 어두워졌다. 하늘

에는 또 구름이 끼었고, 차가운 바람이 발밑으로 불어닥쳐서 지나간다. 거기에 떠밀리듯 자꾸 걸음이 빨라지는 기분이었다.

문득 밀리엄이 입을 열었다.

"있잖아, 아네."

"응?"

"모험가로 활동하는 동안은 말야, 쭉 같은 파티에 있자."

"무슨 소리야, 이제 와서. 당연하잖아."

두 사람은 뒷골목을 더듬어 다시 큰길까지 나왔다. 거리에 줄지어 있는 상점은 처마 끝의 불빛을 밝혀 두었고, 오가는 사람들은 눈이 내리기 전에 귀가하려고 빠른 걸음으로 걸어간다. 높은 곳에서 내다봤을 때는 작디작은 풍경이었건만, 자신들도 그 안쪽에 함께 섞이면 무척 떠들썩하다.

아넷사는 장바구니를 고쳐 들었다.

"많이 어두워졌네. 가면서 뭐 살까?"

"으음, 흠, 저녁밥이랑 내일 아침에……. 앗."

고개 돌리자 인파에 섞여 걸어오는 안젤린이 눈에 들어왔다. 안젤린도 두 사람을 알아보고 「여기~」 손을 들었다. 밀리엄이 기뻐하면서 달려갔다.

"야호~ 안제. 장 보러 왔어?"

"응……. 너희도?"

"낮 동안 산책하고 장 봐서 돌아가려고. 벨 아저씨랑 다른 사람들은?"

"아빠는 집. 샤르랑 벡 군은 카심 아저씨랑 같이."

"있잖아~ 안제, 오늘 맛있는 레스토랑 찾았다? 다음에 같이 데려가줄게."

"진짜? 괜찮네……. 아빠가 있을 때 다 같이 가자."

거리 저편에서 길거리 연주가의 노랫소리가 들린다. 바람이 불어와서 살짝 눈발이 흩날렸다. 안젤린이 짐을 고쳐 든다.

"마리는?"

"오늘은 의뢰가 있다나 봐. 그래도 곧 밤이니까 슬슬 돌아오지 않을까?"

"마리도 데리고 우리 집에서 밥 먹으래? 아빠가 스튜 끓여줄 거야."

안젤린이 손에 든 바구니며 종이봉투에서 갖가지 음식 재료가 들여다보였다. 두 사람을 얼굴을 마주 바라봤다.

"괜찮겠어?"

"응. 떠들썩해야 더 즐겁고, 맛있고……. 친구끼리 괜히 빼지 마."

흐흥, 가슴을 쭉 펴는 안젤린을 따라서 두 사람도 쿡쿡 웃었다. 역시 자신들은 이렇게 같이 다니지 않으면 뭔가 섭섭하다는 기분이 든다.

"알았어. 뭔가 사서 마리도 데려갈게."

"응, 기다릴게……. 이따가 봐."

안젤린은 빠른 걸음으로 인파 속에 사라져 갔다. 밀리엄이 기뻐하며 웃었다.

"벨 아저씨의 밥이다! 선물 사서 가지고 가야겠네!"

“응. 뭐가 좋으려나……. 노점에서 뭔가…….”

“앗, 먼저 마리를 마중하러 가는 게 좋지 않을까냥~?”

“아, 그러게. 일단 가만히 서 있지 말고 움직이자.”

두 사람은 나란히 거리를 따라 걸어갔다. 눈발을 신고 바람이 휘날려 올라가다가 처마 끝 조명을 반사하며 반짝반짝 빛났다.

■ 작가 후기

후기를 포함하여 여러 곳에서 자꾸 출간 중단이 어쩌고저쩌고 글을 쓰고 있는데, 물론 정말로 출간 중단을 바라는 마음은 없다. 요컨대 자기 작품에 자신감이 없기 때문에 선수를 쳐서 자기 작품을 낮게 평가하는 방법으로 상대방의 비난 의사를 제거하자는 심산이다. 일종의 겸손이라고 말을 못 할 까닭도 없을 테지만, 그게 전부라면 오히려 꼴사나울 테고, 아울러 밑바닥에는 역시 「에이, 중단 안 돼요」라는 말을 듣고 싶은 욕망이 비쳐 보이는 터라 상대방에게 불쾌한 인상을 주었지 싶다.

예가 과하면 무례라는 말도 저러한 취지에서 만들어진 만큼 머리를 숙이는 행동이 골칫거리를 회피하기 위한 편하고 빠른 방법이 된 일본 사회에서도 겸양하며 주절주절하는 게 언제나 올바르지는 않다.

그럼에도 어쨌든 이 후기까지 읽어주고 계시는 독자 여러분께는 작자가 기꺼이 겸양의 말을 드릴 수밖에 없겠다. 매번 감사합니다.

아무튼 간에, 후기든 인터넷이든 곳곳에서 이상한 말을 늘어놓고 있는 작가이다만, 이러한 예풍을 가지고 있는 녀석이라고 모쪼

록 이해해주시고 반쯤 걸러서 들어주시는 것이 좋겠다. 진지하게 받아들이면 괜히 피곤해집니다.

하여간 절단난다, 절단난다, 자꾸 떠들어 댔더니 전권의 후기에서 작가의 목이 흑발의 자객에 의해 물리적으로 절단되는 처지가 되었던 것은 정말이지 유감이라고 말할 수밖에 없다. 다행히도 밥풀로 다시 붙여 놓았지만, 이것을 계기로 작가는 필화(筆禍)라는 말을 절절하게 체험한지라 위의 문단처럼 갸륵한 후기를 쓰기에 이르렀음이다.

그와는 관계없는 이야기인지도 모르겠다만, 내가 살고 있는 지역의 서점이 전혀 이 책을 들여놓지 않는지라 나 혼자 생각이 비뚤어져서 SNS에 「지금 사는 곳을 무대로 소설을 쓰고 작품 안에서 서점을 부술 계획이다」라고 썼다. 물론 소설은 딱히 쓰질 않았고 쓸 생각도 없다만, 바로 얼마 전 해당 서점이 폐점했던 터라 소설 내용으로 부수기 전에 현실의 서점이 사라져버렸다.

내가 이상한 글을 쓴 탓이라고 쓸데없이 자랑할 뜻은 털끝만큼도 없다만, 어쩐지 자꾸 미안한 마음이 들어서 폐점한 점포를 자동차로 지나다닐 때마다 무척 민망한 기분이 솟아난다. 이것도 일종의 필화가 아니겠냐는 것이 작가의 생각이다.

그런고로 너무 섣부른 말을 썼던 까닭으로 현실에 악영향이 발생하는 듯한 경우가 잇따라 계속되었던지라 독자 여러분께서도 많이 참고해주셨으면 좋겠다. 후자는 어쨌든 간에 전자는 망상이 아니냐는 핀잔은 접수하지 않으련다.

다시, 어쨌거나 경사롭게도 5권의 간행이 이루어졌다.

여느 때처럼 이제까지 작품의 내용을 언급하지 않은 까닭은 후기를 먼저 읽는 독자를 조심했기 때문이다. 미리 알아서 곤란할 소재도 딱히 아니다만, 무슨 이야기든 사전 정보는 없이 읽어야 더욱 재미있음은 분명하잖은가. 그래도 작품의 후기니까 다소나마 내용을 언급해야겠다.

연재 당초에 이번 권부터 등장하는 캐릭터가 세계관에 안 맞지 않느냐는 의견을 드문드문 봤다만, 이 이야기의 세계를 가장 잘 아는 사람은 작가이고 작가 본인이 괜찮다고 말하는 만큼 적당히 괜찮다고 생각해주시면 고맙겠다.

애당초 이 이야기는 서양의 음악, 게다가 미국 음악에서 착상을 얻은 부분이 크기 때문에 쉐키럽 베이베라고 말하는 캐릭터가 등장하는 것은 당연한 섭리이다.

여하튼 간에 이번에도 toi8 선생님의 멋진 삽화 덕택에 이야기 속 세계가 쭉쭉 더 깊이가 생겨났다. 표지만 봐도 분위기가 가득 흘러넘치는지라 끝내주게 멋지다. 저 가게에서 나 또한 나이프를 사고 싶다.

그냥 일러스트만 있어도 충분하지 않나?

그런 분들께는 우루시바라 큐 선생님의 만화 작품이 있사오니 이번 5권의 간행(2019년 6월) 시점에서는 2권까지 출간되었고, 또한 코믹 어스 스타에서 연재 중이기도 하니까 그쪽을 즐겨주신다면 좋겠다 생각된다. 만화로서 대단히 재미있는 데다가 읽기 귀

찮은 문장을 생각하고 생각하면서 읽기보다야 편하게 이해될 것이 분명 틀림없겠다. 다만 이 소설을 5권까지 읽어준 독자에게 할 말이 아니라는 기분도 든다.

작가도 최근에 막 알게 되었는데 이 작품은 만화판도 포함하여 시리즈 누계 발행 부수가 15만 부를 돌파했다고 들었다. 그만큼 사람들이 애써 읽어주었다는 게 어쩐지 신비로운 기분이 든다.

마지막 권까지 출간할 수 있다면 작가도 물론 기쁠 터이고, 주인공을 비롯한 등장인물들이 공중에 붕 뜨지 않아도 될 테니 아무쪼록 앞으로도 쭉 애정을 갖고 읽어주시기를 부탁드릴 따름이다.

그러면 이만, 6권에서 다시 만나도록 합시다.

2019년 5월 길일, 모지 카키야

다음 후기는

멍멍이 소녀(루실)

그리고 싶어~

2019. 春日 길일

모험가가 되고 싶다며 도시로 떠났던 딸이 S랭크가 되었다 5

초판 1쇄 발행 2020년 4월 20일

지은이_ MOJIKAKIYA
일러스트_ toi8
옮긴이_ 김성래

발행인_ 신현호
편집부장_ 윤영천
편집진행_ 김기준 · 김승신 · 원현선 · 권세라 · 유재슬
편집디자인_ 양우연
국제업무_ 정아라 · 전은지
관리 · 영업_ 김민원 · 조은걸 · 조인희

펴낸곳_ (주)디앤씨미디어
등록_ 2002년 4월 25일 제20-260호
주소_ 서울시 구로구 디지털로 26길 111 JnK디지털타워 503호
전화_ 02-333-2513(대표)
팩시밀리_ 02-333-2514
이메일_ lnovelpiya@naver.com
L노벨 공식 카페_ http://cafe.naver.com/lnovel11

Bokenshani naritaito miyakoni deteitta musumega srankni natteta Vol.5
By MOJIKAKIYA, toi8

ISBN 979-11-278-5472-0 04830
ISBN 979-11-278-4829-3 (세트)

값 9,800원